FJB

HILARY T. SMITH

DU & ICH

Best friends
for never

Roman

Aus dem amerikanischen Englisch
von Jenny Merling

FJB

FSC
www.fsc.org
MIX
Papier aus verantwortungsvollen Quellen
FSC® C083411

Erschienen bei FISCHER FJB

Die Originalausgabe erschien 2015
unter dem Titel ›A Sense of the Infinite‹
bei Katherine Tegen Books,
einem Imprint von HarperCollins Publishers,
New York.

Satz: Pinkuin Satz und Datentechnik, Berlin
Druck und Bindung: CPI books GmbH, Leck
Printed in Germany
ISBN 978-3-8414-4004-4

Für A.

1

Am ersten Noe-Tag sind immer die Himbeeren reif. Im Garten stottert der Rasensprenger leise vor sich hin und sprüht einen Regenbogen aus Wassertropfen über die Wiese. Als ich Noes Schritte auf dem Kiesweg höre, stehe ich schnell vom Schreibtisch auf und renne die Treppe hinunter. Aus dem Fenster erhasche ich einen ersten Blick auf sie: an den Füßen Flipflops, am Knie ein neonrosafarbenes Pflaster, am Handgelenk mehrere Armbänder, die übereinander hängen wie Opfergaben an einem Schrein. Ich reiße die Tür auf, ihr Name fliegt von meinen Lippen, wir fallen einander in die Arme und sind für einen Moment eins, tanzen euphorisch auf dem Kiesweg umeinander.

»Annabeth!«, jubelt sie.

»Noe!«, rufe ich.

Und dann laufen wir die Straße hinunter, immer noch wie aneinander festgeklebt, als hätten unsere Körper einander genau so viel zu erzählen wie unsere Köpfe. Unterwegs berichtet sie mir von ihrem Ferienjob als Betreuerin im Camp Qualla Hoo Hoo, wo sie pferdeschwänzigen Neunjährigen den Rückwärtssalto und andere Dinge beigebracht hat, von den Streitigkeiten unter den anderen Betreuern und den kleineren Verletzungen, die immer mal wieder passieren. Wir nehmen eine Abkürzung über das Fußballfeld, und ich erzähle ihr im Gegenzug von meinem Ferienjob als Eisverkäuferin im Botanischen Garten, von der Frau im Reisebus, die die Klotür nicht mehr aufbekommen hat, und von dem Jungen, der von einer Biene in die Zunge gestochen wurde und fast daran gestorben wäre. Wir schlängeln uns durch die Massen auf dem Schulparkplatz und sprechen über die aktuell kursierenden Gerüchte: ob Mr Harrison und Miss Bean wirklich heiraten und ob es wirklich bald Frozen Yoghurt in der Cafeteria gibt.

Wir setzen uns auf die Tribüne am Footballfeld, und Noe zeigt mir auf ihrem Handy ein Zirkusvideo, und dann spielt sie mir das Lied vor, zu dem sie ihre nächste Turnübung machen will. Danach gehen unsere Gedanken ein bisschen auf Reisen.

Wir überlegen gemeinsam, was wir alles machen werden, sobald wir achtzehn sind. Sparen und nach Paris fliegen, uns beide das gleiche Löwenzahntattoo stechen lassen, zusammen ein Restaurant eröffnen, in dem die Gerichte pro Gramm berechnet werden und alle mit winzig kleinen Silberlöffeln essen.

Die Freundschaft mit Noe war mein Schatz, den ich wie ein Drache bewachte, ein Juwel, das ich immer fest in der Faust hielt.

Keine Ahnung, wer ich ohne den ständigen Abdruck dieses Juwels in meiner Handfläche gewesen wäre, ohne seinen kühlen Glanz, der meinen Weg beleuchtete.

Heute war der erste Tag meines letzten Schuljahres, und mit Noe neben mir fühlte ich mich einfach zu Hause.

2

Meine Schule, die E. O. James, lag an einer Kreuzung. Direkt gegenüber war Burger King, ein EasyCuts-Friseur und ein Beerdigungsinstitut, dessen Besitzer die Eltern eines Mädchens aus meiner Stufe waren. Jedes Jahr hielt uns ihr Vater am Berufsinfo-Tag denselben Vortrag darüber, wie toll der Job des Bestatters doch sei, und er machte dabei jedes Jahr dieselben schlechten Witze. Keine Ahnung, wieso er dennoch immer wieder eingeladen wurde. Ehe wir mit der Uni fertig wären und uns überhaupt Gedanken darüber machen könnten, was wir mal arbeiten wollten, würden Tote bestimmt schon zu Nanopellets verarbeitet ins Weltall geschossen werden.

Am ersten Schultag war nie richtig Schule, es war eher ein zweitklassiger Jahrmarkt, der jedes Jahr sinnloser wurde. Morgens standen für alle Schüler Kennenlernspiele auf dem Plan. Die bestanden größtenteils daraus, dass man Leute, die man nicht leiden konnte, mit Basketbällen bewarf. Manchmal gab es auch eine Schnitzeljagd, oder wir mussten uns zu einer menschlichen Pyramide aufstellen. Ich habe nie so ganz das System dahinter verstanden.

Nach den Kennenlernspielen wurde gegrillt, und man bekam von den Lehrern, die einen den Rest des Jahres ignorieren würden, lächelnd einen Hotdog in die Hand gedrückt. Nach dem Grillfest gab es dann eine Rede von einem Motivationscoach. Das war immer irgendein nicht ganz so berühmter Radrennfahrer, dem wegen einer Krebserkrankung das Bein hatte amputiert werden müssen und der dadurch erst wirklich erkannt hatte, wie wichtig ein Ziel im Leben war.

Dieser Motivationsredner sollte uns Lust aufs Leben machen, aber ich verlor mich unweigerlich in Tagträumen darüber, wie es wäre, zu sterben und nicht mehr ich sein zu müssen. Noe war immer ganz heiß auf diese Auftritte und stand jedes Mal in der ersten Reihe, um sich hinterher ein Autogramm zu holen. Ich stand solange ein Stück weiter weg, wartete auf sie und gab mich stattdessen der Phantasie hin, ich hätte Krebs, würde daran sterben und müsste nicht noch siebzig Jahre als Annabeth Schultz und mit meinen Fehlern und Unsicherheiten hinter mich bringen.

Es war komisch, dass dieser erste Schultag unser letzter erster Schultag für immer sein würde. Als Noe und ich ankamen, hatten die Stufensprecher schon Tische aufgestellt, an denen man sein Namensschild abholen und sich einem der Teams zuweisen lassen sollte. Die Stufensprecher trugen knallrote T-Shirts, auf denen E. O. James stand. Eigentlich bestand ihre Aufgabe darin, dafür zu sorgen, dass man sich an der Schule wohler fühlte, aber trotz ihres vermutlich guten Willens halfen sie den anderen Schülern nicht, sondern terrorisierten sie eher ganz schön. Wenn man nicht durchblickte und nicht sofort wusste, wo man hinmusste, schrien sie gleich herum und benutzten ihre Trillerpfeifen so aggressiv, dass man sich für den

Rest seines Lebens an einer posttraumatischen Belastungsstörung erfreuen konnte.

Noe sah das natürlich nicht so.

»Na los«, sagte sie.

Sie nahm mich am Arm, und wir schlüpften durch eine Barrikade aus Klapptischen in das kühle, stille Schulgebäude. Unsere Schritte hallten im Flur wider. Wir kamen uns vor wie zwei Diebe, die sich in ein Schloss geschlichen hatten.

»Wo gehen wir eigentlich hin?« Beim Gedanken, dass wir etwas anstellen könnten, schlug mir das Herz bis zum Hals.

»In die Turnhalle. Aber offiziell zur Schulkrankenschwester«, antwortete Noe.

»Jetzt sag nicht, du willst schon wieder einen auf Hitzschlag machen. Das glaubt dir keiner.«

Noe hasste es, draußen zu sein. Wie sie es jedes Jahr schaffte, einen ganzen Sommer in Camp Qualla Hoo Hoo zu verbringen und dabei kein bisschen braun zu werden, faszinierte mich immer wieder aufs Neue. Ich verbrachte hingegen so viel Zeit im Wald, wie ich nur konnte. Sie war eher der Rapunzel-Typ und ich Robin Hood, sie wurde in ihrem Turm von Prinzen umschwärmt, und ich war mit Pfeil und Bogen im Wald unterwegs.

»Nein, nicht wegen mir«, sagte Noe. »Du brauchst doch noch eine Bescheinigung fürs Turnen, ich begleite dich nur.«

»Aber falls uns jemand fragt, wirkt es doch ein bisschen seltsam, dass wir nicht mal in Richtung Krankenzimmer unterwegs sind«, wandte ich ein.

»Ach, Nebensächlichkeiten. Los, komm, ich will dir was auf dem Balken zeigen.«

Wir standen vor der Turnhalle, wo Noe von Anfang an hingewollt hatte. Sie stieß die schwere Tür kraftvoll mit ihren starken, etwas behaarten Armen auf. Als wir den großen Raum betraten, musste ich daran denken, wie Noe mich eines Nachmittags im letzten Frühjahr zur Turntrainerin Miss Bomtrauer geschleppt hatte, und ein angenehmer Schauder überlief mich.

»Annabeth würde gern ins Team aufgenommen werden«, hatte sie gesagt und mich stolz ein Stück nach vorn geschubst wie ein Paar Hundert-Dollar-Schuhe, das sie für zehn Cent auf dem Grabbeltisch gefunden hatte. »Sie ist stark wie ein Pferd, total fit und wird das super machen.«

Ich bin nicht so der Typ, der gerne Bodys trägt. Ich bin auch kein Badeanzugtyp oder überhaupt jemand, der gern wenig anhat. Ich laufe am liebsten in vielen Lagen Klamotten herum, nur für den Fall, dass es mitten im Sommer einen Schneesturm geben sollte, ich in einem Kühlhaus eingesperrt werde oder dass ich plötzlich mit der Schneekönigin persönlich kämpfen muss. Aber in jenem Moment, mit Noes Arm um meine Schulter, hatte ich nur lächelnd genickt und wäre vor Aufregung fast auf und ab gehüpft. Eine Schildkröte, die gebannt den Schwärmereien eines Vogels über das Fliegen lauscht und darüber vergisst, dass sie selbst gar keine Flügel hat.

Noe zog den Schwebebalken ein Stück von der Wand weg.

»Rauf mit dir!«, befahl sie.

»Das ist viel zu hoch, da brauch ich ja einen Helm.«

»Hopp, hopp!«

Ich kletterte unsicher auf den Balken. »Und jetzt?«

Noe stellte sich vor mich auf den Balken und führte mir ein

paar leichte Übungen vor. Ich machte sie ihr, so gut es ging, nach, hielt die Arme hoch und versuchte, nicht zu sehr zu wackeln. Mehrere Male verlor ich das Gleichgewicht und musste runterspringen, aber ich merkte schnell: Solange ich Noe in die Augen und nicht nach unten sah, stand ich ziemlich sicher. Noe fing an zu erzählen.

»Leigh hat eine Pyjamaparty mit allen Mädchen aus ihrer Fußballmannschaft gemacht, und ihre Eltern haben dafür ganz viel Pizza und chinesisches Essen bestellt. Es war viel zu viel Essen, und mindestens zwei Pizzen, zwölf Glückskekse, dreimal Chow mein und eine Portion gebratener Reis sind übrig geblieben – aber am nächsten Morgen war alles weg.«

»Wie: weg?« Ich war stellvertretend für Leigh empört. Ich liebe Glückskekse, und dass die jemand geklaut haben sollte, fand ich schlimmer als alles andere.

»Megan Bronner hat alles aufgegessen.«

»In die passt doch kaum was rein.«

»Sie hat ja danach alles wieder ausgekotzt.«

»Nein …!«

»O doch. Bis auf den letzten Krümel. Leigh hat behauptet, im Klo schwamm noch so ein Glückskekszettel.«

»Was stand denn drauf?«

»Sie hat ihn doch nicht rausgefischt und gelesen!«

»Ich hätte es gemacht. Jetzt werden wir nie erfahren, was da stand.«

»Wahrscheinlich: *Auf Kotze folgt Sonnenschein.*«

»Zum Glück arbeitet Megan nicht in der Eisdiele, sonst müsste man immer die Waffeln wegschließen.«

Noe sah mich prüfend an. »Versuch mal, das Bein anzuheben.«

»So?«

»Ja, genau. Noch ein Stück. Super. Jetzt halten.«

»Kann ich nicht!«

»Doch, kannst du!«

Von mir aus hätte es bis in alle Ewigkeit so weitergehen können: Noe und ich hoch oben auf dem Balken, unser Lachen, das von den Wänden der leeren Turnhalle abprallte, und währenddessen quälte sich der Rest der Schule draußen durch irgendwelche schrecklichen Spiele.

So waren unsere schönsten Momente immer: Wir waren unter uns, im Geheimen und fühlten uns ein kleines bisschen besser als die anderen. Ich ließ das Bein langsam wieder sinken und versuchte eine halbe Drehung. Unser letztes Schuljahr lag ausgestreckt vor mir, ein glänzendes Band geheimer Momente und geteilter Zweisamkeit hier auf dem Schwebebalken.

»Hast du von dem Typen gehört, der Phinnea gestalkt haben soll?«, fing ich gerade an, da öffnete sich quietschend die Tür.

»Was machen denn die beiden Damen bitte schön hier drinnen?«, fragte Miss Bomtrauer böse.

Dank Noes unfehlbarem Talent, was das Bezirzen des Lehrpersonals anging, kamen wir mit der strengen Verwarnung davon, nie wieder unbeaufsichtigt die Sportgeräte auch nur anzusehen. Noe nutzte sogar noch schnell die Gelegenheit, von meinen unglaublichen Gymnastikfähigkeiten zu schwärmen (»Das hätten Sie sehen müssen, Miss Bomtrauer, sie hat die Arabesque schon beim ersten Versuch perfekt hinbekommen!«). Auf dem Weg zum Krankenzimmer stellte ich mir vor, zukünftig das Mädchen zu sein, welches Noe anscheinend in mir sah: eine elegante Annabeth, ehrgeizig und diszipliniert, ein Schwan mit Pferdeschwanz unter hellen Scheinwerfern. Ein nettes Mädchen ohne Fehltritte oder dunkle Geheimnisse, eins, das jeder mochte. Für einen Moment gab ich mich dem Traum hin und sah mich in Gedanken tatsächlich am Stufenbarren turnen, von allen geliebt und verehrt.

»Freust du dich schon?«, fragte Noe.

Ich schwieg, aber gegen meinen Willen stahl sich ein Lächeln auf meine Lippen.

»Wusste ich's doch!« Noe schlug sich begeistert auf die Schenkel. »Du wirst das total toll machen.«

Noe war eine Freundin, die einen kurz daran glauben lassen konnte, etwas total toll zu machen. Ich griff nach ihrem Arm und sog tief ihren Duft ein. Und war zum tausendsten Mal dankbar, dass sie mir gehörte.

3

Die Schulkrankenschwester trug ihre typische Uniform aus einem unförmigen T-Shirt und einer geblümten Hose. In den Ohren hatte sie große goldene Creolen. Es war ein bisschen zu warm im Zimmer. An den Wänden hingen verblichene Poster. Ich saß auf der hohen Krankenliege mit dem festen Polster und las mir die Sprüche auf den Postern durch: *SAG NEIN ZU DROGEN. 5 PORTIONEN OBST UND GEMÜSE PRO TAG.*

Die Schwester zwinkerte mir zu. »Ich beeil mich, damit du nichts vom Grillfest verpasst.«

»Schon okay«, sagte ich. »Ich esse eh kein Fleisch.«

Die Schwester sah mich prüfend hat. »Meine jüngere Tochter ist auch Vegetarierin.« Sie schnallte mir das Blutdruckmessgerät um den Arm und pumpte ein paarmal. »Wir nennen sie zu Hause das Kaninchen. Mein Mann mag lieber ein ordentliches Steak«, fügte sie lachend hinzu. »Dein Blutdruck ist in Ordnung. Jetzt muss ich dich noch kurz wiegen.«

Die Waage quietschte unter mir. Ich stand still, während die Schwester die Metallteile hin und her schob. Draußen fand gerade eine Wasserschlacht statt. Direktor Beek hatte jedes Jahr seine neonorange Super Soaker dabei und tat ganze fünf Minuten lang so, als könnte man mit ihm richtig Spaß haben.

»Ein paar Fragen habe ich noch, dann sind wir fertig«, sagte die Schwester.

»Okay.«

»Irgendwelche Allergien?«

»Nein.«

»Asthma?«

»Nein.«

»Nimmst du Medikamente?«

»Ich hab vor kurzem mit der Pille angefangen, wegen meinen Pickeln.«

Sie sah mich gespielt ungläubig an. »Deine Haut ist doch super!«

»Sie hätten mich mal vor einem Monat sehen sollen! Kein schöner Anblick.«

Sie lachte. »Andere Medikamente?«

»Nö.«

»Na dann.«

Sie notierte sich kurz etwas in meiner Akte, unterschrieb meine Bescheinigung, dass ich an allen Sportveranstaltungen teilnehmen durfte, und fügte unten auf dem Blatt noch etwas hinzu.

»War's das?«, fragte ich.

»Fast. Wann hast du mal eine Freistunde?« Sie holte einen kleinen Kalender aus der Brusttasche und blätterte darin.

»Immer donnerstags die zweite Stunde. Wieso?«

»Der Schule wurden Mittel zugeteilt, um einmal die Woche einen Ernährungsberater kommen zu lassen. Der heißt Bob und ist wirklich super. Ich schicke alle Vegetarier für ein kurzes Gespräch zu ihm. Ich hab dich für nächsten Donnerstag eingetragen.« Sie sagte das mit der Freude eines Kindes, das einen neuen Zaubertrick gelernt hat und nun jedem vorführt.

»Vegetarisch zu leben ist nicht dasselbe wie Magersucht«, erwiderte ich. »Das sind sogar zwei verschiedene Einträge im Wörterbuch.«

Eins von Noes Lieblingsthemen. *Informiert euch doch einfach mal, Leute! Vegetarismus: Wenn ein Mensch gegen das systematische Foltern von Tieren ist. Magersucht: Wenn ein Mensch gegen die systematische Aufnahme von Nahrung ist.*

Die Krankenschwester zwinkerte mir wieder zu. »Bob ist wirklich nett. Er wird nur sicherstellen, dass du genug Protein und Eisen bekommst. Wir wollen ja nicht, dass du uns auf dem Schwebebalken ohnmächtig wirst!«

»Ich nehme mehr Eisen zu mir als der durchschnittliche Fleischesser«, gab ich zurück. Auch ein Zitat von Noe. »Wussten Sie, dass Spinat mehr Eisen enthält als Steak?«

Sie klopfte mir auf die Schulter. »Das kannst du ja dann in Ruhe mit Bob besprechen. Schönes Wetter heute, hm? Viel Spaß noch!«

4

Beim Grillfest befüllte ich mir den Teller mit Burgerbrötchen, Käse, Chips und Wassermelone, fischte mir eine Dose Cola aus dem mit Eiswürfeln gefüllten Eimer und ging zu Noe und Steven hinüber, die es sich unter einem Baum gemütlich gemacht hatten.

»Na, Süße? Wie war's?«, fragte Noe.

Ich ließ mich neben sie ins Gras sinken. »Ganz toll, ich hab jetzt einen Termin bei Bob, dem Ernährungsberater. Die Krankenschwester schickt alle Vegetarier zu einem Beratungsgespräch mit ihm.«

»Nicht dein Ernst.«

»Leider doch. Also pass lieber auf, dass niemand deinen sündigen Lebensstil mitkriegt, sonst musst du auch noch hin.«

Noe schnaufte wütend. »Die sollten mal lieber die ganzen Fleischfresser zum Therapeuten schicken.«

Steven biss gerade in einen Hamburger und machte ein unzufriedenes Geräusch. Noe bewarf ihn mit einer Brötchenhälfte. »Ja, das gilt auch für dich, du Mörder!«

»Meine Mami sagt, die Hamburger kommen von glücklichen Kühen«, sagte Steven mit Kinderstimme.

Noe warf ihm einen genervten Blick zu. »Dann hat Mami wohl gelogen.«

Die beiden waren seit Juni zusammen. Er war genau Noes Fall: intelligent, gut erzogen, talentiert (Schauspieler!), seine Eltern gingen einem anständigen Beruf nach (beides Anwälte!), und er besaß keine der Charakterschwächen (Drogen! Mannschaftssport! Keine Ahnung von Rechtschreibung!), auf die Noe bei anderen Menschen so herabsah. Ich hatte Steven irgendwann mal als Willy Loman in *Tod eines Handlungsreisenden* gesehen, mich aber nie mit ihm unterhalten, bis Noe eines Tages kurz vor den Prüfungen verkündete, dass sie nun mit ihm zusammen war.

Steven hatte jetzt Noes Lieblingskapuzenpullover im Schoß und nähte gerade die Kängurutasche wieder fest. Ich konnte kaum hinsehen, wie da ein Junge an Noes Pullover herumoperierte, den ich immer noch mehr oder weniger als Fremden ansah. Ich wusste, dass Noe und er den Sommer über jeden Tag miteinander telefoniert hatten, und einmal war er sogar zum Camp Qualla Hoo Hoo hochgefahren, um sie dort zu besuchen. Weil das alles aber nicht vor meinen Augen stattgefunden hatte, war Steven in meinem Gehirn immer noch in der Kategorie »Abstraktes«. *Was machst du denn da?*, hätte ich ihn beim Anblick von Noes Pullover in seinem Schoß am liebsten gefragt. *Der gehört dir nicht.* Steven legte Noe gegenüber dieselbe Hingabe an den Tag wie alle anderen ihrer Freunde zuvor, und das mit einer Absolutheit, die mich auch nach drei Jahren Freundschaft mit Noe nach wie vor faszinierte. Ich hatte noch nicht herausfinden können, ob sie sich die Jungs danach aussuchte oder ob sie ihnen diese Hingabe anerzog.

Ich öffnete die Coladose und nahm einen Schluck.

»Ich wusste nicht mal, dass wir überhaupt einen Ernährungsberater haben«, sagte Noe.

»Dafür gibt's auch erst sei neuestem die Mittel. Yay!«

»Geld für einen Ernährungsberater haben sie, aber neue Gymnastikanzüge sind nicht drin, hm?«

»Vielleicht wollen sie uns alle mästen, damit wir in die alten ausgeleierten passen.«

Noe verzog das Gesicht. »Keine schöne Vorstellung.« Sie zerpflückte den Rest ihres Hamburgerbrötchens und warf die Stücke einer Krähe hin, die uns aus einiger Entfernung beobachtete.

»Krah, krah!«, machte Steven.

5

Es war ein komisches Gefühl, die neuen Neuntklässler zwischen den Tischen beim Grillfest hin und her laufen zu sehen, sie reden und lachen zu hören, als würde ihnen der Schulhof bereits gehören.

Als ich damals in die Neunte gekommen war, hatte ich mich gar nicht gut gefühlt.

Nach langem Beratschlagen hinter verschlossenen Türen waren meine Mutter und meine Großmutter nämlich zu dem Schluss gekommen, der Sommer vor der Neunten sei der richtige Zeitpunkt, um mir mitzuteilen, dass ich ein Monster sei. Meine merkwürdige Cousine Ava hatte die beiden jedoch belauscht und war ihnen zuvorgekommen.

Es war an Avas Geburtstag gewesen. Mir war die Aufgabe zugefallen, dafür zu sorgen, dass sie in ihrem Zimmer blieb, bis die Erwachsenen mit der Tischdeko und dem Kuchen fertig waren. Wir saßen auf ihrem Bett. Die kreischende Musik, die sie vierundzwanzig Stunden am Tag hörte, war auf volle Lautstärke gedreht. Angeblich fand sie diesen Lärm entspannend.

»Was hat dir deine Mom eigentlich über deinen Dad erzählt?«, fragte sie mich plötzlich.

Ich wurde rot und zuckte nur mit den Schultern. Als Kinder

hatten Ava und ich oft miteinander gespielt, aber nachdem sie an die Highschool gekommen war, hatte sie sich sehr verändert. Jetzt hatte ich ständig den Eindruck, dass es ihr nur darum ging, mich zu schockieren oder mir Angst zu machen. »Weißt du, was das ist?«, hatte sie mich zum Beispiel einmal gefragt und mir einen Schnitt an ihrem Arm gezeigt. Oder sie erzählte mir im Detail, was sie mit dem gruseligsten Jungen von ihrer Schule alles angestellt hatte. Oder schlimmer noch, behauptete, er sei in mich verliebt. In diesen Momenten wünschte ich mir nichts sehnlicher, als bei Mom und Nan in der hellen Küche zu sein. Jetzt hörte ich die beiden lachen und nach Onkel Dylan rufen, er solle ihnen mal schnell Schleifenband für Avas Geschenk bringen.

»Er heißt Scott«, sagte ich. »Er hat mit Mom an der Northern University studiert. Sie haben nur einmal miteinander geschlafen. Er war gemein zu ihr, deshalb ist sie nicht mit ihm zusammengeblieben.«

Mom hatte mit neunzehn ihr Studium abgebrochen, um mich zu bekommen. Ich hatte meinen Vater nie kennengelernt, stellte ihn mir aber immer wie den beliebten Quarterback aus einer Teenie-Komödie vor, der sich in ein Mädchen verliebt, das gar nicht sein Typ zu sein scheint, sich dann leider dem öffentlichen Druck beugt und sie für einen heißen Cheerleader verlässt. Ich kannte viele andere Kinder, deren Eltern nicht mehr zusammen waren, deshalb hatte ich mich nie als Außenseiterin empfunden. Die Abwesenheit meines Vaters hatte mich daher nicht übermäßig mitgenommen.

»Sie hat nicht mit ihm geschlafen«, sagte Ava. »Er hat sie vergewaltigt. Das wollen sie dir demnächst erzählen, hab ich gestern gehört.«

Ich krallte die Finger in die Tagesdecke auf Avas Bett. Aus der Küche hörte man Gelächter, Schranktüren klappten, Kerzen wurden herausgesucht und Teller gestapelt. Ava liebte dunkle Geheimnisse und Leichen im Keller anderer Menschen. Im Laufe meines Lebens hatte sie mir gegen meinen Willen schon einige schlimme Geschichten erzählt, aber das hier war schrecklicher als alles andere.

»Keiner aus der Familie konnte fassen, dass deine Mom dich trotzdem behalten hat«, fuhr Ava fort. »Sie wollte dich eigentlich zur Adoption freigeben. Mein Dad sagt, sie hat während der ganzen Schwangerschaft kaum geredet. Sie hat niemandem etwas erzählt, bis sie fast im achten Monat war. Muss sich für sie wie in *Alien* angefühlt haben, dass da was in ihr heranwächst, was sie gar nicht haben wollte.« Ava musterte mich prüfend, wartete auf eine Reaktion.

Ich ließ mir nichts anmerken, eine Fähigkeit, die ich dank Avas Geschichten mittlerweile meisterhaft beherrschte. *Monster,* ging es mir durch den Kopf. Das Wort breitete sich nach und nach in mir aus, besetzte jede Zelle, wie wenn man aus Versehen auf »diese Seite übersetzen« klickt und sich der Text auf dem Bildschirm schlagartig in japanische Schriftzeichen verwandelt.

»Du glaubst mir nicht, stimmt's?«

Ich schüttelte den Kopf.

»Oder du glaubst mir und willst es bloß nicht zeigen.«

Ich gab keinen Mucks von mir. Wenn einen Ava einmal in den Klauen hatte, gab es kein Entkommen mehr. Sie ahnte jeden

Fluchtversuch im Voraus und schnitt einem jeden möglichen Weg ab. Sie war unglaublich gut darin, ihrem Gegenüber dessen Gefühle anzusehen. Deshalb machte sie mir auch solche Angst: Sie wusste immer genau, was man gerade dachte.

»Vielleicht solltest du mal nach ihm suchen«, sagte sie. »Würde ich an deiner Stelle zumindest machen. Ich würde ihn einfach mit meinen Freunden zusammenschlagen.«

Ich musste schlucken. Ich hatte noch nie jemanden gehauen und schon gar niemanden zusammengeschlagen.

»Und du solltest dich auch lieber mal untersuchen lassen. Wer weiß, was der alles für Krankheiten hatte, die er dir vererbt hat.«

Monster, ging mir wieder durch den Kopf. *Monster.*

»Weinst du etwa?«, fragte Ava.

Ich konzentrierte mich auf Avas Satanposter an der Wand. Satan hatte einen schwarzen Bart und stechende gelbe Augen. Und er war ganz schön durchtrainiert. Arnold Schwarzenegger im Hades. »Nein«, sagte ich.

Ava griff nach meinem Kinn und sah mir in die Augen. Ihre waren dank der Kontaktlinsen lila. Es war, als würde man einer Schlange in die Augen sehen. »Du hast Glück«, sagte sie. »Manche Leute brauchen ihr ganzes Leben, um rauszufinden, wie scheiße die Welt wirklich ist. Du erfährst das schon mit dreizehn.«

Meine Mutter rief uns aus der Küche. »Ava, Annabeth, es gibt Kuchen!«

Ava ließ mein Kinn los. Die Stelle, an der sich mich angepackt hatte, tat noch weh. »Du darfst keinem erzählen, dass ich dir das gesagt habe. Versprochen?«

»Versprochen«, sagte ich.

In dem Moment öffnete Nan die Tür. Sie hatte Puderzucker auf der Hose. Kuchenduft und die Geräusche der Erwachsenen drangen aus dem Wohnzimmer zu uns herein.

»Ava, Annabeth, ihr könnt jetzt kommen.«

»Okay!« Ava lächelte wie ein Engel und hüpfte fröhlich vom Bett.

Ich ging ins Bad und betrachtete mich im Spiegel. Wie hatte ich das nur dreizehn Jahre lang nicht sehen können?

6

Mom und Nan erzählten es mir erst eine Woche später.

Die 7 Tage dazwischen waren furchtbar.

Meine Freundin Hailey veranstaltete eine Poolparty. Ich saß in Pullover und Jeans am Rand und traute mich nicht ins Wasser. Ich hatte Angst, jeder, der meinen monströsen Körper sah, wüsste sofort Bescheid.

Beim Mittag bekam ich nichts hinunter. Wenn ich etwas aß, würde ich ja damit auch das Monster in mir füttern und stärker machen. Wenn es noch größer würde, wäre am Ende gar nichts Gutes mehr in mir übrig.

Beim Einkaufen mit Mom hatte ich die ganze Zeit das Gefühl, meine Scham und meine Panik wären für alle sichtbar, würden wie ein hässlicher Heiligenschein über mir schweben. Bis dahin hatte ich mich gegeben, wie ich war. Jetzt wurde ich zum ersten Mal misstrauisch und achtete genau darauf, wie ich auf andere wirkte. Ich zog mir die Ärmel über die Hände und lauschte gebannt auf Zweideutigkeiten in allem, was Mom zu mir sagte.

»Was ist denn mit dir los, Annalein?«, fragte sie mich irgendwann. »Du bist so still.«

»Ich denke bloß nach«, antwortete ich und verzog den Mund unter Anstrengung zu einem Lächeln.

Endlich war es Abend. Nan kam vorbei, und sie und Mom kochten gemeinsam mein Lieblingsessen. Anstatt der üblichen Scrabble-Runde danach setzten wir uns alle zusammen auf die Couch, weil »es etwas zu besprechen gab«. Ich fühle mich wie eine Krebspatientin, die eine schwierige Operation vor sich hat.

»Grandma und ich wollen mit dir über etwas reden, dass dich vielleicht erst einmal ziemlich mitnimmt«, sagte Mom.

Ich rührte mich nicht. Wenn ich zu früh etwas sagte, wüssten sie sofort, dass ich Bescheid wusste. Also drehte ich dem verzweifelten Heulen, das in mir aufstieg, den Hals um wie einer Gans und schob es wieder so tief wie möglich hinunter.

»Was denn?«, fragte ich.

Meine Mutter kannte meinen Vater aus der Uni, sie hatten mehrere Seminare zusammen. Er war nett und flirtete gern, was die Sache nach dem Kanuausflug umso schwieriger für meine Mutter machte. Wenn es ein Fremder mit einem Messer ist, sind sofort alle auf deiner Seite. Wenn es ein gutaussehender Junge ist, der am Lagerfeuer *Blister in the sun* gesungen hat, ist man skeptischer.

Mom sagte, sie habe immer ein Kind gewollt und sei auch sofort sicher gewesen, dass sie mich trotz der schrecklichen Umstände dieser Schwangerschaft genauso lieben würde wie jedes andere Kind. So wie sie es erzählte, klang die Geschichte nachvollziehbar und hatte eigentlich ein Happy End. Dass sie acht Monate lang kein Wort gesprochen und mich fast zur Adoption freigegeben hätte, erwähnte sie nicht. Vielleicht hob sie sich diesen Teil auf, bis ich älter war.

»Musste er ins Gefängnis?«, fragte ich.

Ava hatte mir schon erzählt, dass das nicht der Fall war, aber irgendwas musste ich ja fragen, sonst hätten sie sofort gemerkt, dass ich die Geschichte nicht zum ersten Mal hörte.

»Das Gesetz ist leider in solchen Sachen nicht immer hilfreich«, sagte Nan. »Damals hatte es gerade mehrere Fälle gegeben, in denen Frauen in einer ähnlichen Situation wie deine Mom hinterher Probleme mit dem Sorgerecht hatten. Wir wollten auf keinen Fall, dass dieser Mann eines Tages auftaucht und irgendwelche Ansprüche stellt.«

Ich nickte. Vor meinem geistigen Auge sah ich einen gruseligen, stark behaarten Fremden, der bei uns einbrach und mich wegzerrte. Vielleicht wäre es besser gewesen, wenn Mom mich zur Adoption freigegeben hätte. Dann hätte sie wenigstens zu Ende studieren und ein neues Leben anfangen können, anstatt für immer in einem Supermarkt in ihrer Heimatstadt gefangen zu sein, wo sie jeder kannte.

Mom und Nan sagten, wie lieb sie mich hätten und wie stolz sie auf mich seien.

»Morgen gehen wir wandern«, sagte Mom, »und dann können wir in Ruhe weiter darüber reden, so viel du willst.«

Ob sie unseren staubigen kleinen Wald um die Ecke leid war, genau wie das staubige kleine Leben, zu dem meine Existenz sie verdammt hatte? Auf unserem Ausflug am nächsten Tag war ich die ganze Zeit damit beschäftigt, mich für meine Arme, Beine, Augen, Hände und Haare zu schämen.

»Bist du böse, Annabeth? Ich wollte es dir nicht erzählen, solange du noch zu klein warst und es nicht verstanden hättest. Aber ich wollte jetzt auch nicht mehr warten, weil du immer älter wirst. Und ich hoffe natürlich, dass dir so etwas nie, nie, nie passiert, aber falls doch, dann sollst du es besser haben als ich.«

Ich hatte Mom noch nie so unsicher erlebt. Ich hatte sie immer für unverwundbar gehalten. Sie konnte am weitesten laufen und den schwersten Rucksack tragen. Folgerichtig hatte ich meinen Vater immer für einen jungen Mann gehalten, der lediglich Mist gebaut hatte. Nun hatte er sich als Ungeheuer herausgestellt, und das war schlimm. Fast genauso schlimm war jedoch, dass auch Moms Unverwundbarkeit einen Riss bekommen hatte.

»Wieso sollte ich denn böse auf dich sein? Du hast doch nichts gemacht«, gab ich zurück.

Die Luft im Wald war erdig und schwer. Ich stellte mir vor, wie Mom am Morgen danach in das Kanu geklettert war und sich auf den Rückweg gemacht hatte. Wieso hatte sie niemandem davon erzählt? Wieso hatte sie ihm nicht das Gesicht zerkratzt?

Monster, Monster, Monster, sang es zum Takt meines Herzschlags in mir.

Monster, Monster, Monster, bis ich mich daran gewöhnt hatte wie an das Geräusch meines eigenen Atems.

An meinem ersten Tag an der E. O. James hatte ich mich in dem Gewirr aus Fluren verlaufen und hatte fast eine Panikattacke, als ein Zwölftklässler namens Louis Vallero plötzlich die Tür zu dem abgelegenen Treppenhaus aufriss, in dem ich mich mit einem Buch verkrochen hatte.

Beim Grillfest damals drückte mir jemand einen Hotdog in die Hand. Ich wusste nicht, was ich damit machen sollte. Ich fand keinen Mülleimer und wollte ihn gerade in eine Serviette wickeln und irgendwo verstecken, als ein Mädchen, das ich nicht kannte, auf mich zukam und angewidert die Nase rümpfte.

»Ekelhaft, nicht?«, sagte sie. »Willkommen an der Highschool. ›Bitte schön, ein Stück totes Schwein zur Feier des Tages.‹«

»Ja, echt mal«, stimmte ich zu, obwohl ich damals noch gar nicht Vegetarierin war, sondern mich nur sehr unsicher und sehr unglücklich fühlte.

»Ich bin Noe. Und du?«

Ich zögerte kurz. »Annabeth.«

Seit dem Sommer brachte ich meinen Namen kaum noch über die Lippen. Es tat mir weh. Ich hätte am liebsten im Wald gelebt wie eine Aussätzige im Mittelalter, mit Zweigen in den Haaren und so. Das wäre dann wenigstens ein ehrliches Leben gewesen, in dem ich nicht so tat, als sei ich fröhlich und wie die anderen. Von einer mittelalterlichen Aussätzigen erwartete niemand, dass sie Freunde fand.

Noe schien mein Anderssein an diesem Tag gar nicht zu bemerken. »Kommst du kurz mit aufs Klo?«, fragte sie. »Ist ein Notfall.«

Wir gingen los. »Was ist denn passiert?«

»Ein paar von den Stufensprechern haben mich gezwungen, Skittles zu essen. Du weißt, dass die aus gekochten Pferdehufen gemacht werden, nicht? Ich hab denen gesagt, dass ich Vegetarierin bin, aber das hat sie nicht interessiert.«

Ich konnte ihr Unwohlsein geradezu fühlen. Wir rannten ins Schulgebäude, und dann hielt ich ihr die Haare aus dem Gesicht, während sie sich übergab, um die verhasste Substanz wieder loszuwerden.

»Du verstehst mich wenigstens«, sagte sie hinterher. »Meine beste Freundin an meiner alten Schule hat immer gleich Terror gemacht, dass ich Bulimie hätte. Ich hab ihr gesagt: ›Wenn man Bulimie hat, isst man einen ganzen Schokoladenkuchen am Stück und kotzt ihn dann wieder aus. Ich will einfach nur kein ermordetes Tier in mir drinhaben, das wird ja wohl noch erlaubt sein.‹«

Beschützerinstinkt überrollte mich wie eine Welle. Dieses verletzliche Mädchen mit den glänzend schwarzen Haaren war tatsächlich von Stufensprechern gezwungen worden, gekochte Pferdehufe zu essen! In das Gefühl mischte sich jedoch auch Stolz: Ich war nicht wie die kindische Meckerfreundin aus der Achten. Ich verstand diese Noe, die so plötzlich in mein Leben geschneit war.

Das könnte doch meine neue Identität sein, dachte ich: Die Freundin, die Noe verstand. Besser als ein Monster. Ich kannte dieses Mädchen erst seit zehn Minuten, spürte aber jetzt schon deutlich, dass ich eine neue Aufgabe darin gefunden hatte, sie zu beschützen. Vielleicht konnte ich so endlich meine gequälte, angestaute Energie loswerden.

Ich hatte den ganzen Tag noch fast kein Wort geredet, gefühlt sogar fast den ganzen Sommer lang nicht. Aber wie ich dort neben Noe lief, sprudelten die Worte nur so aus mir heraus. Als hätte ich in der kalten Wand, die mich vom Rest der Menschheit abschnitt, ein kleines Luftloch gefunden, ein Luftloch in Form von Noe. Zu meiner Überraschung stellte ich fest, dass ich wieder atmen und sogar lachen konnte. Das Loch wurde etwas kleiner, als wir beide stehen blieben und Noe sich mit ein paar

Lehrerinnen unterhielt, und vergrößerte sich dann wieder, als wir alleine weitergingen. Ich war fasziniert von diesem Luftloch in meiner ansonsten hermetisch von jeglichem Sauerstoff abgeriegelten Welt. Mit Noe an meiner Seite konnte ich ein normaler Mensch sein.

Sie wollte wissen, wo ich wohne, auf welche Schule ich früher gegangen war, ob ich schon gehört hatte, dass Miss Kravenko die strengste Mathelehrerin von allen war, und ob ich mich zusammen mit ihr für das Turnteam anmelden wollte, ich würde nämlich so aussehen, als sei ich gut darin. Sie erzählte mir von ihrem letzten Freund, Sean, und von einem Ferienlager mit einem komischen Namen, in dem sie nächsten Sommer als Betreuerin arbeiten würde.

Als wir uns in der Aula nach einem Platz umsahen, um die Ansprache des Motivationscoaches zu hören, war ich ihr bereits komplett verfallen.

Mit Noe an meiner Seite verlief ich mich nie mehr in den Schulfluren, und Louis Vallero machte mir keine Angst mehr. Ich passte auf, mich nie zu weit von ihr zu entfernen. Sie war mein Leitstern.

»Toll, dass du schon eine Freundin gefunden hast!«, sagte Mom beim Abendbrot. Ich sammelte schweigend die Peperoni von der Pizza und legte die Stücke ordentlich auf meinen Tellerrand.

7

Eine der lustigen Ideen der Stufensprecher für den ersten Schultag war, jeden mit Süßigkeiten zu bewerfen.

Nun lagen diese Süßigkeiten überall herum – auf dem Fußboden, in den Waschbecken, in den Ritzen zwischen den Aulasitzen. Irgendjemand bewarf den Motivationsredner mit einem Kaubonbon, sodass Direktor Beek den ersten Verweis des Schuljahres aussprechen musste.

Gegen vierzehn Uhr war die Schule voller Bonbonpapiere, die die Flure entlangschwebten wie kleine Geister. Erdnussriegel knirschten unter unseren Füßen.

»Unglaublich«, schimpfte Noe.

Steven bückte sich nach einem. Noe wollte ihm den Riegel aus der Hand schlagen, aber er war schneller.

»Ja, unglaublich lecker!«, sagte er mit vollem Mund.

8

Als ich aus der Schule kam, saß Mom am Küchentisch und ging die Post durch. Sie trug noch ihre Arbeitskleidung, hatte die braunen Haare zu einem Pferdeschwanz gebunden und noch nicht einmal ihre Chucks ausgezogen, mit denen sie noch jünger aussah, als sie ohnehin war.

»Hey, Annalein!«, rief sie, als sie mich hörte. »Ich hab Sandwiches mitgebracht.«

Mom arbeitet in einem Supermarkt an der Frischetheke. Abends durften die Mitarbeiter jene vor Ort belegten Sandwiches mit nach Hause nehmen, die nach Ladenschluss noch übrig waren. Sie waren einzeln in Frischhaltefolie eingewickelt und mit einem Buchstaben versehen: T für Truthahnbrust, S für Schinken, R für Roastbeef, V für vegetarisch. Ich persönlich hielt die pappigen Sandwiches mit immer der gleichen Honig-Senf-Soße nicht unbedingt für ein Highlight, aber Mom fand sie lecker.

»Da ist ja überall Fleisch drauf«, sagte ich nach näherer Inspektion der Brote.

»Wer nicht will, der hat schon.«

Das ist für meine gelassene Mutter die Antwort auf alles: Wer nicht will, der hat schon. Egal, ob man eine Scheibe Schinken nicht essen will oder über Liebeskummer hinwegkommen muss.

Ich nahm mir ein Sandwich mit einem T drauf, schob den Aufschnitt und alles herunter, was damit in Berührung gekommen war, und füllte die Leere zwischen den Brotscheiben mit Guacamole.

»Guck mal«, sagte Mom und schob mir eine Hochglanzbroschüre von der Northern University zu.

Ich setze mich mit meinem gepimpten Sandwich ihr gegenüber.

Mom hatte ein Jahr lang dort studiert, bevor sie die Uni abgebrochen hatte, um mich zu bekommen, und schwärmte bis heute davon. Manche Leute würden bestimmt nie wieder an den Ort denken wollen, an dem ihnen etwas so Schreckliches passiert war, aber für sie war es ein Paradies, aus dem man sie vertrieben hatte. Sie sagte es nie explizit, aber wir wussten beide, dass es ihr viel bedeuten würde, wenn auch ich dort studierte. Sehr viel.

Ich ignorierte die Informationen über das Studien- und Sportangebot und blätterte vor zu den Fotos vom Studentenwohnheim. Bevor Noe ins Camp Qualla Hoo Hoo gefahren war, hatten wir einen Juninachmittag vorm Computer verbracht und uns durch die IKEA-Website geklickt. Wir malten uns aus, wie wir unser gemeinsames Studentenzimmer einrichten würden: mit einem Winkl-Perlenvorhang, einem kleinen Gulört-Teppich und Buffwak-Müslischalen für die Abende, an denen es Cornflakes statt etwas Herzhaftem gab. Wir hatten uns auch schon die verschiedenen Campusclubs angesehen und überlegt, bei welchen wir mitmachen wollten: beim Uni-Tierschutzbund, beim Fünf-Uhr-Tee-Club, Noe beim Turnteam, ich beim Outdoor-Club. Wir würden uns einen Kaktus namens Hector kaufen und einen

Goldfisch namens Boris, und im dritten Semester würden wir uns eine eigene Wohnung suchen, damit wir uns eine Katze holen konnten.

»Von deiner Schule kam auch was«, sagte Mom und schob mir einen Flyer zu. »Die machen einen Campingausflug für alle zwölften Klassen zusammen. Willst du da mit?«

Ich betrachtete den Flyer. Drei Nächte in der Wildnis in Begleitung von Miss Hannigan und Mr von Eckelthorpe. Mein Cousin Max hatte den Ausflug damals mitgemacht, als er in der Zwölften war. Sie hatten eine Nachtwanderung unternommen und waren in einem eiskalten See geschwommen. An einem Abend war ein Bär ins Camp getappt und hatte sich an den Essensresten gütlich getan, die sie vergessen hatten wegzuräumen. Miss Hannigan vertrieb ihn dann, indem sie auf einen Topf schlug und dazu *Old MacDonald Had a Farm* sang.

»An dem Wochenende ist ein Wettbewerb vom Turnteam.«

»Dann gehst du eben mal nicht hin.«

Ich schüttelte den Kopf. »Das ist aber wichtig! Ich kann doch nicht gleich beim ersten Mal fehlen.«

Noe hatte uns beide dafür eingetragen, Fotos für unser Jahrbuch und ein Video für die Website des Turnteams zu machen, die sie gerade erstellte. Nach dem Treffen wollten wir zu ihr und daran arbeiten.

»Schade«, sagte Mom. »Du freust dich doch schon seit Ewigkeiten darauf.«

»Auf den Wettbewerb freue ich mich auch. Und zu dem Campingausflug geht eh keiner mit, den ich kenne.«

Ihre Enttäuschung hüllte mich ein und legte sich auf meine

Sachen wie ein feiner Nieselregen. Ich ging nach oben in mein Zimmer und holte den neuen Gymnastikanzug aus dem Schrank. Das glänzende Synthetikgewebe machte mir Hoffnung darauf, bald ein neuer, strahlender Mensch zu sein.

9

Ich nahm die Broschüre von der Northern University mit in die Schule. Noe studierte sie während der Englischstunde.

»Das Cafeteria-Angebot klingt nicht unbedingt super für Vegetarier«, sagte sie und rümpfte die Nase.

»Aber da steht, die haben auch eine Salatbar!«

»Das kann ja alles heißen. Bacon, Thunfisch, Hähnchenbrust …«

»Hm. Wir könnten uns so einen Mini-Kühlschrank ins Zimmer stellen«, bot ich an.

»Vergiss, was ich gesagt hab, die haben einen Smoothie-Automaten!«

Ich atmete heimlich erleichtert auf. Noe hatte im Juni zugestimmt, dass sie Northern als ihre erste Wahl nehmen würde, aber sie änderte schnell mal ihre Meinung, und mein Plan von einem gemeinsamen Collegeleben mit ihr konnte sich jederzeit in Luft auflösen, und sei es auch nur wegen eines ungenügenden Mensaangebots.

»Meine Damen!«, rief Mrs Fessendorf. »Ich hoffe doch stark, Sie unterhalten sich gerade über die drei Beispiele für Intertextualität in *The Waste Land.*«

»Klar«, antwortete Noe.

»Dann ist ja gut.«

Ich steckte die Broschüre zurück in meinen Rucksack und widmete mich mit Noe wieder der modernen abendländischen Poesie. Obwohl es erst die zweite Schulwoche war, hatte Noe bereits alle Gedichte gelesen und ihre Lieblingszeilen unterstrichen. Die Buchseiten waren voller Schnörkel und Herzchen, ein kleiner Buchstabengarten von Noe, in dem ich unglaublich gern herumwanderte. Als ich die Seite umblätterte, fiel ein Zettel von Steven aus dem Buch. Ich erkannte die Handschrift von einem Brief, den Noe mir gezeigt hatte. Auf dem hier stand in der Mitte in wunderschön verschlungener Schrift *Noe + Steven*, und drum herum waren Sterne, Planeten und Unendlichkeitssymbole gemalt. Am Rand stand etwas in winziger Schrift. Ich bat Noe mit einem Blick um Erlaubnis.

»Lies ruhig«, sagte sie. »Macht mir nichts.«

Es faszinierte mich immer wieder, wie locker Noe mit den tiefsten Zuneigungsbekundungen anderer Menschen umging – dass sie solche Zettel einfach in einem Buch vergaß oder den Strauß Nelken zum Valentinstag lieblos in ihren Rucksack stopfte. Als ich bemerkt hatte, dass meine Briefchen und Geschenke an sie mit derselben Nachlässigkeit behandelt wurden, war ich zunächst sehr enttäuscht gewesen. Mittlerweile sah ich Noes Verhalten jedoch als eine weitere ihrer phantastischen Charaktereigenschaften an. Sie sammelte Dinge nicht an, sie hielt sich nicht an ihnen fest. Sie war immer unterwegs, immer auf dem Weg nach vorn, unbezähmbar wie ein wilder Fluss. Ich wünschte mir oft, ich könnte auch so voller Kraft und so frei sein.

Ich versuchte, die Schrift auf dem Stück Papier zu entziffern.

Aber höret meine Seele reden: In dem ersten Augenblick, da ich Euch sah, flog mein Herz in Euern Dienst.

Genauso war es, dachte ich mir. Perfekt zusammengefasst.

Noe stieß mich an. »›*Perlen sind die Augen sein.*‹ Guck mal!« Sie klopfte mit dem Textmarker auf die Stelle der Seite wie ein Mädchen, das einen Käfer zerdrückt. Ich legte den Zettel beiseite.

Wir traten aus dem Schulgebäude. Die Blätter der Kastanien wehten sanft im Wind. Noe ließ ihren Rucksack ins Gras fallen, schlug ein Rad und sprang dann rückwärts in den Handstand. Ich sah ihr zu.

»Jetzt du, Bethy!«

Ich nahm meinen Rucksack ab und machte einen ungeschickten Purzelbaum, dann noch einen und fühlte mich wie ein Eiswürfel im Whiskyglas, während sich Himmel und Wiese über und unter mir abwechselten. Das Monster in mir wurde unter dem beständigen Druck dieses großen Glücks weicher und durchsichtiger, es wurde unter dem Wasserfall von Noes Liebe immer flacher.

10

Der Ernährungsberater war ein pummeliger, blasser Mittdreißiger mit traurigen Augen, der sich in dem winzigen Büro, das gleichzeitig als Abstellraum diente, offensichtlich sehr unwohl fühlte. Er saß eingequetscht zwischen Basketbällen und Hanteln.

Als ich sein Büro betrat, lief gerade ein Hörbuch auf dem zerkratzten CD-Player. Ein Erzähler las mit einer schwerfälligen, nasalen Stimme irgendeinen Fantasyroman vor. »›Ich werde Euch nicht heiraten‹«, sagte die Magd. ›Das werden wir ja noch sehen!‹, antwortete Prinz Everstall und zog sein Schwert aus der Scheide.« Sobald der Ernährungsberater mich bemerkte, fuhr er zusammen und drückte schnell die Stopptaste. Gerade hatte Prinz Everstall der Dienstmagd das Mieder aufschneiden wollen. Er wurde rot und wischte mit dem Ärmel Chipskrümel vom Tisch in den Papierkorb.

»Du bist bestimmt Annabeth.« Sein Händedruck war feucht.

»Die einzig wahre«, gab ich zurück.

Er trug ein Tweedjackett, das für diese Temperaturen viel zu warm war. Er sah aus, als hätte er sich auf dem Weg nach Harvard verlaufen und wäre nur aus Versehen in die E. O. James gestolpert.

»Ich bin Bob. Setz dich doch.« Er deutete auf einen sehr alten

Plastikklappstuhl zwischen einer Kiste mit Stollenschuhen und einem Stapel Fußballtrikots. Als ich mich setzte, gab der Stuhl mit einem Protestgeräusch unter mir nach.

»Au weia«, sagte Bob. »Alles okay?«

Ich stand auf, klappte den Stuhl wieder auseinander und setzte mich etwas vorsichtiger. Ich war bei meinem Sturz mit dem Knie gegen den Schreibtisch gestoßen, und die Stelle pulsierte nun schmerzhaft.

»Die wollten mir eigentlich einen neuen Stuhl besorgen.« Bob sah mich entschuldigend an.

»Echt? Ich dachte, das wär so eine Art Test. Wenn das Ding unter einem zusammenbricht, gibt's die Grapefruit-Diät, und wenn es hält, wird man gemästet.«

Bob lächelte. »Klingt praktisch. Hat was vom Bett des Prokrustes.«

Ich sah ihn fragend an.

»Der hat in der Legende doch auch die Reisenden immer auf ein Bett gezwungen und ihnen die Füße abgehackt, wenn sie zu groß waren. Im Falle von Kleinwüchsigkeit wurden sie, glaub ich, an den Enden so festgenagelt, dass es ihren Körper in die Länge gestreckt hat.«

»Jawohl.«

Bob war also ganz klar ein Geisteswissenschaftler. So sah er auch aus: die Haare, die Stimme, das Jackett. Was der wohl im Sportgeräteabstellraum der E. O. James zu suchen hatte?

Ich stützte die Arme auf die Lehnen, worauf der Stuhl schon wieder gefährlich unter mir knirschte. »Können wir dann mal loslegen?«, fragte ich. »Das Teil ist ganz schön unbequem.«

»Ja, klar. Fangen wir mit einem einfachen Fragebogen an.«

Er kramte unter seinem Schreibtisch herum und holte ein Buch hervor. *Angewandte Ernährungswissenschaft.*

»Wofür ist das denn?«

»Ich habe meinen Master noch nicht ganz. Ich mache hier ein Praktikum.« Er suchte im Inhaltsverzeichnis, blätterte mit schwitzigen Fingern im Buch und fand schließlich die richtige Seite.

»Bin ich Ihr erstes Untersuchungsobjekt?«

Er sah hoch. Wieder dieses schüchterne, entschuldigende Lächeln. »Um ehrlich zu sein – ja.«

Aha, dachte ich. Den haben sie wohl zum Vorzugspreis bekommen. Ein Glück, dass die Krankenschwester nicht Noe hergeschickt hatte. Die hätte ihn lebendig aufgefressen.

Er räusperte sich. »Nur, damit du Bescheid weißt: Alles, was du hier sagst, wird von mir streng vertraulich behandelt. Bitte sei ganz offen. Wollen wir anfangen?«

Ich nickte und versuchte, nicht zu lachen.

Bob der Ernährungsberater las aus seinem Buch vor. »Denkst du ständig über dein Gewicht nach?«

»Nein.«

»Zählst du Kalorien?«

»Nein.«

»Isst du manchmal ganz viel auf einmal und übergibst dich danach?«

»Nein.«

»Benutzt du regelmäßig Abführmittel?«

Ich verzog das Gesicht. »Nein.«

Er stellte mir noch ein paar mehr Fragen, kreuzte einige Kästchen an und zählte dann meine Punkte zusammen.

»Du bist nicht magersüchtig, und du hast auch nicht Bulimie«, sagte er am Ende düster, als wäre das eine große Enttäuschung. Er freute sich wahrscheinlich auf seine erste Magersüchtige, wie sich junge Feuerwehrleute auf ihren ersten Brand freuten. Bei seinem Anblick war ich fast selbst auch ein wenig enttäuscht. Er war bestimmt ein netter Mensch, und ich hatte das Gefühl, ihn im Stich gelassen zu haben.

»Ich bin nur hier, weil die Krankenschwester was gegen Vegetarier hat.«

»Ach so.«

Bob kramte wieder in seinem Schreibtisch herum und förderte einen dünnen Hefter zu Tage. Er holte ein Blatt Papier heraus und las es sich aufmerksam durch, wobei er mehrmals »aha« sagte und nickte. »Im Bericht von der Krankenschwester steht, dass du ein paar Kilo zu wenig hast. Hast du manchmal Probleme mit dem Essen?«

Er sah mich hinter seiner Brille hervor gespannt an. Mir fiel auf, wie offen sein Gesicht war. Man sah ihm deutlich an, dass er es gern allen recht machte. Er sah aus wie ein pummeliger Kobold. Ein trauriger Kobold. Ich hätte am liebsten die Tür seines engen Büros geöffnet und ihn zurück hinaus in den Wald gescheucht, wo er hingehörte.

Ich zögerte kurz. »Eigentlich nicht, nein.«

Bob sah mich traurig an. Er tat mir sehr leid.

»Als Kind hatte ich aber mal so eine Phase, wo ich an Stöcken und Steinen gelutscht hab.«

Das ließ ihn aufhorchen. »Ach ja?«

Das stimmte. Wenn ich sauer auf Mom war, weil sie auf unseren Wanderungen zu schnell lief, steckte ich mir einen Stein in den Mund, damit mein Vater, eine Fee oder Minniemaus, je nachdem, sehen würde, wie gemein meine Mutter zu mir war, und mich mitnahm: *Die arme Annabeth! Wird hier durch den Wald geschleift und bekommt nichts zu essen außer Steinen!*

»Aber das mache ich schon lange nicht mehr.«

Bob fiel wieder in sich zusammen.

»Jetzt gucken Sie doch nicht so enttäuscht«, sagte ich. »Sie werden schon noch jede Menge Magersüchtige finden, wenn Sie lange genug hier sind.«

»Ich bin nicht nur für die Magersüchtigen da. Vielleicht kann ich dir ja bei was anderem helfen? Führ diesen Monat doch mal ein Essenstagebuch. Am Ende sehen wir es uns zusammen an und schauen, ob es da nicht was zu verbessern gibt.«

»Heißt das, ich soll noch mal wiederkommen?«

Bob schlug das Buch zu und schob den Bericht der Krankenschwester zurück in meine Akte. »Ja, natürlich. Du kommst wieder, wir sehen uns dein Essenstagebuch an, und dann entscheiden wir gemeinsam, wie es weitergehen soll.«

»Wie was weitergehen soll?«

»Na, wir brauchen doch einen Plan. Du musst dir Ziele setzen.« Er wich meinem Blick aus.

»Machen Sie das nur, weil Ihre Praktikumsstelle sonst wieder gestrichen wird?«

Er wurde rot. »In einem Monat also? Neunter Oktober, passt das?«

»Muss ich?«

»Ohne Essenstagebuch kann ich deinen Fall nicht abschließen, also ja. Du musst.«

Ich stand auf und bückte mich nach meinem Rucksack.

Der Ernährungsberater zog eine Schublade auf. »Ich hab Pizza-Coupons!« Er wedelte mit einem ganzen Stapel, der von einem Gummiband zusammengehalten wurde. »Hilft das?«

»Pizza-Coupons?«

»Einen pro Sitzung.«

Ich zögerte. Bob sah mich flehentlich an. Ich musste an meine Nan denken, die immer sagte, man solle keine Gelegenheit verstreichen lassen, jemandem zu helfen, der es nötig hatte. Bob schien echt in Ordnung zu sein, und Hilfe hatte er auf jeden Fall nötig. Ich zuckte mit den Schultern. »Wenn's sein muss.«

11

Ich kam ein paar Minuten zu spät zu Kunst und setzte mich schnell auf meinen Platz neben Steven. Mr Lim hatte *Stillleben* vorn ans Whiteboard geschrieben. Unter dem Whiteboard stand ein Tischchen mit einem Apfel und zwei Birnen. Im Klassenraum war es viel zu hell, ich kam mir vor wie in einer Leichenhalle. Ich holte meinen Zeichenblock und mein Federmäppchen heraus und legte beides vor mich auf den Tisch.

»Und, wie war's beim Ernährungsberater?«, fragte Steven mich plötzlich.

Ich war überrascht, dass er sich daran erinnerte. »Okay«, antwortete ich.

Ich tat, als wäre ich mit meinen Bleistiften beschäftigt. Die spitzen sich ja schließlich nicht von selbst an! Normalerweise redete ich so gut wie nie mit Noes Freunden. Die lebten irgendwie in einer Parallelwelt, die waren zu sauber, zu schlau. Manchmal kam mir unsere Situation wie ein Venn-Diagramm vor: Es gab einen Teil, wo Noe und ich perfekt überlappten, und links und rechts davon zwei Mondsicheln, wo es keinerlei Übereinstimmung gab. Noes Jungs und meine Begeisterung für die Natur wohnten in diesen Null-Übereinstimmungs-Zonen. Noe und ich akzeptierten diesen Teil im Leben der anderen problemlos, aber wir beschäftigten uns nie damit. Ich begann also wortlos mit der ersten Birne.

Steven stützte das Kinn auf die Fäuste und sah mir zu. »Welche Krankenschwester hat dich denn da hingeschickt?«

»Keine Ahnung, wie die heißt.«

»Die mit den Locken und den Ohrringen?« Er gestikulierte.

»Ja.«

»Bei der hab ich letztes Jahr die Impfung gegen Hirnhautentzündung bekommen. Für die sind alle entweder magersüchtig oder depressiv, das ist so ihr Ding.«

»Und was bist du?«

»Na, depressiv natürlich. Ich bin doch ein Junge. Die teilt die Leute ein wie auf der Säuglingsstation: Mädchen kriegen Rosa für Essstörung, Jungs kriegen Blau für Depression.«

»Hat sie dich auch zu jemandem geschickt, mit dem du reden musst?«

»Klar. Ich bin total labil. Ich kann dir gern mal mein Stimmungstagebuch zeigen.«

»Ich soll ein Essenstagebuch führen.«

»Kann ich mal sehen?«

»Ich hab seitdem noch nichts gegessen.«

»Aha! Typisch magersüchtig.«

»Mein Termin ist erst fünf Minuten her.«

Steven holte eine Rolle Lifesaver-Bonbons aus der Hosentasche. »Hier.«

»Da kleben ja Fusseln dran.« Ich steckte mir trotzdem eins in den Mund, spuckte es aber gleich wieder aus. »Iiih. Das schmeckt nach Hosentasche.«

»Schreib's auf.«

Ich schrieb auf: *14 Uhr – Bonbon mit Fusseln dran.*

Dann machte ich mich wieder an die Birne. Würde Steven sich jetzt die ganze Stunde lang mit mir unterhalten wollen? Er sah mir zumindest weiter zu.

»Fühlst du dich in meiner Gegenwart unwohl?«, fragte er.

Ich sah ertappt hoch. »Wie bitte?«

»Ist nicht schlimm, ich nehm's nicht persönlich. Interessiert mich nur.«

Ich wurde rot. Ich hatte keine Lust, ihm das Venn-Diagramm zu erklären. »Keine Ahnung«, antwortete ich. »Wir haben halt nie was miteinander zu tun, wenn Noe nicht dabei ist.«

»Daran liegt's? Dann müssen wir uns unbedingt einander vorstellen.« Steven streckte mir die Hand hin. »Ich bin Steven.«

Ich schüttelte seine Hand. »Annabeth.«

»Nett, dich endlich offiziell kennenzulernen, Annabeth. Wollen wir Freunde sein?«

»Okay«, sagte ich und fügte dann mit schlechtem Gewissen hinzu: »Also, ich wollte damit nicht sagen, dass wir davor keine Freunde waren.«

»Ja, aber ich mag es nicht, Leute nur durch andere Leute zu kennen«, sagte Steven. »Das hat so was von Wiederkäuer.«

»Hm.«

Ich zeichnete die Umrisse des Apfels und deutete halbherzig Licht und Schatten an. Steven nahm seinen Bleistift und zeichnete eine fotografisch korrekte Obstansammlung auf das Blatt vor sich.

Mr Lim warf einen Blick auf die Uhr. »Am Ende der Stunde geben heute bitte alle ihr Selbstporträt ab.«

»Scheiße.«

»Hast du gerade Scheiße gesagt?«, fragte Steven. »Ich hab mich immer gefragt, ob du wohl je fluchst.«

Ich blätterte die Seite in meinem Block um und fing schnell an zu zeichnen. »Ich hab mein Selbstporträt zu Hause vergessen«, erklärte ich. »Sei mal kurz … ich muss mich konzentrieren.«

Ich zeichnete ein Oval. Dann wurde mir klar, dass ich ohne Spiegel keine Ahnung hatte, wie mein Gesicht überhaupt aussah. Ich wusste, dass ich zwei Augen, eine Nase, einen Mund und Haare hatte, aber ohne ein Bild vor mir, das ich abmalen konnte, hatte ich plötzlich keinerlei Vorstellung von meinem Anblick. *Egal,* dachte ich mir, *dann mache ich es eben bei der zweiten Chance besser.* Mr Lim war berühmt für sein Prinzip, einem für jede Aufgabe noch eine zweite Chance zu geben. Was bedeutete, dass man durchaus in den letzten zehn Minuten der Schulstunde noch schnell ein Porträt hinschmieren und abgeben konnte, weil man es später noch einmal neu zeichnen durfte.

Ich sah mich im Klassenraum um. Außer mir hatten noch ein paar andere begonnen, plötzlich hochkonzentriert und sehr schnell zu zeichnen. Dann war ich ja wenigstens nicht die Einzige, die nachher ein furchtbares Zehn-Minuten-Werk abgab.

»Hast du etwa eine körperdysmorphe Störung?« Steven betrachtete unverhohlen die Zeichnung, die ich mit meiner freien Hand zu verstecken versuchte. »Das sieht ja aus wie ein Sumo-Ringer.«

»Ich hab keine Zeit, noch mal anzufangen«, zischte ich.

»Aber wie sieht denn das aus? Sag nicht, dass das deinem künstlerischen Anspruch an ein Selbstporträt gerecht wird.«

Ich hätte Steven gern erklärt, dass ich keinerlei künstlerischen Anspruch an mein Werk hatte, radierte aber stattdessen nur hektisch an meiner Zeichnung herum. Wir hatten noch sechs Minuten. Ich zeichnete ein neues Oval.

»Viel zu breit«, kommentierte Steven. »Dein Gesicht ist schmaler.«

Ich blätterte zu einer neuen Seite um und zeichnete ein schmales Oval.

»Noch schmaler.«

»Ist doch egal!«

»Ist es nicht. Soll der Ernährungsberater denken, dass du dich viel dicker wahrnimmst, als du bist?«

»Der sieht das doch nie.«

»Hallo? Also ich fertige alle meine Kunstwerke so an, dass Ricardo das Maximum an Psychoanalysepotential rausholen kann. Der würde sich ja sonst langweilen.«

»Ich will doch bloß kurz …« Ich winkte genervt ab.

»Okay, pass auf«, sagte Steven. »Ist ganz einfach. Die Augen kommen in die Mitte. In die Mitte! Jetzt sind die auf deiner Stirn. Sitzen deine Augen etwa oben auf deinem Kopf drauf?«

Ich riss das Blatt vom Block und knüllte es zusammen.

»Hey, das war doch gut!«

»Ich kann unter Druck nicht zeichnen.«

Es klingelte.

»Mist.«

Steven kramte in seinem Rucksack und holte ein kleines Bündel zusammengebundener Zweige heraus. »Bitte schön.«

»Was soll das denn jetzt?«

Ich wollte ihn nicht so anfahren, aber ich hatte mir für dieses Jahr vorgenommen, richtig durchzustarten. Dass ich jetzt eine schlechte Note für so eine einfache Aufgabe bekam, machte mich böse.

»Das ist dein Selbstporträt«, sagte Steven.

»Es muss doch was Gezeichnetes sein.«

»Nö. In der Aufgabenstellung heißt es, man kann sich aussuchen, welches Darstellungsmedium man nimmt.«

»Wieso trägst du überhaupt Zweige mit dir rum?«

»Waren Requisiten für eine Szene im Theaterkurs heute Morgen.«

»Du hast sie doch nicht mehr alle.«

»Los, gib's ab.«

»›Bitte schön, Mr Lim, ich hab hier ein paar Zweige für Sie.‹«

»Das ist eine Skulptur!«

Es kamen bereits Schüler für die nächste Stunde in den Raum.

»Das funktioniert, glaub mir«, sagte Steven. »Ich krieg seit Jahren nur gute Noten in Kunst.«

Ich riss ein Blatt von meinem Zeichenblock und schrieb: *ROHMATERIAL. Porträt der Künstlerin als Bündel trockener Zweige.*

»Na bitte.« Steven nickte beeindruckt. »Verdorrt. Tot. Fleischlos. Knochendürr. Dein Ernährungsberater wird sich nicht mehr einkriegen vor Freude.«

Steven McNeil, dachte ich auf dem Weg zum Lehrertisch. Er war einer der nervigsten Typen, die ich je kennengelernt hatte, aber auch unglaublich unterhaltsam.

12

Ich erzählte Noe von meinem Termin bei dem Ernährungsberater und hatte lediglich ein winziges bisschen schlechtes Gewissen wegen meiner genüsslichen Übertreibung, was sein Hörbuch anging.

»›Lutsch mein Schwert, du geile Magd‹?«, quietschte Noe und schüttelte sich. »Meine Güte, was für ein Freak. Die haben natürlich wieder mal den perversesten Fake-Berater eingestellt, den sie finden konnten.«

»Ich muss ein Essenstagebuch führen.«

»Wieso?«

»Na … damit wir einen Plan haben und ich mir Ziele setzen kann.«

»Aber du bist doch gar nicht …«

»Ja, ich weiß. Er hat mich mit Pizza-Coupons bestochen. Und es ist nur, bis er jemanden findet, der wirklich magersüchtig ist.«

Noe schlug sich gegen die Stirn. »Bethy, das führt doch zu nichts.«

»Na ja, es führt zu Pizza, das ist ja schon mal was.«

13

Am Nachmittag fand das erste Turntraining statt. Erst fühlte ich mich ziemlich gehemmt, weil ich unter den Zwölftklässlerinnen die einzige Neue war. Aber mit Noe an meiner Seite ging wie immer alles leichter. Während der Aufwärmphase saßen wir mit den anderen Zwölftklässlerinnen im Kreis, und Noe unterhielt alle mit meiner Geschichte von Bob dem Ernährungsberater und seinem schmutzigen Fantasyroman. Als Miss Bomtrauer uns nach Können einteilte und wir mit dem Training am Balken, Barren, Sprungtisch und auf dem Boden anfingen, hatte ich schon das Gefühl, voll dazuzugehören. Außer mir waren zwar nur Neuntklässlerinnen in der Anfängergruppe, aber das machte mir nichts aus. Ich gehörte eindeutig zu Noe, Kaylee und Rhiannon am anderen Ende der Turnhalle.

Auf dem Nachhauseweg fühlte ich mich müde und glücklich. »Das hat so einen Spaß gemacht!«, sagte ich immer wieder.

»Hab ich dir doch gesagt«, erwiderte Noe.

»Und Miss Bomtrauer ist so witzig. ›Ich will eure Hintern in der Luft sehen, hopp-hopp.‹«

»Hast du gesehen, wie sich Vanessa Guittard am Barren abgequält hat? Die ist diesen Sommer aufgegangen wie ein Hefekloß.«

»Ja, nicht? Weißt du, wieso?«

»Sie nimmt jetzt die Pille«, erklärte Noe. »Hat mir Kaylee erzählt. Die hat quasi über Nacht zwanzig Kilo zugenommen oder so.«

»Ich nehme auch die Pille«, sagte ich.

»Seit wann das denn?«

»Seit August. Diese Salbe hat bei meinen Pickeln irgendwie nicht geholfen.«

»Da würde ich an deiner Stelle vorsichtig sein. Diese Dinger haben krasse Nebenwirkungen. Ich kenne ein Mädchen, das hat von der Pille einen Schnurrbart bekommen.«

Ich zuckte zusammen und wünschte mir, ich könnte die Zeit zurückdrehen und die Pille von heute Morgen nicht nehmen. »Ich will keinen Schnurrbart kriegen!«

»Man kann auch nur eine halbe pro Tag nehmen, das weißt du, oder?«, sagte Noe. »Hilft genau so, und dann wird wenigstens keine zweite Vanessa aus dir.«

»Echt?«

»Ja, klar. Die Wochentage auf der Packung sind nur da, weil die meisten Menschen zu doof sind, um sich zu merken, ob sie die heute schon genommen haben.«

»Krass.« Ich war wieder einmal beeindruckt, dass Noe sich einfach mit allem auskannte.

Wir gingen weiter. Die Luft war immer noch sommerlich feuchtwarm. Am Straßenrand lagen rosa und orange verfärbte Eisstiele und leere Slurpee-Becher.

»Willst du mal was Krasses hören?«, fragte Noe. »Stevens Mom hat mir erzählt, dass er letzten Winter versucht hat, sich umzubringen.«

»Was? Warum denn?«

»Er war ziemlich depressiv, und dann hat ihn sein bescheuerter Freund abgefüllt, dabei ist Alkohol total gefährlich für Depressive. Er hatte Glück, dass ihn jemand auf der Brücke gesehen und abgehalten hat.«

»Wow.« Ich hatte noch nie jemanden kennengelernt, der sich hatte umbringen wollen.

»Seine Mom sagt, dass ich ihm sozusagen das Leben gerettet habe. So glücklich hat sie ihn noch nie gesehen.«

»Er wirkt wirklich glücklich, stimmt«, sagte ich und stieß meine Hüfte gegen ihre. »Vielleicht hat er nur ein bisschen Liiiebe gebraucht!«

Wir kamen an die Kreuzung, an der sich unsere Wege normalerweise trennten. »Willst du noch mit zu mir kommen?«, fragte Noe.

»Nur, wenn wir die Abkürzung nehmen.«

»Bethy, ich hab Ballettschläppchen an.«

»Dann geh doch barfuß.«

»Geh du doch barfuß, du Rambo.«

Ich schob sie vom Bürgersteig auf den winzigen Pfad, der zwischen den Ahornbäumen hindurchführte, und schon bald sang Noe.

Die Blätter flüsterten im Wind und waren noch grün und weich wie Sommerkleidchen, die die Bäume noch nicht gegen festere Kleidung eingetauscht hatten. Eine zerbrochene Flasche blitzte in der Sonne auf.

Wenn doch nur mein ganzes Leben daraus bestehen könnte, mit Noe durch den Wald zu gehen und dabei einander Geschichten über den Tod und die Pille und Mädchen mit Schnurrbärten zu erzählen, dachte ich. Der Wunsch stieg in mir auf, flog hinaus, und dann waren wir – viel zu früh – an der Straße angekommen.

14

September geht in unserer Stadt immer am schnellsten vorüber, und es ist der schönste Monat. Das Blau des Himmels wird durch das Gelb der Blätter noch mehr betont, die Luft ist sauber und rein, und die Stände rechts und links der Straße, die den Sommer über Pfirsiche und Pflaumen verkauft haben, holen die Körbe mit den Äpfeln und Birnen hervor. Es kommen immer noch busweise Touristen an, die sich in Wegwerfregenponchos unseren Wasserfall ansehen und in einem der vielen kleinen Souvenirlädchen Fudge kaufen, mit der SkyTram über den Fluss und zurück gondeln und sich für viel zu viel Geld mit einer Kutsche die blumengesäumten Straßen der historischen Altstadt entlangfahren lassen.

In der Schule quellen die Pinnwände fast über vor Angeboten für Teamsportarten, Clubs und andere Aktivitäten, und alle wirken irgendwie gehetzt, als müssten sie noch ganz schnell etwas erledigen, bevor die allwinterliche Lethargie einsetzt.

Es war schrecklich, nicht mehr wie in den Jahren zuvor fast alle Fächer mit Noe zusammen zu haben. Wir hatten sonst immer alle Partnerarbeiten zusammen gemacht, und wenn ich sie jetzt an den Spinden traf, diskutierte sie mit Steven über Tierschutz, unterhielt sich mit Kaylee und Rhiannon über die Physikhausaufgaben oder half irgendeinem Stufensprecher, das Verb *comer* zu konjugieren, und ich hatte keine Ahnung, worum es ging. Noe war immer schon mit vielen aus unserer Schule locker befreundet gewesen, aber bis jetzt waren diese Leute stets an der Peripherie geblieben. Jetzt, wo ich nicht mehr automatisch Noes Projektpartnerin war, traten die Peripheriemenschen einen Schritt näher, um das Vakuum zu füllen. Sie machten mit Noe Witze über den Spanischunterricht, die ich nicht verstand, sie regten sich gemeinsam über die unfaire Benotung des letzten Biotests auf und verabredeten sich nach der Schule auf einen Kaffee im Java Bean.

»Lindsay meint, wir sollten den Saal bei *Luigi* reservieren«, sagte Noe beispielsweise, und nach einigen Fragen meinerseits stellte sich dann heraus, dass sie mit Lindsay Harris während der Biostunde Pläne für den Homecoming-Ball geschmiedet hatte.

Ich gab mir große Mühe, mit den Veränderungen Schritt zu halten, sagte zu allen hallo, zu denen auch Noe hallo sagte, und blieb beim Training so lange wie möglich bei ihrer Gruppe, bevor ich zurück zu den Anfängerinnen gescheucht wurde.

Beim Training stand ich brav in der Schlange vor dem Sprungtisch oder am Barren an oder übte, beim Radschlagen die Füße gestreckt zu halten und sofort nach der Landung die Arme zu heben. Noe war meistens zu sehr mit ihren eigenen Pflicht- oder Kürübungen beschäftigt, um mit mir zu reden, aber ab und zu überraschte sie mich, stand etwa plötzlich neben der Matte, auf der Greta, Emily, Sawyer und ich von Miss Bomtrauer zu Bodenübungen verdonnert worden waren, umarmte mich, gab mir einen Tipp oder machte sich einfach nur über meine vergeblichen Versuche lustig, meinen Bewegungen Eleganz einzuhauchen. Einmal lag sie tatsächlich vor Lachen auf dem Boden, und die Tränen liefen ihr über die Wangen. Ich stand mit verschränkten Armen über ihr.

»Was denn?«, fragte ich. »WAS?«

»Das ist hier eine Turnhalle und kein Hochsicherheitstrakt, Annabeth! Du musst nicht die ganze Zeit so ernst gucken!«

Sie stand auf und führte mir vor, wie ich angeblich aussah: Sie biss die Zähne zusammen, runzelte die Stirn, setzte die Hände klatschend auf und landete mit einem Poltern.

»So sehe ich überhaupt nicht dabei aus«, protestierte ich.

»Ach, Annabeth«, erwiderte sie nur, »wir machen schon noch eine Turnerin aus dir.«

Sie richtete mit sanftem Druck meine herabhängenden Schultern, drehte meine Hüfte ein Stück, zeigte mir, wie ich die Arme heben und kurz zurückwippen sollte, bevor ich meinen Körper nach vorn warf.

»Noe!«, rief Miss Bomtrauer leicht genervt. »Hättest du bitte die Güte, dich wieder hier drüben zu betätigen, wo du hingehörst? Und Annabeth, du hast genug Radschlagen für heute geübt, mach dich mal an die Brücke.«

»Ich komme«, rief Noe fröhlich zurück und hüpfte zum Stufenbarren hinüber. Ich wurde rot. Es war mir peinlich, dass mich Miss Bomtrauer hatte ermahnen müssen, aber insgeheim freute ich mich auch darüber, mit Noe gemeinsam Ärger bekommen zu haben.

Ich stützte die Handflächen auf die kühle Matte. Es fühlte sich unglaublich schön an, sich in jemand Besseres zu verwandeln, zu sehen, wie sich die Bewegungen meines Körpers und meiner Muskeln Zentimeter für Zentimeter dem Ideal in meinem Kopf annäherten. Vielleicht war das auch für Noe der Grund, dass sie den Sport so liebte und die anderen Mädchen aus dem Turnteam wie Mitglieder einer Geheimorganisation behandelte, sie ständig umarmte und sich mit ihnen auf dem Schulflur in einer mir unbekannten Sprache austauschte.

Nach dem Training räumte ich immer noch gemeinsam mit ihr die schweren Matten weg und schob die Geräte aus dem Weg, oder wir gingen zusammen mit Kaylee, Rhiannon und Lindsay ins Java Bean, quetschten uns alle an einen kleinen Tisch am Fenster und tranken Eiskaffee, bis es dunkel wurde.

Einmal vergaß Noe ihren Kapuzenpullover neben dem Sprungtisch. Als ich ihn aufhob, entdeckte ich, dass innen ein hellrotes Herz eingenäht war. Von außen konnte man es nicht sehen, weil die Naht von der Kängurutasche verdeckt wurde. Ich stand dort neben dem Sprungtisch und war einen Moment lang wie gelähmt. Noe hatte mir nicht erzählt, dass Steven ihr mit so winzigen Stichen, dass sie aussahen wie eine Kette von Küssen, ein Herz in den Pullover genäht hatte.

Ich verließ die Turnhalle mit klopfendem Herzen und wünschte, ich hätte das kleine Herz nicht gesehen. Es machte mir ein schlechtes Gewissen, wie damals, als ich das Antidepressivum in Moms Spiegelschrank entdeckt hatte. Große Liebe und großer Schmerz: Beides empfand ich als unangenehm, denn beides rührte an die jeweiligen Stellen in meinem eigenen Herzen. Ich dachte über den Aufnäher in Noes Pullover nach, an die Vertrautheit und die Sicherheit, die damit einhergehen musste.

»Hier, den hast du vergessen«, sagte ich und warf ihr den Pullover zu.

»Danke, Süße.«

15

An dem Wochenende, an dem der Campingausflug der Zwölftklässler stattfand, hatte das Turnteam einen Wettbewerb mit einem anderem Team am Gailer College, einer großen Universität etwa eine Dreiviertelstunde Autofahrt von unserer Stadt entfernt. Ich hatte noch keine Boden- oder Stufenbarrenkür und musste deshalb nur mehrmals über den Sprungtisch und ein paar simple Posen auf dem Schwebebalken vorführen. Eigentlich hatten wir vorgehabt, Fotos davon zu machen, aber Noe hatte die Kamera vergessen. Nachdem ich fertig war, saß ich noch eine Weile in der lauten Sporthalle herum, aber irgendwann wurde es mir zu langweilig, und ich ging nach draußen, um einen Spaziergang zu machen. Leider war der Campus mehr oder weniger ein einziger Parkplatz, und als ich auf eine kleine Baumgruppe zulief, war ich plötzlich schon fast auf der Schnellstraße. Ich fand einen Grasstreifen, setzte mich und blätterte durch die zerknickte Ausgabe von *Überleben im Wald*, die ich immer dabeihatte. Dann kam jedoch ein Hausmeister mit einem Rasenkantenschneider vorbei, und der Lärm verscheuchte mich wieder.

Nachdem auch die anderen Mädchen fertig waren, wollten Noe und einige von ihnen zusammen ins Einkaufszentrum und dort nach Kleidern und Schuhen für den Homecoming-Ball schauen. Das Einkaufszentrum war direkt gegenüber der Uni, auf der anderen Seite der Schnellstraße, es war also nicht weit.

»Annabeth braucht Brüste«, entschied Noe, und sofort rauschte die gesamte Gruppe zu Victoria's Secrets und machte sich auf die Suche nach einem Push-up-BH für mich. Es war nett, im Zentrum der Aufmerksamkeit zu stehen, aber auch sehr anstrengend. Als wir den Unterwäscheladen wieder verließen, war ich völlig fertig. Ich warf einen sehnsüchtigen Blick zu den weißen Wölkchen und dem Sonnenschein, der durch die Dachfenster des Einkaufszentrums schien. Der perfekte Tag für einen Ausflug in den Wald.

»Du siehst ja völlig erschöpft aus«, sagte Mom, nachdem mich Noe zu Hause abgesetzt hatte.

»Was tu ich nicht alles für Noe«, stöhnte ich und ließ mich auf die Couch fallen.

Es hatte ein Witz sein sollen, aber Mom lachte nicht.

»Sie kann sich echt glücklich schätzen, so eine treue Freundin wie dich zu haben«, sagte sie nur und zog mich gedankenverloren ein paarmal am Fuß. Dann ging sie nach oben.

16

Der Homecoming-Ball war dieses Jahr etwas später als sonst und fiel in die erste Oktoberwoche. Normalerweise fand die Feier in der Sporthalle statt, aber den Eltern von einem der Stufensprecher gehörte ein Hotel gegenüber vom Botanischen Garten, und sie stellten der Schule gratis ihren Ballsaal zur Verfügung. Das war besonders praktisch, weil am Tag der Feier ein Rohr in der Sporthalle platzte und das Wasser dort mehrere Zentimeter hoch stand.

Für den Homecoming-Ball in der zehnten Klasse hatten Noe und ich uns bei mir zu Hause fertiggemacht und eine Million alberner Fotos miteinander geknipst. Meine Mom fuhr uns dann zum Tanz, wir blieben jedoch nur eine halbe Stunde und stolperten dann in unseren Kleidern und den High Heels zum Jamba Juice. Ich erinnere mich noch genau an den kühlen Herbstwind, der uns um die nackten Schultern wehte. Den Rest des Abends tranken wir Himbeersmoothies und lästerten über die völlig besoffenen Zwölftklässler, von denen die meisten nach der Schule aufs Gailer College gehen würden. An diesem Abend schmiedeten wir unsere Pläne für das Löwenzahntattoo und die Parisreise.

»Wenn ich in drei Jahren immer noch hier wohne und auf den

Partys meiner alten Schule vorbeischaue, erschieß mich bitte«, hatte Noe gesagt.

»In drei Jahren sind wir ja schon in Paris«, hatte ich geantwortet.

»Meinst du, du bist dann immer noch Jungfrau?«

»Hoffentlich nicht. Und du?«

»Ich glaube schon.«

»Obwohl wir dann in Paris leben?«, fragte ich lachend.

Noe nickte. »Ich will, dass es mit dem Mann passiert, mit dem ich für immer zusammenbleibe.«

»Ich hätte es gern mit einem heißen Franzosen.«

»Echt?« Noe klang überrascht.

»Ja, ich stell mir das so vor: Ich sitze in Paris neben irgendeinem wunderschönen Springbrunnen, und dann kommt dieser heiße Franzose an und setzt sich neben mich. Wir fühlen sofort eine knisternde Verbindung zwischen unseren Seelen, und dann trinken wir Wein in so einem Café, wo man draußen sitzt, und reden stundenlang. Und danach küssen wir uns in einer Seitenstraße, und unsere Leidenschaft übermannt uns, und dann machen wir es einfach da.«

»Du willst dein erstes Mal mit einem völlig Fremden in einer Seitenstraße haben?«

»Ich find das romantisch«, verteidigte ich mich. Wieso sah Noe denn einfach über das mit der knisternden Seelenverbindung hinweg?

»Ich glaube eher, du wirst dich Hals über Kopf in jemanden verlieben und denjenigen dann heiraten.«

Ich verdrehte die Augen. Noe wünschte mir immer die Dinge,

die sie selbst glücklich machten. Manchmal nervte es mich, aber meistens fand ich es süß.

»Vielleicht ist das so eine Freud'sche Sache«, überlegte Noe. »Du hast deinen Vater nie kennengelernt und willst deshalb einen Fremden für dein erstes Mal haben. Meine Eltern haben direkt nach der Schule geheiratet, also bin ich auf der Suche nach der wahren Liebe.«

Wir analysierten einander noch den ganzen Abend lang und nahmen uns dabei gegenseitig so auseinander, wie es nur beste Freundinnen können. Als das Jamba Juice zumachte, staksten wir auf unseren High Heels zu Noe nach Hause, kuschelten uns gemeinsam unter eine Decke auf die Couch und schliefen vor dem Fernseher ein.

Ich hatte heimlich immer gehofft, dass es dieses Jahr genauso laufen würde, aber Noe hatte Großes vor.

»Das ist unser letzter Homecoming-Ball. Wir sollten was Besonderes machen.«

Vor dem Tanz gingen Noe, Steven, ich und ein paar Mädels aus dem Turnteam bei einem schicken Italiener essen. Ich fand es ehrlich gesagt ziemlich anstrengend. Das Restaurant war sehr voll, es war laut, und man musste ständig nachfragen, weil man den anderen nie beim ersten Mal verstand. Steven und ich alberten eine Weile herum und zeichneten Porträts der Gäste auf unsere Servietten, aber dann bemerkte Noe, was wir taten.

»Wir sind hier nicht bei McDonald's, hier malt man nicht auf den Servietten rum!« Sie schnappte uns den Kuli weg und steckte ihn in die Handtasche.

Ich hatte ein schlechtes Gewissen, dass ich ihren romantischen

Restaurantbesuch nicht richtig gewürdigt hatte, und Steven ging es offensichtlich genauso. Kurz darauf ging er mit ihr gemeinsam ein paar Leute aus unserer Schule begrüßen, die an einem anderen Tisch saßen. Er legte ihr den Arm um die Schulter und versuchte nicht einmal kurz, sie dabei zu kitzeln. Er benahm sich offensichtlich, so gut er konnte.

Ich saß neben Kaylee und Rhiannon, und die beiden fragten mich die ganze Zeit, wieso ich denn so still sei und nie etwas sagen würde, und wollten dann wissen, ob es stimmte, dass meine Mutter noch zur Schule gegangen sei, als sie mich bekam, und wo mein Vater sei.

Ich wusste nicht, was ich darauf antworten sollte. Nicht einmal Noe kannte die ganze Wahrheit. Ich fühlte mich nach diesen Fragen so unglaublich unwohl, dass ich mein Essen nicht mehr hinunterbekam und meine Linguine stehenließ. Ich tat, als wäre ich mit meinem Handy beschäftigt, bis Noe endlich wiederkam, sich neben mich setzte und fragte, ob wir alle Spaß hätten.

Beim Tanz wurde es dann besser. Der Ballsaal war mit Luftschlangen und Blumen in den Schulfarben dekoriert, und die Stufensprecher verteilten am Eingang Gerbera. Alle tanzten in großen Gruppen zusammen, und ich musste mit niemandem reden. Nach einer Stunde begannen aber die langsamen Lieder. Noe und Steven tanzten eng, sahen plötzlich ganz ernst aus und flüsterten miteinander. Ich wollte nicht verkrampft danebenstehen, während die beiden so miteinander tanzten, holte meine Handtasche und ging vor die Tür. Ich sagte mir, ich bräuchte mal ein bisschen frische Luft, aber in Wirklichkeit war ich immer noch unglücklich wegen der Sache im Restaurant und wollte allein sein.

Vor dem Hotel war ein ständiges Kommen und Gehen, Schüler lachten und machten miteinander Selfies vor den Blumenkübeln. Das war mir alles zu viel. Ich ging um das Gebäude herum zum Parkplatz, setzte mich auf eine niedrige Betonmauer, neben der ein Lüftungsschacht leise brummte, und holte *Überleben im Wald* hervor.

Ich hatte erst kurz dort gesessen und die kühle Feuchtigkeit des Betons unter mir genossen, die angenehm durch mein Kleid kroch, als plötzlich Oliver Mazetti um die Ecke kam. Er hatte so eine Sportlertrinkflasche in der Hand. Mein Nacken wurde warm. Oliver war seit letztem Jahr mit der Schule fertig und hatte im Sommer als Gärtner im Botanischen Garten gearbeitet, wo ich im Eisladen arbeitete. Wir hatten uns ein paarmal gesehen und hallo gesagt, aber danach hatte ich nicht mehr an ihn gedacht.

»Hey, das Eissalonmädchen!«, sagte er.

Er war wahrscheinlich auf dem Weg zu seinem Auto gewesen, aber jetzt kam er auf mich zu. Er ging zwar nicht mehr zur Schule, aber es war Tradition für die ehemaligen Zwölftklässler, noch einmal beim Homecoming-Ball aufzutauchen.

»Was machst du denn hier allein?«, fragte er.

»Ich brauchte mal eine Pause.«

Oliver hatte sonnengebräunte Arme, weil er den ganzen Sommer lang im Freien gearbeitet hatte. Auf einem war eine lange rosa Narbe von einem Unfall mit der Heckenschere. Das wusste ich, weil Olivers Chef sich an dem Tag unseren Erste-Hilfe-Kasten ausgeliehen hatte.

Oliver setzte sich neben mich auf die Mauer. »Was liest'n da?«

Ich zeigte ihm das Buch.

»Du hast dir zum Ball ein Buch über das Überleben in der Wildnis mitgenommen?«

»*Hey man, it's a jungle in there!*«, gab ich zurück.

Er lachte, und ich hatte das Gefühl, es wäre gerade sehr viel wärmer um uns geworden.

»Willst du einen Schluck?« Er hielt mir seine Trinkflasche hin.

»Was ist das denn?«

»Jack Daniel's mit Gatorade.«

»Stylish«, sagte ich. »Bist du jetzt unter die Alkoholiker-Fußballtrainer gegangen, oder was?«

»Du bist gemein.« Er stieß mit seinem Knie gegen meins. »Du trinkst bestimmt nur so bunte Drinks mit Schirmchen, hm?«

»Von wegen! Gib her.«

Meine Hand zitterte. Ich nahm einen Schluck. Was wurde das denn hier? Ich hatte keine Ahnung, aber zum ersten Mal an diesem Abend Spaß. Ich stellte mir schon vor, wie ich später auf Noes Bett liegen und ihr alles erzählen würde. *Hey man, it's a jungle in there.*

»Arbeitest du noch im Botanischen Garten?«, fragte ich.

»Noch drei Wochen, ja.«

»Und dann?«

»Dann geht's ab nach Alaska.«

»Im Ernst?«

Oliver nahm einen Schluck und gab mir die Flasche zurück. »Ja, ein Freund von mir hat einen Onkel da oben, und der besorgt uns einen Job auf einem Krabbenkutter. Der gefährlichste Job auf der Welt.«

»Wow«, sagte ich.

»Da gab's sogar mal eine Doku drüber. Richtig krass. Man verdient zehntausend die Woche oder so.«

»Ich will auch irgendwann nach Alaska.«

»Deshalb liest du auch das Buch, hm? Vielleicht kannst du mir ja ein paar Tipps geben. Was macht man zum Beispiel, wenn einen ein Eisbär anfällt?«

»Keine Ahnung.« Ich musste lachen.

»Du bist doch die mit dem Buch, wer soll das denn sonst wissen.«

»Kannst ihm ja eine Krabbe hinwerfen.«

»Ich verfüttere doch meinen Fang nicht an irgendeinen Eisbären, das Kilo ist zweihundert Dollar wert!«

Wir redeten weiter, bis die Flasche leer war. Über Alaska, wessen Ferienjob im Botanischen Garten der schlimmere war und über den Direktor Mr Beek, der Oliver letztes Jahr suspendiert hatte.

»Gehst du jetzt wieder rein?«, fragte Oliver.

»Weiß ich noch nicht.« Meine Wangen röteten sich, weil ich damit zugegeben hatte, dass ich auch für aufregendere Optionen offen war.

»Wollen wir ein bisschen spazieren gehen?«, fragte Oliver.

»Klar.«

Wir rutschten von der Mauer und gingen über die Wiese rüber zum Botanischen Garten. Ich fühlte mich in meinen hohen Schuhen sehr wackelig, als würde ich auf dem Mond laufen.

»Pass schön auf«, sagte Oliver und legte mir den Arm um die Schultern.

Wir gingen am Eisladen vorbei. Ich blieb kurz stehen, hielt

mich an Oliver fest, um nicht umzufallen, und zerrte mir die Schuhe von den Füßen. Ich legte sie auf dem Deckel einer Mülltonne ab; mein etwas angetrunkenes Gehirn hielt das anscheinend für einen sicheren Ort, an dem ich sie auf keinen Fall vergessen würde.

»Willst du mal was Cooles sehen?«, fragte Oliver.

»Ja«, flüsterte ich.

Oliver nahm meine Hand, und wir gingen gemeinsam über das feuchte Gras, zwischen duftenden Beeten mit Sonnenhut und Rosen hindurch. Schwer vorstellbar, dass ich vor einem Monat noch hier gearbeitet und schwitzend Eiswaffeln mit Kugeln bestückt hatte. Seitdem hatte sich so viel verändert, und jetzt spazierte ich hier auch noch mit Oliver herum, Mondlicht auf meinen nackten Armen, und erlebte eine Nacht, die ich nie vergessen würde.

Wir gingen einen kleinen Pfad hinunter und kamen zum hinteren Teil des Gartens mit den Geräteschuppen und den Carports, unter denen die Golfcarts ordentlich nebeneinander geparkt waren. Ich war noch nie hier gewesen, aber als Gärtner kannte sich Oliver natürlich aus.

»Da drüben«, sagte er und führte mich zu einem kleinen Gewächshaus. Es war voller Orchideen, die sich sanft auf ihren grünen Stängeln wiegten. Die Luft war warm und feucht und duftete – wie wenn man das Bad betritt, nachdem gerade jemand geduscht hat.

»Ganz schön cool, oder?«, fragte Oliver.

Er legte mir die Hand auf die Hüfte, und ich drehte mich ihm zu. Unsere Lippen berührten sich, und unsere Zungen bewegten sich gegeneinander wie zwei Siamesische Kampffische, die man zusammen in ein Aquarium gesperrt hatte. Wir machten zusammen einen unsicheren Schritt von der Mitte des Orchideenhauses zur Wand und glitten dort langsam hinunter auf den Boden.

»Willst du aufhören?«, fragte Oliver.

Ob ich aufhören wollte? Nein, ich wollte weitermachen.

»Ist das okay?«, fragte Oliver. »Immer noch okay?«

»Ja.«

Vorsichtiges Rangieren. Noch ein wenig mehr. Ein beschämtes Murmeln von Oliver, ein beruhigendes Wort von mir, und dann …

Ich stöhnte auf und trat mit dem Fuß gegen einen Blumentopf.

»Immer noch okay?«

Ich küsste ihn zur Antwort.

Die Orchideen sahen auf uns herab wie kleine Gesichter.

Aus umgekippten Blumentöpfen war Erde gerieselt.

Durch ein Loch in einem der Dachfenster schien Mondlicht.

Oliver schmeckte wie der Wasserfall.

17

Zu Hause in meinem Zimmer drehte ich mich dreimal um mich selbst, küsste die Orchidee, die ich hatte mitgehen lassen, und legte sie zum Trocknen zwischen die Seiten meines Spanischwörterbuchs.

Ich lag auf meinem Bett. Die Zimmerdecke über mir drehte sich.

Ich öffnete das Fenster und ließ die Nachtluft herein, auf dass sie mein nun älteres, weiseres, erfahreneres Ich einhüllte.

18

»Was ist denn nun das große Geheimnis?«, fragte Noe.

Wir saßen auf ihrem Bett. Es war bereits früher Nachmittag, Noe trug aber immer noch ihren Schlafanzug mit den Kühen drauf. Die Blumen, die Steven ihr geschenkt hatte, standen in einer Vase auf ihrer Kommode. Bei ihrem Anblick musste ich an Orchideen denken und bekam eine Gänsehaut am ganzen Körper. Noe war normalerweise die Romantischere von uns beiden, aber mit dem, was letzte Nacht passiert war, hatte ich wohl doch einmal die Nase vorn.

Ich trug meine Neuigkeiten schon den ganzen Vormittag mit mir herum wie einen bunten Knopf, den man unter der Zunge irgendwo hineinschmuggelt. Als Noe um eins immer noch nicht auf meine Nachrichten geantwortet hatte, rief ich ihre Mutter an, die daraufhin nach oben ging und Noe endlich weckte.

»Ich war mit Oliver Mazetti im Orchideenhaus«, platzte ich sofort heraus. In dem Moment, als ich es sagte, sah und hörte ich alles sofort noch einmal – das Mondlicht, den Tau auf meiner Haut, Olivers tiefe, aufregende Stimme, als er mich fragte, ob ich wirklich weitermachen wollte. Ich biss mir auf die Lippe und rutschte ein wenig hin und her, als ob diese Tatsache so groß war, dass ich schon beim bloßen Gedanken daran nicht stillsitzen konnte.

»Wie jetzt?«, fragte Noe.

»Ich wollte ein bisschen frische Luft und bin rausgegangen, und er ist da vorbeigekommen, wo ich gesessen habe, und dann haben wir Jack Daniel's mit Gatorade getrunken und uns ewig lange unterhalten, und dann hat er mich gefragt, ob wir spazieren gehen wollen, und wir haben uns in den Botanischen Garten geschlichen, und er hat mir einen geheimen Ort gezeigt, wo sonst nur die Gärtner hingehen, und dann haben wir … ähm …« Ich verstummte, um Noe Gelegenheit für eine angemessene Reaktion zu geben.

»Habt ihr etwa rumgeknutscht?«, quietschte Noe.

»Ein bisschen mehr als das.«

Es dauerte einen Moment, bis Noe verstand.

»O mein Gott!«, kreischte sie. »Annabeth, du alte Schlampe!«

Sie warf ein Kissen nach mir, ich quiekte überrascht, und dann lachten wir beide los, ein haltloses Lachen, wie wenn eine Maschine plötzlich ein Eigenleben entwickelt und nicht mehr abzustellen ist. Unser Lachen füllte Noes Zimmer und schien das ganze Haus in den Grundfesten zu erschüttern. Was ich erlebt hatte, war einfach eine zu große Sache, darauf konnte man nicht mit Worten reagieren.

»Ich hab das Gefühl, ich müsste dich tausend Sachen fragen, aber mir fällt gar nichts ein«, sagte Noe, als sie wieder Luft bekam. »War es aufregend?«

Ich nahm das Kissen, das sie nach mir geworfen hatte, und umarmte es fest. »Ähm … ja.«

»Hast du ihn verführt oder er dich?«

»Es war eher ein gegenseitiges Verführen«, antwortete ich.

Wir fingen wieder an zu lachen, die ganze Situation war viel zu mächtig für Noes kleines Zimmer.

»Seht ihr euch wieder? Oder war das ein verrückter One-Night-Stand?«

Diese Frage schwirrte mir auch schon den ganzen Tag durch den Kopf. Ich hatte mir bereits jedes erdenklich Szenario ausgemalt – dass ich Oliver nie wiedersehen und unsere gemeinsame Nacht für immer meine wildeste, phantastischste Erinnerung bleiben würde, oder auch, dass wir eine dreiwöchige Romanze voller Orchideenhausbesuche vor uns hatten, bis er dann unter Tränen Abschied von mir nehmen und nach Alaska gehen würde.

»Keine Ahnung«, sagte ich. »Wir haben Nummern ausgetauscht, aber das hat sich eher nach ›danke für den schönen Abend‹ angefühlt als nach ›ab jetzt sind wir also Freund und Freundin‹. Ich glaube, wir hätten uns im Alltag nicht viel zu sagen.«

»Steven und ich haben noch gar nichts gemacht«, sagte Noe. »Wir haben einmal versucht, oben ohne miteinander rumzumachen, aber das war total verkrampft. Wir so: ›Lass uns mal lieber wieder anziehen und noch eine Runde Uno spielen.‹«

»Wieso war es verkrampft?«, wollte ich wissen.

»Keine Ahnung. Stevens Familie ist ja ziemlich religiös, und er hatte Angst, aus Versehen irgendwas Falsches oder Respektloses zu machen. Wir haben lange drüber geredet, und er meinte, er will mich nur küssen und mir Blumen bringen und sonst erst mal sehr lange nicht weitergehen. Und ich meinte, dass das okay für mich ist.«

Ich unterdrückte ein Lächeln. Noe war noch nie ein großer Fan von Körperlichkeit gewesen, ihren letzten Freund hatte sie ganze zwei Male geküsst. Dabei schien sie aber überhaupt nicht mitzubekommen, dass diese Schüchternheit genauso von ihr ausging wie von den Jungs. Ich fand es süß und ein bisschen traurig, dass Noe sich das nicht eingestehen konnte. Dadurch wuchs mein Beschützerinstinkt ihr gegenüber jedoch noch mehr.

»Fühlst du dich jetzt anders?«, fragte sie.

»Irgendwie schon.«

»Inwiefern?«

Wir lagen nebeneinander auf Noes Bett und wurden vom Sonnenlicht gewärmt.

»So wie …« Es war schwer, die richtigen Worte zu finden. »Wie wenn man ganz lange darüber nachdenkt, vom Zehnmeterturm zu springen, und überlegt, ob man dabei Angst haben wird und ob man Wasser in die Nase kriegt und so, und dann macht man es und denkt sich hinterher: ›Nicht schlecht, das könnte ich öfter machen.‹ Und wenn man dann im Film sieht, dass es jemand macht, denkt man sich: ›Das hab ich auch schon mal gemacht.‹«

»Ich kann einfach nicht fassen, dass es letzte Nacht war. Einfach so.«

»Einfach perfekt.«

Draußen vor dem Fenster zirpten die Zikaden. Noe drückte meine Hand.

»Ich fühl ganz deutlich, wie alles um uns rum passiert, Bethy. Weißt du, was ich meine?«

»Weiß ich ganz genau, ja«, sagte ich, und das Zimmer schien zu leuchten und sich zu röten wie eine Blüte, die kurz davor ist, zu erstrahlen.

19

»Ich hab gehört, du hast dich von der Feier weggeschlichen?«, sagte Steven zu mir.

Wir saßen zusammen in der Cafeteria. Noe und ich hatten ihm gerade von unserer Idee mit dem Restaurant erzählt, in welchem es winzig kleine Löffel gibt und man exakt 75 Milliliter Suppe bestellen kann, damit kein Essen verschwendet wird.

Gestern Abend hatte mich Oliver angeschrieben. Ich war noch bei Noe gewesen, und wir hatten seine Nachricht *(hey)* gemeinsam genauestens analysiert und uns dann als Antwort darauf für ein unverfängliches aber freundliches *hey* ☺ entschieden. Danach hatte ich mein Handy schnell ausgeschaltet, bevor er mir zurückschreiben konnte. Die Emotionen dieses ersten Gesprächs hatten mich schon fast überwältigt, und ich fühlte mich bei weitem nicht stark genug, um über einen zweiten oder sogar dritten Dialogschritt auch nur nachzudenken.

»Darf ich es ihm erzählen?«, fragte Noe. »Bitte!«

»Noe …«

»Annabeth war im Orchideenhaus«, sagte sie zu Steven, wobei sie bei ›Orchideenhaus‹ bedeutungsvoll die Brauen hob und mit den Schultern wackelte wie eine Burlesquetänzerin.

»Ist das Gangstersprache für verhaftet werden?«, fragte Steven.

»Jep«, sagte ich. »Sittlichkeitsvergehen.«

»Nein«, widersprach Noe, »das heißt, sie hat Acid genommen.«

»Nein«, widersprach ich nun wieder, »das heißt, ich war im Puff.«

»Um genau zu sein, ist Annabeth eine drogenabhängige, kriminelle Prostituierte«, fasste Noe zusammen.

»Wusste ich's doch!« Steven schlug mit der Handfläche auf den Tisch.

Ich lachte in meine Milch. Ich konnte mir schon genau vorstellen, wie Noe und ich nächstes Jahr an der Northern abends immer am coolen Intellektuellentisch der Cafeteria saßen und Insiderwitze miteinander austauschten, bis die Cafeteria für den Abend zumachte und sie uns rauswarfen. Dann würden wir hoch in unser Wohnheimzimmer gehen, und Noe würde mit Steven am Computer chatten, während ich mich auf dem Bett ausstreckte und über meine neueste Eroberung nachdachte.

Ein paar von Stevens Freunden aus dem Theaterkurs kamen an den Tisch, setzten sich dazu und teilten Karten für irgendein Spiel aus. Noe hakte sich bei mir unter.

»Los, wir hauen ab.«

Im Rausgehen hörten wir Steven uns hinterherrufen: »Was denn, wollt ihr etwa nicht beim Skat zugucken?«, und konnten uns vor Lachen kaum halten, zwei Komplizen, die sich zwar keines Verbrechens, aber dafür umso mehr ihrer Komplizenschaft bewusst waren.

Am diesem Nachmittag ging ich nach der Schule zu den Bahngleisen, meinem Lieblingsort. Die Gleise führen an einem Märchenwald entlang, in dem es so laut zwitschert und summt, dass man das Gefühl bekommt, man hätte aus Versehen eine andere Welt betreten. Der Wald war jetzt voller Zitronenmelisse, Goldrute und Sumach. Man konnte sich eins der roten Hörner abbrechen und den pelzigen, sauren Saft aus den Beeren saugen und sich damit vor Skorbut schützen.

Als ich ankam, schwirrten die letzten Glühwürmchen zwischen den Blättern umher. Ich setzte mich auf den Waldboden, lehnte mich mit dem Rücken an das verrostete Autowrack, das schon dort gestanden hatte, als Mom noch ein Kind war, und lauschte dem Stöhnen und Ächzen der Frachtzüge.

Ich schob einen kleinen Hügel aus Laub, Zweigen und Steinen zusammen, ein kleiner Schrein, von dem ich nicht genau wusste, wofür er war. Ich fühlte nur ganz deutlich, wie glücklich ich war und wie geliebt ich mich fühlte und dass ich ein zitterndes Blatt am großen Baum des Lebens war. Die Zikaden nahmen ihr ohrenbetäubendes Gezirpe um mich herum auf, und ich stand auf und tanzte. Eine ganz persönliche Verrücktheit überkam mich, die Verrücktheit, dass ich siebzehn und keine Jungfrau mehr war und dies der letzte warme Herbstabend sein würde.

Danke, flüsterte ich vor mich hin und meinte damit niemand Bestimmtes. *Danke, danke, danke.*

Ein Zug kündigte sich laut pfeifend an. Immer noch im Schneidersitz sitzend, beugte ich mich etwas vor, berührte den Boden vor mir und saß dort, bis die ersten Sterne kamen.

20

Oliver schrieb mich danach jeden Abend an, aber wir hatten uns nicht viel zu sagen, und nachdem wir uns halbherzig verabredet hatten, um einander noch einmal zu sehen, bevor er nach Alaska ging, wurden die Nachrichten weniger und hörten schließlich ganz auf. Ich war erleichtert. Um ehrlich zu sein, spielte Oliver bei der ganzen Sache lediglich eine Nebenrolle. Viel aufregender war, wie romantisch, wie filmmäßig perfekt dieser gemeinsame Abend gewesen war.

Die ganze Woche über ging ich wie auf Wolken und hatte meine Schwierigkeiten, das unglaubliche Leuchten in meinem Inneren nicht nach außen zu lassen. Ab und zu tauschten Noe und ich Blicke aus oder legten einander auf dem Weg nach Hause vom Turntraining den Arm um die Schulter und waren uns der Größe der Welt sehr bewusst.

»Wenn wir uns dann das Tattoo machen lassen …«, sagten wir immer wieder.

»Wenn wir zusammen im Wohnheim wohnen.«

»Wenn wir unser Restaurant aufmachen.«

Ich musste an die Beschreibung der Vogelrufe in einem Buch von Mom denken. Das war der Ruf von Noe und Annabeth: *Wenn-wir, wenn-wir, wenn-wir.*

21

In der Woche vor Halloween wurde der Oktober plötzlich kalt, ließ den Sommer einfach so los wie ein Bergsteiger einen Felsvorsprung, an dem er sich lange mit verzweifelten Kräften festgehalten hat. Die Blätter fielen von den Bäumen. Mom holte den Karton mit den Wintersachen aus dem Keller – Mützen, Schals und einzelne Handschuhe, deren Gegenstücke fehlten. Allmählich ließ die Aufregung über die Geschehnisse im Orchideenhaus nach und machte Platz für Alltagsdinge.

In Englisch behandelten wir die drei Formen der Ironie.

In Medienwissenschaften analysierten wir die versteckten Aussagen mehrerer Werbespots.

Beim Turntraining unterhielt mich Noe mit Geschichten der Teammitglieder von früher bis heute. Lindsay Harris war zum Beispiel angeblich mal beim Spagat auf dem Balken der Tampon rausgefallen. Mindy Chafik hatte sich einmal vor dem Training betrunken und sich dann während ihrer Übung am Barren im hohen Bogen übergeben. Und niemand hatte gewusst, dass sich Cassidy LaClaire ritzte, bis sie zum ersten Mal den Gymnastikanzug auszog und die zwei Narbenleitern auf der Innenseite ihrer Oberschenkel zu sehen waren.

Noe war Expertin und wusste alles über diese Mädchen. Sie

kannte jedes Geheimnis und jeden Fehltritt. Ich lauschte ihr mit einer Mischung aus Angst und Bewunderung. Als Mädchen gab es so viele Möglichkeiten, sich zu zerstören, schien sie zu sagen. Zum Glück existierte diese Gefahr bei uns beiden nicht.

Ein paar Tage vor Halloween gab es einen kleinen Wettbewerb an der katholischen Schule St. Barnabas. Es traten nur wenige Teams an, und aus unserem Team gewann jedes Mädchen irgendetwas. Nachdem wir fertig waren, hockten wir zusammen auf der Tribüne und lästerten über die St.-Barnabas-Mädchen, die rundlich und kompakt waren und wie Speckstücke aussahen in ihren rosa-weißen Gymnastikanzügen mit dem Kreuz von St. Barnabas auf dem Po. Ich wurde am Barren Dritte, unser gesamtes Team applaudierte, und die ganze Busfahrt nach Hause schwärmte mir Noe vor, wie unglaublich ich gewesen sei.

»Du hättest dich sehen sollen, Bethy. Wenn du dich doch bloß selbst gesehen hättest! Du sahst aus wie eine richtige Turnerin!«

In Wirtschaftsmathe erfuhren wir alles über Zins und Zinseszins.

Im Theaterunterricht spielten wir Szenen aus verschiedenen Shakespearestücken.

In Kunst veranstalteten wir in den letzten zehn Minuten der Stunde eine Mini-Ausstellung unserer Selbstporträts: Wir durften umherlaufen, uns die Porträts der anderen ansehen und gemeinsam diskutieren. Das machte jedoch fast niemand. Die Werke waren allesamt ziemlich schlecht. Die meisten hatten eine Kohlezeichnung von sich angefertigt, nur Steven hatte stattdessen eine Fotocollage aus tausend winzigen Bildern von Noe gebastelt, und Amy McDougall hatte mit Filzstift ein Bild von sich als Animefigur gezeichnet – mit allem Drum und Dran: superlange Beine und Minirock und so. Und dann gab es natürlich noch meine Stöcke.

Steven und ich spazierten gemeinsam durch die Klasse und sahen uns die Bilder der anderen an.

»Siehst du, was ich sehe?«, fragte Steven.

Ich betrachtete aufmerksam Amys Anime-Bild inmitten der Kohlegesichter.

»Unterwäsche. Man kann ihre Unterwäsche sehen.«

»Oh«, sagte ich. »Wow.«

Man konnte wirklich ihre Unterwäsche sehen.

Am Ende der Stunde durften wir uns unsere Porträts und unsere Zensuren abholen. Ich sah, wie Amy auf die Rückseite ihrer Zeichnung sah und dann zufrieden lächelte. Steven hatte mit seinem *Junge mit Regenbogenherz* gerade so bestanden. Neben meinen Stöcken lag ein Zettel, auf dem »zweite Chance« stand.

»Unverschämtheit!«, schimpfte ich, sobald wir draußen waren. »Wieso lässt der Anime-Unterwäsche durchgehen, aber *Rohmaterial* muss ich noch mal neu machen?«

»Na ja, bei Anime-Unterwäsche ist die Schattierung ziemlich gelungen, das muss man zugeben. Kann man bei deinem nicht behaupten.«

»Aber Anime-Unterwäsche ist doch bloß Fanfiction in Bildform«, wandte ich ein. »*Rohmaterial* ist dagegen ungezügelte Kunst voller Aussagekraft.«

»*Rohmaterial* ist eine Handvoll Stöcke«, erinnerte mich Steven.

»Du spinnst wohl!«, rief ich. »Du meintest doch, ich soll das abgeben. ›Oooh, ich bin Steven, ich bekomme seit Jahren nur Einsen in Kunst!‹«

Steven sah mich traurig an. »Ein Merkmal großer Künstler ist doch, dass sie nicht gewürdigt werden. Dass du dein Selbstporträt noch mal machen musst, heißt also nur, dass du auf dem richtigen Weg bist.«

Wir kamen zu den Toiletten. Ich öffnete die Tür der Mädchen. Steven folgte mir. Ich zögerte. »Das hier ist das Mädchenklo.«

»Ich muss aber auch pinkeln.«

»Dann geh halt aufs Jungsklo.«

»Aber wir unterhalten uns doch gerade!«

Ich blieb neben den Waschbecken stehen. »Im Ernst, geh bitte raus.«

»Ach komm schon, Annabeth. Hat dich noch nie jemand pinkeln gehört?«

»Steven.«

»Was? Ich dachte, wir sind Freunde.«

»Dass wir Freunde sind, heißt noch lange nicht, dass wir Pinkelschwestern sind.«

»Pinkelschwestern, Pinkelschwestern!«, sang Steven.

Er ging in eine der Kabinen. Kurz darauf war ein lautes Plätschern zu hören.

»Na los, Annabeth. Pinkel mit.«

Ich wollte gerade wieder losschimpfen, zuckte stattdessen jedoch mit den Schultern und ging ebenfalls in eine Kabine. Steven redete einfach weiter.

»Unisextoiletten sind eh im Kommen. In fünfzig Jahren werden sich unsere Enkel darüber totlachen, dass wir früher getrennte Klos hatten.«

Ich redete mit, größtenteils, um das Geräusch zu überdecken.

»Ja, bestimmt gibt es bald Pinkel-Aufstände, wo die Leute die Piktogramme von den Toilettentüren abreißen und öffentlich verbrennen.«

»Genau!«, sagte Steven begeistert.

»›2024 wurden während der großen Pinkelaufstände noch Tausende verhaftet‹«, sagte ich in meiner allerbesten Nachrichtensprecherstimme, »›2025 wurde mit einem Referendum jedoch endlich Toilettengleichheit erreicht.‹«

Wir wuschen uns nebeneinander die Hände.

»Pinkelschwestern?«, fragte ich im Rausgehen.

Steven salutierte. »Pinkelschwestern auf ewig.«

Noe kam uns mit Kaylee und Lindsay entgegen. »Ihr seht aber zufrieden aus.«

»Wir sind jetzt Pinkelschwestern«, erklärte ich.

Kaylee und Lindsay tauschten Blicke aus.

»Wie bitte?«, fragte Noe.

Steven lachte. »Wir haben das vorherrschende Paradigma der Geschlechtertrennung bei der Blasenentleerung gestürzt.«

»Wir betrachten den Diskurs über männliche und weibliche Urinierrollen von nun an aus einer ganz neuen, säkularen Perspektive«, ergänzte ich.

»Oookay«, sagte Noe nur.

Es war seltsam, wie sie sich vor Kaylee und Lindsay so anders verhielt, anstatt bei unserem Blödsinn mitzumachen. Ich hatte plötzlich das Bedürfnis, sie in die Seite zu piken. Letztens beim

Turntraining hatte ich gehört, wie sie den beiden Mädchen erzählte, sie und Steven hätten es neulich fast getan, als sie bei ihm allein zu Hause waren. Wenn ich das mit dem verglich, was sie mir erzählt hatte, wirkte diese Darstellung doch sehr großzügig formuliert. Ich vergaß manchmal, dass Noes Selbstbewusstsein auch seine Grenzen hatte. Anderen Mädchen gegenüber konnte sie geradezu unsicher sein.

»Wo wir gerade von Geschlechterrollen sprechen, Steven«, sagte Noe, »du fährst uns heute Abend übrigens ins Kino.«

Schlagartig wirkte Steven nüchtern. »Yes, Ma'am.« Er gesellte sich an ihre Seite und fasste wie immer mit seinem kleinen Finger nach ihrem kleinen Finger.

Ich stöhnte innerlich. Noe machte sich doch nicht etwa wirklich Gedanken darum, was Kaylee und Lindsay von Steven hielten, oder? Sie war schließlich Noe, da war es doch völlig egal, was die anderen dachten.

»Ihr zwei seid echt zu süß«, sagte Lindsay Harris, Miss Herausgefallener Tampon.

Ich konnte es kaum ertragen, sie so vertraut über Noe und Steven reden zu hören, als ob die beiden ihr gehörten. *Was soll denn das?*, hätte ich sie am liebsten gefragt. *Das sind* meine *Freunde.*

Mir fiel auf, dass ich mittlerweile als Letzte und allein hinter den anderen ging. Ich hatte nicht gemerkt, wie das passiert war.

»Weiß jemand, was es heute zum Mittag gibt?«, fragte Noe.

Ich sagte, dass es Spaghetti und Totes-Tier-Klößchen gebe, aber die anderen redeten so laut, dass sie mich nicht hörten.

22

Bei meinem zweiten Termin mit Bob lief wieder ein Hörbuch. Er war gerade mit seinem Computer beschäftigt und bemerkte mich erst, nachdem ich etwa fünf Minuten auf dem Sprechenden Stuhl gesessen hatte. Ich machte auch nicht auf mich aufmerksam, sondern lauschte der Geschichte. Ziemlicher Quatsch, irgendwas mit Feen und Schwertern und Leuten, die im Eis gefangen waren, aber trotzdem wollte man wissen, wie es weiterging. Bob bemerkte mich endlich, als wir beide über etwas lachen mussten, das der Heitere Magier gesagt hatte.

»Annabeth! Seit wann bist du denn da?«

»Was für ein Buch ist das?«

Bob wurde rot und kramte in seiner Schreibtischschublade nach der CD-Hülle. *The Kingdom of Stones.* Das Coverbild war eine missglückte Zeichnung einer unzüchtigen Magd vor einer Landschaft aus Felsen und Klippen.

»Cool«, sagte ich.

Er schaltete den CD-Player aus.

»Wollen Sie mein Essenstagebuch sehen?«

Bob blätterte sich durch die Seiten und addierte ein paar Sachen auf einem riesigen Taschenrechner, der aussah, als wäre er noch aus den Achtzigern.

»Wow, ganz schön sorgfältig.«

Ich lächelte, hatte aber ein schlechtes Gewissen. Um ehrlich zu sein hatte ich gar nicht Tagebuch darüber geführt, was ich aß. Das war mir einfach zu viel Aufwand. Stattdessen hatte mir Noe gestern Nachmittag während der Englischstunde geholfen, die letzten Wochen nachzutragen.

»Wie wär's mit einem Omelette zum Frühstück für den Montag?«, fragte sie. »Gute Proteinquelle.«

»Kann ich auch Hash Browns haben?«

Hash Browns, schrieb Noe.

»Und vielleicht Toast.«

Toast, 2 St., schrieb Noe.

»Oh, und grüne Bohnen.«

»Zum Frühstück?«

»Ich brauch ja wohl auch Gemüse.«

Noe schüttelte den Kopf. »Da merkt er, dass was nicht stimmt.«

»Sind wir bald durch?«

»Jep, brauchen nur noch das Mittagessen für Dienstag. Ich würde sagen: ein Burrito, ein Salat und ein Glas Milch.«

»Du bist echt gut in so was.«

Noe lachte und schrieb noch einen Schokoriegel dazu.

»Also ich hab daran nichts auszusetzen«, sagte der Ernährungsberater. »Dann gibt's wohl keinen Grund mehr für dich herzukommen. Aber wenn du mal jemanden zum Reden brauchst, egal worüber, kannst du gern jederzeit wiederkommen.« Er lächelte wieder sein trauriges Lächeln und reichte mir einen Pizza-Coupon.

Ich hatte das Gefühl, noch etwas sagen zu müssen, es gab aber nichts zu sagen. Also stand ich auf, steckte den Coupon in die Hosentasche und ging.

23

In der Mittagspause zeigte ich Noe und Steven den Pizza-Coupon.

»Ich muss nicht mehr zu Señor Bob«, verkündete ich.

»Schade«, sagte Steven. »Jetzt konntest du ihm gar nicht dein Selbstporträt zeigen.«

»Das Essenstagebuch fand er aber toll. Das mit dem Schokoriegel war einfach genial, Noe.«

»Immer wieder gern, Süße.«

Als ich am Nachmittag mit den beiden im Java Bean saß, kam plötzlich Oliver herein. Ich versteckte mich schnell auf der Toilette und ließ Noe für mich Kaffee bestellen.

»War das dein Orchideenhauslover?«, fragte Steven, als ich zurückkam. »Der hat sich gerade einen riesigen Krapfen gekauft.«

Ich rutschte stöhnend auf meinem Platz in mich zusammen, bis ich fast unter dem Tisch lag. Noe zog mich wieder hoch. »Lass sie doch, Steven.«

»Was denn? Jungs naschen auch gern! Hab ich was Falsches gesagt?«

Noe hielt ihm liebevoll den Mund zu, damit ich nicht vor lauter Peinlichkeit starb. »Sei einfach still.«

Ich freute mich, wie die beiden da aneinandergekuschelt saßen, beide mit einem kleinen roten Filzstiftherzen auf der Hand. Ich sah es gern, dass zwei Menschen, die mir wichtig waren, einander liebten. Mir wurde stellvertretend für sie dabei innerlich ganz warm.

Ich wedelte mit einem hölzernen Umrührstäbchen über ihren Köpfen herum.

»Was wird das denn?«, fragte Noe.

»Ich segne eure Verbindung.«

Sie kicherten beide und senkten die Köpfe, und ich tauchte das Stäbchen wieder und wieder in meinen Kaffee und schüttelte es über ihnen aus.

Nach meiner Berechnung hätte Oliver schon längst in Alaska sein müssen, aber ich sah ihn noch einmal bei Walmart und dann noch einmal aus dem Autofenster auf dem Nachhauseweg von Nan.

Irgendwann sah ich online, dass er doch noch nach Alaska gefahren war, und musste mir endlich keine Sorgen mehr machen. Zu Halloween verkleideten Noe, Steven und ich uns als Piraten, saßen bei Noe zu Hause herum und verteilten ab und zu Süßigkeiten an die Kinder, die an der Tür klingelten. Danach machten wir einen ausgedehnten, ziellosen Spaziergang – erst durch unser Viertel, dann über den Friedhof, an der großen Baustelle Ecke Lorian Woods vorbei, durch den Park, wo der Boden ganz matschig und die Kastanien schon kahl waren, und zurück nach Hause.

Vor dem Haus wartete ich und sah auf meine Schuhe, während Noe Steven gegen sein Auto drückte und sich die beiden eine gefühlte Ewigkeit lang küssten. Nach einer Weile sah ich hoch. Sie küssten sich nicht mehr, standen nur da, die Gesichter nah beieinander. Noe sagte irgendetwas, und Steven lachte. Es war nur ein ganz kurzes Lachen, aber es hob sich von der abendlichen Stille ab wie ein Streifen rosa Blumen am Rand eines schlammigen Wegs. Das Lachen klang überrascht und fröhlich, ungläubig angesichts von so viel eigenem Glück.

Steven stieg ins Auto und fuhr davon, und Noe kam im Laufschritt auf mich zu. Ihre Wangen glühten.

»Er hat's gesagt!«, rief sie.

Ich hakte mich bei ihr unter, und wir rannten zusammen ins Haus.

»Noe!«, konnte ich nur sagen. »Noe!«

Steven hatte ihr gesagt, dass er sie liebte. Und Noe hatte gesagt, sie ihn auch. Wir legten uns in ihrem Zimmer in unseren Piratenkostümen aufs Bett.

»Alles nimmt seinen Lauf«, sagten wir fassungslos wieder und wieder vor uns hin, bis es fast zu einem Zauberspruch wurde, ein Mantra, das uns aus Noes Zimmer hinaus in die berauschende Weite vom Rest unseres Lebens trug.

24

In der zweiten Novemberwoche fand die Gymnastik-Expo Northeast statt. Es war ein großes Ereignis für Turner und Interessierte mit Workshops, Vorführungen der Turn-, Cheerleading- und Tanzteams verschiedener Universitäten. Man konnte die neueste Gymnastikanzugmode bestaunen und gratis Energie-Riegel abfassen. Noe und die anderen Mädchen hatten letztes Jahr mit Autowaschen Geld verdient, um sich die Eintrittstickets leisten zu können. Ich hatte mitgeholfen und mit einem Pappschild am Straßenrand gestanden.

Am Donnerstag beim Training redeten sie von nichts anderem. Am Freitag nach der Schule würde es losgehen, dann zwei Nächte in einem Hotel, essen gehen und auf dem Nachhauseweg einen Stopp bei dem riesigen Einkaufszentrum in Baxterville.

Ich verbrachte das Wochenende gemeinsam mit Mom beim Laubharken, erst bei uns zu Hause, dann bei Nan. Wir unterhielten uns über die Northern University.

»Total blöd, dass sie den Tag der offenen Tür in den Dezember gelegt haben«, schimpfte Mom. »Dabei ist es jetzt gerade am schönsten dort. Der Wald ist so voller Farben, und die Luft …« Sie verstummte. »Ich würde so gern einen Tag freinehmen und mit dir zusammen hinfahren.«

Sie erzählte mir von dem Zimmer im Studentenwohnheim, das sie sich mit Pauline im ersten Jahr geteilt hatte, und von ihrem Ökosysteme-Seminar bei Professorin Dr. Clarke, für das sie einen ganzen Tag lang in einem Baum sitzen und Wetter und Tiere hatten beobachten müssen.

»Es wird dir da gefallen, Annalein«, sagte sie. »Es ist ja eine kleine Uni, da kennt man irgendwann alle Professoren. Ich werde Dr. Clarke nie vergessen, ihr Seminar war einfach toll. Sie hat mich damals so beeindruckt, ich wollte genauso sein wie sie.«

Ich spürte ein Ziehen im Bauch, als hätte das Monster in mir drin an einer Saite gezupft, um mich kurz daran zu erinnern, dass es immer noch da war.

»Noe und ich wollen im dritten Semester nach Paris«, sagte ich schnell, um die aufsteigende Panik zu überspielen. »Oder wir nehmen uns eine eigene Wohnung in der Stadt. Max hat schon gesagt, wir können sein Trampolin haben.«

»Na ein Glück«, antwortete Mom, »da habt ihr ja schon mal das wichtigste Möbelstück sicher.«

Am Sonntagnachmittag kam Mom zu mir ins Zimmer und fragte, ob ich Lust hätte, mit ihr ins Kino zu gehen. »Was ist denn mit deinem Homecoming-Kleid passiert?« Sie trat einen Schritt näher und befühlte den Grasfleck auf dem Satin. Ich hatte das Kleid zusammen mit ein paar anderen aus dem Schrank geholt, um sie der Reihe nach anzuziehen. Das machte ich manchmal, wenn mir langweilig war. Mir schlug das Herz sofort bis zum Hals.

»Tja, das passiert halt, wenn man eine Freundin hat, die meint, man müsste an Ort und Stelle Saltos üben.«

Mom lachte. »Klar, was wäre Homecoming ohne Saltos? Nur schade um das Kleid, das war so hübsch.«

Nachdem sie aus dem Zimmer war, rollte ich das Kleid zusammen und stopfte es ganz unten in eine Schublade. Neben den Grasflecken waren noch andere darauf, wie ich jetzt erst bemerkte. Zum Glück hatte sie die nicht entdeckt. Ich konnte es kaum erwarten, Noe diese witzige Geschichte von einem Fast-Desaster zu erzählen. *Wir haben nur Saltos geübt, Mom, wirklich!*

Ich saß lächelnd auf dem Bett und dachte an die Nacht im Orchideenhaus, bis Mom rief, es sei Zeit, loszugehen.

25

Am Montag hatten Noe, Kaylee und Rhiannon alle die gleiche Wasserflasche mit Gymnastik-Expo-Northeast-Aufdruck dabei und trugen alle das gleiche Armband, das sie sich auf dem Rückweg in dem großen Einkaufszentrum gekauft hatten. Es war wohl ein wildes Wochenende gewesen. Sie hatten sich nachts heimlich in den Swimmingpool des Hotels geschlichen, wo sie vom gutaussehenden Hotelmanager erwischt wurden, und Kaylee hatte zu ihm gesagt: »Sorry, Sir, wir sind eben einfach super heiß!« In der Mittagspause lachten sie immer noch darüber und machten die Reaktion des Managers nach, während Kaylee so tat, als sei ihr das Ganze peinlich. »Ich wollte eigentlich sagen: ›Uns *ist* super heiß‹, wirklich! Ihr wisst doch, wie ich bin, wenn ich nicht geschlafen hab, Leute. Da kann ich nichts für.«

Noe hatte einen Schwebebalkenworkshop für Fortgeschrittene besucht, der von dem früheren Olympiaturner Sphinx Lacœur geleitet wurde. Hinterher hatte er sie beiseitegenommen und über ihre Zukunftspläne ausgefragt. Sie gab die Unterhaltung aufgeregt wieder.

»Ich sag so: ›Ich hab noch keine Pläne!‹, und er meinte: ›Du bist doch an der E. O. James, oder?‹, und ich so: ›Ähm, ja‹, und er sagt: ›Wusstest du, dass es ab nächstem Jahr ein Turnteam am

Gailer College gibt?‹, und ich sag: ›Nein‹, und er sagt: ›Ich bin der Trainer und habe fest vor, mit meinem Team auf nationaler Ebene zu gewinnen.‹ Und dann sieht er mir in die Augen und sagt: ›Noe, was muss ich tun, damit du ans Gailer kommst?‹« Noe sah so glücklich aus: die Wangen gerötet und ganz außer Atem, wie eine Braut oder eine Prinzessin.

Ich warf ihr einen fragenden Blick zu.

»Der Tag der offenen Tür da wird super«, sagte Kaylee. »Mein Bruder hat mir versprochen, dass er uns bei einer Poolparty für die Studenten reinschleust, wir müssen dafür nur alle einen orangen Bikini tragen.«

Die drei hielten sich an den Händen.

»Ich kann's kaum erwarten«, sagte Noe. »Nur noch drei Wochen!«

Fröhliches Quietschen. An dem Plan feilten sie offensichtlich schon seit Sonntag, ich konnte mir genau vorstellen, wie sie auf dem Weg von der Gymnastik-Expo nach Hause alle zusammen mit ihren Einkaufstüten im Auto gesessen hatten und sich darüber unterhielten.

Keine Panik, sagte ich mir. *Keine Panik.*

Ich wickelte mein Sandwich in eine Serviette.

»Was macht Annabeth denn da?«, fragte Kaylee.

Die Turnmädels hatten es mittlerweile aufgegeben, mich direkt anzusprechen, sondern fragten lieber Noe. Ehrlich gesagt, war mir das sehr recht. Noe konnte mich viel besser erklären als ich mich selbst.

»Annabeth war im früheren Leben ein Eichhörnchen«, sagte sie jetzt. »Deshalb kann sie nie was wegschmeißen.«

»Ich heb mir das bloß für später auf«, widersprach ich, machte ein ordentliches Serviettenpäckchen aus meinem Sandwich und steckte es in meinen Rucksack. Unter Kaylees Blicken wurde ich rot. Ich mochte es nicht, wenn mir jemand bei meinen Ritualen zusah. Wenn es Noe war, machte mir das nichts aus, weil sie eh alle kannte. Vor anderen war es mir unangenehm. Deshalb aß ich nicht gerne in Gesellschaft.

»Wie süß«, sagte Kaylee, und alle lachten.

Ich versuchte noch einmal, Noes Blick einzufangen – das mit Sphinx Lacœur meinst du nicht ernst, oder? –, aber in dem Moment kamen ein paar Leute vom Chor und wollten sie etwas fragen, und dann war die Pause auch schon zu Ende.

26

Die nächsten zwei Stunden war ich vollauf damit beschäftigt, nicht zusammenzubrechen.

Draußen vor dem Fenster fielen die ersten Flocken. Ich sah ihnen zu, wie sie sich in einer dünnen, durchscheinenden Decke auf das Fußballfeld legten, wie ein Trostpreis, wenn man keinen echten Schnee gewonnen hat.

»Miss Schultz«, dröhnte Mr Genanotrons Stimme. »Lesen Sie bitte den nächsten Absatz laut vor!«

Plötzlich war ich wieder in der neunten Klasse, zu klein, zu still, und alles machte mir Angst. Wenn mich jemand nur ansah, schlug mein Herz schon jedes Mal wie ein Kaninchenherz, so sicher war ich, dass derjenige das Monster in meinem Inneren sehen konnte, die schlimmen Gedanken, die wie schleimige Würmer auf einem Komposthaufen in mir herumkrochen. Ich war innerlich tot, wurde nur zum Leben erweckt, wenn Noe neben mir war. Wie ein Fahrradlicht, das nur brennt, wenn man die Pedale tritt, wie ein Radio, dessen Frequenzregler immer wieder verrutscht, wenn er nicht von einer ganz bestimmten ruhigen Hand eingestellt wird.

Mr Genanotron sah mich abwartend an. Um mich herum wurde gekichert.

Wenn ich doch nur eine Schneeflocke sein könnte, ein Grashalm, ein Vogel, ein Stück Beton. Alles, nur nicht das, was ich wirklich war: halb Mensch, halb Krankheit. Halb voller Dinge, die wachsen und leben wollten, halb voller Dinge, die sich nach dem Tod sehnten.

Gailer College wäre bestimmt gar nicht so schlimm, sagte ich mir. Das wäre schon okay.

»Ich weiß nicht, wo wir sind.«

»Lauter!«, bellte Mr Genanotron.

»Ich weiß nicht, wo wir sind!«

27

»Kommst du mit zum Tag der offenen Tür am Gailer College?«, fragte Noe. »Kaylee muss ihrem Bruder Bescheid sagen, wie viele Tickets sie für die Party braucht.«

Sie war voll im Noe-Planungsmodus, machte sich Listen und organisierte Fahrgemeinschaften. Ihr Kalender lag offen auf dem Tisch. An den Tagen, an denen ich in Gedanken unseren Roadtrip an die Northern University geplant hatte, hatte sie sich ein Treffen mit Sphinx Lacœur, ein Hockeyspiel der Gailer College River Rats und einen Shoppingtrip für den orangen Bikini eingetragen.

Ich hatte fest vorgehabt, sie zur Rede zu stellen: *Was wird aus der Northern? Was wird aus unserem gemeinsamen Zimmer? Was wird aus Paris?* Aber als ich sie einen weiteren Punkt auf ihre Liste setzen sah, verließ mich meine ganze Empörung. Es war gefährlich, Noe etwas vorzuwerfen. *Wovon redest du denn da?,* würde sie fragen, und ihre Wangen würden glühen. *Ich hab dir ja wohl nie was versprochen.* Noch schlimmer war der Verdacht, dass sie damit recht hatte. Ich hatte ein paar nette Gedankenspiele im Kopf in einen ganzen Plan verwandelt. Das war Wunschdenken, und es war mir peinlich. Trotzdem tat es weh, dass sie meine Enttäuschung so völlig ignorierte.

»Wahrscheinlich schon«, sagte ich. »Ja, wahrscheinlich komm ich mit.«

»Braves Mädchen«, sagte Noe und schrieb meinen Namen auf die Liste.

»Hast du heute Nachmittag schon was vor? Willst du mit zu mir kommen?«

»Geht nicht«, sagte Noe, »ich bin mit Darla zum Kaffee verabredet.«

»Wer ist denn Darla?«

»Stevens Mom.«

Sie sagte das, als müsste ich wissen, wer Darla ist, als hätte ich die Namen der Eltern ihrer Freunde gefälligst im Kopf zu haben.

»Wieso gehst du denn mit Stevens Mom Kaffee trinken?«

»Machen wir halt manchmal. Einfach so. Die ist echt nett, sie will, dass ich bei ihr im Chor mitsinge.«

Noe hatte manchmal überraschende Ansichten. Ich vergaß immer mal wieder, wie verschieden wir eigentlich waren, und dann lackierte sie sich plötzlich die Nägel pink und ging mit Darla Kaffee trinken, und es fiel mir wieder ein.

So ein Venn-Diagramm kann einem ganz schön Angst machen, wenn man mal aus der Mitte heraustritt und sich in die Bereiche vorwagt, in denen es keine Überschneidungen gibt.

28

Am nächsten Morgen gab es in der Cafeteria eine Versammlung für die Zwölftklässler. Die Vertrauenslehrerin Miss Hack hielt erst eine kleine Rede und verteilte dann Formulare, in die wir eintragen sollten, welche Universitäten wir uns ansehen würden. Danach stellten ein paar Leute vom Gailer College ihre Uni vor. Sie verteilten Schokoriegel und führten eine PowerPoint-Präsentation über die renovierten Sporträume vor und erzählten von den tollen Dingen, die für den Tag der offenen Tür geplant waren. Noe und die anderen, die auch dort hinwollten, klatschten begeistert.

In Kunst stupste mich Steven an. »Alles in Ordnung?«

»Wieso?«

»Du siehst irgendwie … leer aus. Wenn ich so gucke, sagt Ricardo immer, drücke ich einen negativen Affekt aus.«

»Hm, auf mich wirkst du nie negativ. Ich versteh gar nicht, wieso die denken, du bist depressiv.«

»Ja, weil ich jetzt Noe habe. Ich glaub wirklich, sie hat mich geheilt. Seit dem 17. Juni trage ich eigentlich nur noch Zehnen in mein Stimmungstagebuch ein.«

Ich seufzte. Innerlich verabschiedete ich mich bereits vom Outdoor-Club und dem Nationalpark, von der langen Anfahrt mit dem Zwischenstopp bei Smoothie Town und dem gemeinsamen Wohnheimzimmer mit dem Gulört-Teppich und dem Goldfischglas. In meinem Rucksack steckte das Formular, auf dem ich mit Bleistift Gailer College eingetragen hatte.

»Bist du sicher, dass du nicht an Blutarmut leidest?«, fragte Steven. »Ich glaub nämlich, bei Noe ist das der Fall. Könntet ihr nicht Fleisch von Rindern essen, die mit Getreide gefüttert werden? Das wär doch so gut wie vegetarisch.«

Wusste Steven eigentlich von Noes Notfallkotzen? Neulich hatte sie es seit langem mal wieder gemacht. »Hast du auch die Suppe gegessen?«, hatte sie mich gefragt. »Die war mit Hühnerbrühe! Wieso nennen die das Kartoffel-Gemüse-Suppe, wenn es eigentlich eine Kartoffel-Tierquäler-Suppe ist?«

»Und für welche Uni interessierst du dich so?«, wechselte ich das Thema.

»NYU.«

»Wirst du Noe nicht vermissen?«

»Doch, na klar. Aber das wird phantastisch, wir verzehren uns die ganze Woche lange nacheinander und verbringen dann himmlische Wochenenden, wo wir vor lauter Wiedersehensfreude ganz high sind. Ich besorg uns eine Dauerkarte für das Museum of Modern Art.«

Ich legte den Kopf auf den Tisch und versuchte, nicht loszuheulen.

Auf den Cafeteriatischen lagen überall noch orange Plastikarmbändchen, die die Leute vom Gailer College dagelassen hatten, und Coupons für freien Eintritt zum nächsten Spiel der River Rats.

Derjenige, der mit dem Drucken der Tickets beauftragt worden war, hatte einen falschen Apostroph gesetzt: *RIVER RAT'S*. Ich steckte mir einen Coupon ein. Ich hätte wahrscheinlich sowieso nicht beim Outdoor-Club mitgemacht, Noe hasste ja Zelten.

29

Als Mom zu Hause das Formular unterschrieb und sah, was ich eingetragen hatte, verzog sie zwar das Gesicht, sagte aber nichts. Zum Abendbrot gingen wir zu Nan, sahen uns eine Folge *Masterpiece* an und spielten ein paar Runden Scrabble. Ich dachte schon, ich wäre um einen Kommentar von ihr herumgekommen, aber auf der Fahrt nach Hause kamen die Worte, die sie seit dem Nachmittag hinuntergeschluckt hatte, doch aus ihr herausgesprudelt.

»Willst du wirklich ans Gailer? Die Northern ist doch viel besser für dich. Da kannst du mit Ava in einem Wohnheim wohnen.«

»Was hast du denn gegen das Gailer College?«

Draußen zogen die Lichter der Einkaufszentren vorbei. Wir fuhren am Outletcenter und am Flying-Saucer-Restaurant vorbei, wo man morgens Eier und Toast für 2,99 essen konnte. Mom drehte das Radio leiser.

»Das hat nicht zufällig etwas mit Noe zu tun, oder?«

Das Flying Saucer war jetzt nur noch eine winzige Filmkulisse im Rückspiegel. Das Restaurant hatte tatsächlich die Form einer fliegenden Untertasse, man konnte so tun, als wäre man ein Außerirdischer und würde auf die Erde runtergucken, während man dort oben beim Frühstück saß.

»Nein, hat es nicht. Was hast du denn gegen das Gailer?«

»Überhaupt nichts«, sagte Mom.

Mein Cousin Max war dort, also musste sie aufpassen, was sie sagte.

»Ich will bloß nicht, dass du dir das Northern entgehen lässt, weil Noe nicht dort studiert.«

»Es ist eine gute Uni«, sagte ich bestimmt. »Und außerdem spare ich eine Menge Geld, weil ich weiter zu Hause wohnen kann.«

»Aber Nan hat doch gesagt, sie würde die Miete für dein Wohnheimzimmer übernehmen.«

»Muss sie ja jetzt nicht mehr.«

Wir fuhren eine Weile schweigend vor uns hin.

»Ich dachte, Noe will auch an die Northern«, sagte Mom schließlich.

»Ich hab dir doch erzählt, dass der Turntrainer sie quasi angefleht hat, am Gailer zu studieren. Er will ihr sogar ein Stipendium besorgen.«

»Und das ist schön für sie, aber was ist mit dir?«

Ich schnaufte genervt. Was sollte denn mit mir sein?

»Ich finde, du überlässt Noe bei zu vielen Dingen die Entscheidung. Du hast schon so viele Sachen aufgegeben, obwohl sie dir eigentlich viel bedeuten – nur weil Noe sich nichts daraus macht.«

Ich bekam langsam Kopfschmerzen. »Ich hab überhaupt nichts aufgegeben.«

»Du warst doch immer mein fröhliches Naturkind, und jetzt willst du plötzlich an eine dieser Betonklötze, eine Uni, die quasi in einem Einkaufszentrum liegt. Ehrlich gesagt glaube ich, du wärst am Gailer College überhaupt nicht glücklich, und das weißt du auch. Aber du bist zu versessen darauf, alles mit Noe zusammen zu machen, und ignorierst deshalb, was für *dich* selbst gut wäre.«

»Ich bin überhaupt nicht versessen darauf, alles mit Noe zusammen zu machen!« Meine Stimme war schrill.

»Du hast keine Freunde außer ihr, du bist mit keinem Jungen mehr ausgegangen seit Jonathan Wellsey in der Neunten, und ...«

»Was weißt du denn schon?!«, fauchte ich empört.

Da horchte sie auf. »Hast du etwa einen Freund?«

»Nein«, sagte ich, aber es war schon zu spät. Sie hatte es an meinem Tonfall gehört.

»Annabeth, wenn du einen Freund hast, will ich ihn kennenlernen, das weißt du.«

Ich versuchte mir nichts anmerken zu lassen. »Ich hab keinen Freund.«

Damit machte ich es nur noch schlimmer. Ich sah ihr an, wie sich die Rädchen in ihrem Kopf drehten. *Sie sagt, sie hat keinen Freund, aber hat trotzdem komisch reagiert, als ...*

Mom drehte sich ruckartig zu mir herum. »Hast du etwa schon Sex?«

»Das geht dich nichts an«, sagte ich, wurde aber rot.

»Wenn du Sex hast, will ich das wissen.«

»Ich hab gesagt, das geht dich nichts an.« Den letzten Satz schrie ich fast.

Mom warf mir noch einen Blick zu und konzentrierte sich

wieder auf die Straße. »Irgendwas geht da gerade bei dir vor sich«, murmelte sie vor sich hin.

»Ich hab dich ja nicht gebeten, mich zu bekommen«, gab ich zurück.

30

Zu Hause machte Mom sich etwas zu essen und nahm den Teller mit hoch in ihr Zimmer. Ich wollte Cornflakes essen, stellte aber fest, dass wir keine Milch mehr hatten. Ich holte mein Portemonnaie und rief nach oben: »Ich geh einkaufen, die Milch ist alle!«

Der Satz klang anschuldigend, als wären alle meine Probleme darauf zurückzuführen, dass Mom nicht für genug Lebensmittel im Haus sorgte.

Als ich den Supermarkt verließ, war aus der blauen Dämmerung bereits tintige Dunkelheit geworden. Es war still auf der Straße. In den Häusern brannte Licht, und man konnte Fernseher durch die Gardinen sehen.

Ich kam am großen Drogeriemarkt vorbei, wo ein müder Kassierer in einer rostfarbenen Schürze die Einkaufswagen ineinanderschob und zu ihrem Gehege zerrte. Ich musste an Noe und Steven denken und an die Herzen, die sie sich in die Klamotten genäht hatten. Ich biss mir ins Handgelenk. Ich musste auch an das Foto denken, auf dem meine Mutter mich über die Reling am Wasserfall hält, damit ich die Hand in den feinen Sprühnebel halten kann.

Ein Windhauch fuhr mir unter das T-Shirt. Meine Füße schwitzten und taten mir in meinen Laufschuhen weh.

Guck mich nicht so an, dachte ich und wusste nicht, an wen genau das eigentlich gerichtet war.

31

In dieser Nacht konnte ich nicht einschlafen. Ich warf mich hin und her und bekam den Streit mit Mom einfach nicht aus dem Kopf. Ihr Kommentar mit dem fröhlichen Naturkind war nicht fair gewesen.

Ich musste immer wieder daran denken, wie ich mit dreizehn im Keller den Karton mit Moms alten Naturführern gefunden und *Überleben im Wald* sofort in einem Zug durchgelesen hatte. Hinterher war ich bereit für Abenteuer. Ich stellte mir vor, wie ich durch den Wald stapfen würde – beherzt, stoisch, kühn und kompetent. Ich stellte mir vor, wie ich zu Fuß von unserem Haus zum Nordpol wandern würde.

Es war ein oder zwei Tage nach dem letzten Schultag der achten Klasse, und der Sommer war noch in seiner vollen Blüte. Ich holte Moms altes Zelt und den komisch riechenden Schlafsack aus dem Keller und packte einen Pullover, eine Mütze, Extrasocken und die aufladbare Taschenlampe ein, die für einen eventuellen Stromausfall immer in der Steckdose in meinem Zimmer steckte.

Als ich fertiggepackt hatte, verkündete ich: »Ich gehe campen. Bin am Sonntag zurück.«

Campen. Das Wort sorgte vielleicht für Wirbel in unserem Haus! Ich hätte genauso gut sagen können, ich würde jetzt

Männer vor dem Thunderbird-Casino aufreißen gehen. Mein Rucksack, den ich so schön gepackt hatte, wurde geöffnet und auseinandergenommen. Mein völlig ausreichendes Equipment, auf das ich so stolz war, wurde als ungenügend abgetan. Meine Fähigkeit, zwei Nächte im Wald zu überleben, wurde in Frage gestellt, und unbekannte Gefahren wurden betont.

Nan war gerade bei uns, um online nach einem Kuchenrezept für Avas Geburtstag zu schauen. Sie kam nach oben und wollte wissen, was los war.

»Ich gehe campen.«

»Und ziehst mit nur ein paar Keksen los?«, fragte Nan und hielt die Packung hoch.

»Ich hab ja noch mehr«, sagte ich und zeigte auf die hartgekochten Eier, die ich in ein Stück Küchenpapier eingewickelt hatte.

»Davon kannst du doch nicht zwei Tage lang leben!«, warf meine Mutter ein.

Ich hielt ihr das Pflanzenbestimmungsbuch unter die Nase. »Darum geht's doch gerade, dass man sich eben von dem ernährt, was man im Wald findet. Seidenpflanzen. Sumach. Himbeeren.«

»Himbeeren!«, rief Nan. »Leslie, das Mädchen kann unmöglich ein Wochenende lang nur Himbeeren essen.«

Ich hätte einfach einen Zettel hinlegen und losgehen sollen. Nach einer Dreiviertelstunde erbitterter Diskussion fuhren mich die beiden zu einem nahe gelegenen Park, wo man offiziell campen durfte, Eintritt bezahlen musste und alte Leute auf Klappstühlen vor ihren Wohnwagen saßen. Mom und Nan zwangen mich, eine Kühlbox mit Sandwiches, Obst und in Alufolie verpackte Mini-Kohlrouladen mitzunehmen. Meine zwei Nächte im Wald wurden auf eine Nacht in einem Park reduziert, wo es nach Hotdogs roch. Wenn Nan nicht da gewesen wäre, hätte ich Mom sehr viel mehr Contra gegeben.

Zum Beispiel: *Wie kannst du mir das antun?*

Und: *Wenn ich ein Junge wäre, dürfte ich das.*

Und: *Gerade du müsstest das doch verstehen.*

Was ich nicht laut aussprechen konnte, solange Nan dabei war, sagte ich meiner Mutter auf der Fahrt zum Park stattdessen mit den Augen. Ich sah ihr im Rückspiegel genau an, dass sie jeden meiner Blicke verstand.

»Annabeth«, sagte sie. Ich schüttelte nur den Kopf.

Mein ganzer Körper brannte und stach, als würde ich durch einen Schwarm Quallen schwimmen. Wir fuhren langsam den Hauptweg hinauf, vorbei an riesigen Luxuszelten, vor denen Leute grillten. Mir war Parzelle Nummer 14 zugeteilt worden, ein Fleckchen Erde mit ein paar traurigen Ahornbäumen darauf. In der Mitte war eine Feuerstelle, an der ein schmutziger Rost lehnte und in der noch die halbverbrannten Überreste eines Pappkartons lagen. Mom und ich bauten gemeinsam das Zelt auf, sprachen dabei aber fast kein Wort miteinander. Bei irgendjemandem spielte ein Radio Top-40-Hits. Ein anderes Radio irgendwo in der Ferne übertrug ein Baseballspiel. Während wir die Zeltheringe in den Boden schlugen, knisterte ein unausgesprochenes *Ich hasse dich* zwischen uns wie ein Stück glühende Kohle.

»Unsere Annabeth ist wirklich ganz schön abenteuerlustig«, sagte Nan immer wieder. »Ich kenne nicht viele Dreizehnjährige, die allein campen gehen würden!«

»Das hier ist ja gar kein richtiges Campen«, grummelte ich.

»Du hast sogar einen eigenen Wasserhahn, guck doch mal!«

Während wir die Isomatte und den Schlafsack ausrollten, spazierte Nan ein wenig herum, um die anderen Camper kennenzulernen.

»Können Sie vielleicht ein Auge auf meine Enkelin haben?«, hörte ich sie sagen. »Sie zeltet hier ganz allein.«

Mom und ich standen einander vor dem Auto gegenüber. Verbittertes Schweigen hüllte uns ein. Ich konnte sie nicht ansehen.

»Toller Ort zum Campen«, sagte ich. »Meinst du, ich werde überhaupt einen einzigen Stern sehen, bei den ganzen Straßenlaternen hier?«

»Irgendwann machen wir mal zusammen einen richtigen Campingausflug.«

»Ich wollte *dieses Wochenende* einen richtigen Campingausflug machen.«

Dann sagten wir nichts mehr. Wir standen nur da, auf der festgetretenen Erde, wo nichts mehr wuchs, und die Stimme des Baseballkommentators gellte durch die dürre Baumkulisse zu uns herüber.

»Annabeth!«, rief Nan. »Sag mal hallo zu deinen neuen Nachbarn! Die haben dich für heute Abend zum Essen eingeladen. Toll, nicht?«

Ich warf Mom einen Blick zu und fing an, das Zelt wieder abzubauen.

»Ich will nach Hause«, sagte ich böse.

Ich sah Mom an, dass in ihr irgendetwas Schwerwiegendes vor sich ging, aber in meiner Wut kam mir nicht der Gedanke, dass es vielleicht andere Gründe für ihre Entscheidung geben könnte als Egoismus und Unvernunft.

Auf dem Weg nach Hause streichelte Nan die ganze Zeit ihre Hand.

Damals wusste ich es ja noch nicht.

Ich wusste es nicht, und jetzt nannte sie mich ihr fröhliches Naturkind und riet mir, 500 Kilometer weit wegzuziehen, genau an den Ort, an dem meine Monsterexistenz begonnen hatte, und ich sollte nicht einmal Noe dabeihaben dürfen, mit der das alles wenigstens erträglich wäre.

32

Es war, als wäre das Haus voller Farbdämpfe: Sobald man hereinkam, hatte man Kopfschmerzen. Mom und ich legten unser jeweiliges Kommen und Gehen so, dass wir einander kaum begegneten. In meinem Kopf schwirrten zu gleichen Teilen Schuldgefühle und Empörung durcheinander. Schuldgefühle, weil ich sie anlog. Empörung wegen der Unterstellung, Noe sei nicht die beste Freundin auf der ganzen Welt.

Als ich eines Tages nach Hause kam, fand ich auf meinem Bett eine Packung Kondome und eine Broschüre mit dem Titel »Nur wenn beide es wirklich wollen«. Während ich sie durchblätterte, brannte es heiß in mir. Ich redete mir ein, das Thema sei mir im Zusammenhang mit meiner Mutter eben peinlich, wusste jedoch, dass es in Wirklichkeit Kummer war, den ich tief in mir spürte.

Jungs machten Mom immer schon Sorgen. Als herauskam, dass ich zum ersten Mal einen Jungen geküsst hatte, übte sie mit mir, *Nein!* zu rufen und mein Gegenüber in den Schritt zu treten, bis wir beide weinten.

Ich persönlich hatte das seitdem noch nie machen müssen, aber falls es jemals dazu kommen würde, wehe dem, der mein Knie zu spüren bekam.

Was das anging, war Oliver sehr lieb gewesen und hatte sich

respektvoll verhalten. Ich saß auf meinem Bett und wünschte mir, ich könnte meinen kalten Panzer für einen Moment abschütteln und meine Mutter das wissen lassen.

Das Schlimmste an dem Streit war, dass ich deutlich merkte, wie ernsthaft verletzt sie war. Daher konnte ich eigentlich unmöglich weitermachen.

33

Ich entschuldigte mich bei Mom.

Ich konnte es einfach nicht ertragen, sie wegen etwas leiden zu sehen, das ich gesagt oder getan hatte.

An ihrem Geburtstag gingen wir gemeinsam im Wald wandern, wie wir es früher so oft getan hatten, als ich noch klein war. In der Nacht zuvor hatte es geregnet, der Wald duftete frisch, feucht und kühl.

Nachmittags kamen Onkel Dylan, Tante Monique und Nan vorbei, und wir aßen zusammen den Erdbeerkuchen, den Nan gebacken hatte. »Leslie hat erzählt, dass du Ava an der Northern besuchen willst«, sagte Onkel Dylan. »Da wird sie sich aber freuen.«

Onkel Dylan hatte einen roten Schnurrbart und graublaue Augen. Er war früher im Hockeyteam der E. O. James und besaß eine eigene Baufirma. Tante Monique war in Chippewa aufgewachsen und war Kindergartenerzieherin. Als ich klein war, hatte ich viel Zeit bei ihnen verbracht und mit meiner Cousine Ava und meinem Cousin Max gespielt oder Filme auf ihrem großen Fernseher angeschaut. Ich hatte dort sogar ein eigenes Bett gehabt und zu Weihnachten immer genauso viele Geschenke bekommen wie Ava und Max. Onkel Dylan war mit Mom zu meinen Fußballspielen und Theateraufführungen gekommen, damit von mir genauso viele Familienmitglieder im Publikum saßen wie von den anderen Kindern.

Ich hatte Onkel Dylan dementsprechend sehr lieb. Ihn zu enttäuschen fühlte sich fast noch schlimmer an als bei Mom.

»Ich bezahl dir das Busticket«, sagte er. »Was sagst du?«

Ich antwortete mit einer Mischung aus Nicken und Schulterzucken. Max hatte mir zwar letzten Sommer seinen alten Honda verkauft, aber der lief mehr schlecht als recht, und so abenteuerlustig war nicht einmal ich, dass ich damit ganz allein bis zur Northern hätte fahren wollen.

Onkel Dylan wuschelte mir durch die Haare. »Dann wär das ja geklärt.«

Als ich nach dem Abendbrot mit einer Tasse Tee vor dem Fernseher saß, hörte ich Mom und Nan in der Küche miteinander flüstern.

»Das Mädchen ist zu dünn.«

»Sie ist eben groß für ihr Alter, Ma.«

»Mit 17 warst du nicht so dünn.«

»Ihr Vater schon.«

Schreckliche Stille. Böse Geister waren heraufbeschworen worden. Einen Augenblick später lautes Topfklappern, als sollten sie damit wieder verscheucht werden. Nan kam zu mir ins Wohnzimmer, um sich zu verabschieden, und wir schwatzten noch kurz – unwichtiges Zeug, die Schule, das Turnteam, die Fernsehserie, die ich gerade sah. Mom blieb in der Küche und räumte auf.

Später stellte ich mich oben im Badezimmer auf unsere rosafarbene Waage. Ich war federleicht und doch schwer, schwer, schwerer als das Meer.

34

Ich wachte eines Tages auf und war in einem Loch.

Das passierte nicht zum ersten Mal. Manchmal öffnete sich einfach eine Falltür unter mir, ich fiel hindurch und konnte nichts dagegen tun.

Die Fenster bei Burger King waren mit Schnee aus der Dose besprüht. An der Tür des Bestattungsinstituts hing ein Kranz mit blutroten Beeren. In der Cafeteria in der Schule hingen immer noch die unechten Spinnweben von Halloween und mussten wegen Budgetkürzungen als Kunstschnee herhalten.

Ich saß wie ein Zombie in Wirtschaftsmathe.

In Kunst sah ich die ganze Zeit nur Stevens Bleistift zu, der in Kreisen und Wellen über das Papier wanderte.

Beim Turntraining konnte ich kaum das harte Neonlicht und die zwitschernden Stimmen der Mädchen ertragen, die während ihrer Aufwärmübungen miteinander kicherten und schwatzten. Miss Bomtrauer hatte mich heute während meiner Bodenübung auf dem Kieker. Jedes Mal, wenn sie mich ermahnte, die Zehen zu strecken oder das Kinn zu heben, wurde ich genervter.

»Was machst du denn da?« Noe hatte mich auf der Bank entdeckt, auf der unsere Rucksäcke lagen.

»Ich mach kurz Pause.«

»Kannst du vergessen. Zurück auf die Matte!«

Ihre Mannschaftskapitän-Art war nicht völlig ernst gemeint, störte mich heute aber trotzdem. Ich war es nicht gewohnt, dass mich Noe wie eins der anderen Mädchen behandelte, die sich leicht ablenken ließen und von ihr zur Ordnung gerufen werden mussten. Ich stand auf und wiederholte meine Übung halbherzig. Seitdem ich Mom und Nan in der Küche reden gehört hatte, war ich völlig durch den Wind. An diesem Morgen hatte Mom mir beim Frühstück eine Packung Vitamintabletten zugeschoben.

»Nan hätte gern, dass du die nimmst«, sagte sie.

Die Tablette war mir im Hals stecken geblieben, und ich hatte drei Gläser Wasser trinken müssen, um sie ganz hinunterzubekommen. Trotzdem war mir den ganzen Vormittag lang, als könnte ich sie immer noch im Hals fühlen. Die Tablette steckte in mir wie ein Samenkorn und schlug dünne Wurzeln, die bis in meinen Magen hinuntergingen und mir die Energie aussaugten. Gegen Mittag fühlte es sich an, als wäre eine ganze Pflanze in mir herangewachsen, an der eine große, schwarze, kalte Knollenfrucht hing, die sich von meinem Inneren ernährte.

Während ich die Hände aufstützte und die Beine in die Luft schwang, fühlte ich einen Schmerz an der Stelle, wo sich die Vitamintablette in mich hineingebohrt hatte.

»Schultern zurück«, sagte Noe. »Gib dir mal ein bisschen Mühe. Und zieh den Pullover aus.«

»Mir ist aber kalt.«

Sah ich ihm etwa wirklich ähnlich? Der Gedanke erschütterte mich. Ein Pullover reichte nicht aus, um sich darunter zu verstecken. Eine Höhle wäre schon besser.

»Bei den Wettbewerben kannst du auch keinen Pullover anhaben, also gewöhn dich lieber dran.«

»Die könnten in der Turnhalle ruhig mal heizen«, grummelte ich.

Nach dem Training half ich Noe wie immer, den Balken und den Stufenbarren an die Seite zu schieben und die Matten ordentlich aufeinanderzustapeln. Noe ließ sich die ganze Zeit über die Leistungen der anderen Mädchen aus, analysierte die Balkenübung der einen und den Handstand einer anderen.

»Alicia Morrow treibt mich noch in den Wahnsinn. Die stellt sich am Sprungtisch an wie der erste Mensch.«

Ich hörte nur mit halbem Ohr hin und gab an den entsprechenden Stellen lediglich ein überraschtes, missbilligendes oder mitfühlendes Geräusch von mir.

»Alles okay bei dir?«, fragte Noe. »Du bist heute die ganze Zeit mit den Gedanken woanders.«

»Ich bin nur müde.«

Wie das wohl war, wenn man sich jeden Tag stark und ausgeglichen fühlte? Wenn man nicht jemand war, der immer mal wieder in einen Krater fiel und dem plötzlich alles zu grell war?

Noe ließ mit einem Seufzer die letzte Matte auf den Stapel fallen. »Bis zum nächsten Wettbewerb musst du den Abgang jedenfalls draufhaben.«

Auf dem Weg durch die Turnhalle redete Noe weiter. Miss Bomtrauer hatte einen neuen Sprungtisch bestellt. Kaylee Ito konnte einen Spagatsprung nicht von einem Spreizsprung unterscheiden, obwohl sie es ihr so oft erklärt hatte. Und so weiter und so fort. Plötzlich nervte mich alles an Noe. Wie sie ihr Essen immer in winzige Stücke schnitt, die einander auf keinen Fall berühren durften. Dass sie jedes Jahr neue Hefter kaufte, anstatt die alten noch einmal zu benutzen. Wie sie sich bei Lehrern, Trainern und Chorleitern einschmeichelte und darauf bestand, dass das auch jeder andere tat. Wie sie sich den anderen Turnmädels gegenüber wie eine Glucke verhielt, ihnen die Haare flocht und ihre Haltung korrigierte und dabei heimlich über jede Einzelne hinter deren Rücken lästerte. Wie sie nach der Schule auf Steven wartete wie eine Mutter, die ihr Kind aus dem Kindergarten abholt. Wie sie einen mit Aufmerksamkeit und Zuneigung überhäufte, wenn es ihr passte, und einem genau das vorenthielt, wenn man es am meisten brauchte.

Mir fielen an diesem Tag noch hundert andere Sachen auf. Wenn ich in meinem Loch war, störten mich immer Dinge, die ich sonst anstandslos hinnahm.

»Können wir vielleicht mal nicht übers Turnen reden?«, platzte es aus mir heraus.

»Wenn du keine Lust auf die harte Arbeit hast, hättest du nicht mitmachen dürfen. Das ist nun mal kein Kaffeeklatsch.«

Seit der Gymnastik-Expo nahm sie das alles so ernst, Disziplin und Selbstaufgabe hier, Sportlernahrung und Elektrolyte da. Sie schleppte auch überall ein Buch namens *Die Wissenschaft der Gymnastik* mit sich herum, das ihr Sphinx empfohlen hatte, und wollte plötzlich Kinesiologie studieren.

»Darum geht's nicht«, sagte ich.

»Worum denn dann?«

Ich hatte mir geschworen, es nicht anzusprechen, aber die

Panik, die in mir brodelte, wollte unbedingt hinaus. »Ich dachte, wir studieren zusammen an der Northern. Wir wollten doch da zusammen in ein Zimmer ziehen.« Es war mir peinlich, den Plan laut auszusprechen, als würde ich damit eine unangenehme Krankheit zugeben. Ich merkte, wie meine Abhängigkeit von ihr dadurch zu Tage trat wie ein schlecht abgedeckter Pickel. Ich wünschte mir zum zweiten Mal innerhalb nur einer Stunde, ich könnte der Welt einen Gefallen tun und mich einfach in einer Höhle verkriechen. Dann wären mich endlich alle los – Noe, meine Mutter, vielleicht sogar ich selbst.

»Red weiter«, sagte Noe betont gelassen.

Diese Taktik kannte ich schon vom letzten Mal, als ich vorsichtig Kritik an ihr geübt hatte. Sie bestand darin, einen so lange reden zu lassen, bis man sich selbst völlig hysterisch vorkam und das Gefühl hatte überzureagieren und schließlich alles zurücknahm. Trotzdem fiel ich wieder darauf herein.

»Wir planen das doch schon seit Ewigkeiten. Wir hatten sogar schon einen Namen für unseren Goldfisch, verdammt nochmal. Und dann kommst du von der Gymnastik-Expo wieder, willst plötzlich ans Gailer und fragst mich nicht mal, wie ich das finde.«

Wir standen mittlerweile vor einer Bank, setzten uns aber nicht. Der ganze Kummer von gestern Abend kam in mir hoch. Das bemüht geschäftige Topfklappern.

Ich redete weiter. »Du sagst jetzt bestimmt, dass sich Pläne nun mal ändern können und dass du mir ja nichts versprochen hast. Aber es geht nicht nur darum. Manchmal hab ich das Gefühl, unsere Freundschaft ist wie ein Boot mit einem Leck, aber keine von uns darf zugeben, dass es ein Leck hat. Wir sitzen einfach drin und kriegen nasse Füße, aber ich trau mich nicht zu sagen, ›hey, ich hab nasse Füße‹, weil du mich sonst über Bord schmeißt.«

»Dich will überhaupt niemand über Bord schmeißen«, sagte Noe ruhig. »Du hast bloß einen schlechten Tag.«

»Wir wollten doch zusammenwohnen.« Panik schlich sich in meine Stimme, als mir aufging, dass ich mit einem völlig fremden Menschen zusammenwohnen würde.

Noe legte mir die Hand auf die Schultern. »Pläne ändern sich nun mal. Ich wusste damals noch nicht, was ich wollte.«

»Du kannst doch auch an der Northern turnen«, sagte ich.

»Es geht nicht nur ums Turnen. Ich will einfach nicht an einer winzigen Uni mitten im Nirgendwo studieren. Die Wanderwege und der Kanuclub, oder was die da haben, sind mir egal. Ich will irgendwohin, wo es Schuhläden gibt. Und wir sind ja wohl nicht verheiratet, Annabeth. Du übertreibst total.«

Steven kam auf uns zu. »Hallo, die Damen.«

»Steven!« Noe fiel ihm lachend um den Hals, ein eindeutiges Zeichen, dass unsere Unterhaltung damit beendet war.

Ich wartete in gewissem Abstand, während die beiden ihr mehrmals täglich durchgeführtes Ritual von Küssen und Flüstern durchgingen, das seit dem Halloweenabend noch länger dauerte als ohnehin schon. Ich war immer noch wütend. Was Steven wohl sagen würde, wenn er wüsste, wie sich Noe über seinen besten Freund Dominic lustig gemacht hatte, nachdem sie ihn einmal im Pita Pit getroffen hatten? »Mein Gott, Annabeth, es war schrecklich. Er war wie so ein gruseliger kleiner Maulwurf. Er ist einfach zu uns an den Tisch gekommen und hat mich in so einer bescheuerten Theaterstimme gefragt, was meine Intentionen in Bezug auf Steven wären. Und dann war Steven auch noch sauer, weil ich ihm nicht Platz gemacht hab, als er sich zu uns setzen wollte.«

Ich hatte letztes Jahr einen Kurs mit Dominic zusammen gehabt. Er war der schüchternste Junge, den ich je kennengelernt hatte. Es war gemein von Noe, ihn als gruseligen Maulwurf zu bezeichnen. Einfach nur gemein.

Das dürre Bäumchen, das unsere Schule letztes Jahr am Earth Day gepflanzt hatte, zitterte im Wind, und seine kleinen gelben Blätter hatten sich eingerollt wie Fingernägel.

»Annabeth, du siehst aus, als ob du gleich weinst«, sagte Steven.

»Sie hat heute einen schlechten Tag«, erklärte Noe und legte mir tröstend den Arm um die Schulter.

»Echt? Was ist denn los?«

»Ach, ist bloß wegen dem Turnen«, murmelte ich. »Miss Bomtrauer versucht mich umzubringen.«

»Da würde ich auch so ein Gesicht machen«, lachte Steven. »Sieh dir den Stufenbarren ab jetzt lieber immer genau an, bevor du drangehst. Es würde garantiert aussehen wie ein Unfall …«

Ich stöhnte bei der Erinnerung daran, wie mich Miss Bomtrauer die unmöglichen Übungen wieder und wieder versuchen ließ, während Mädchen mit viel besserer Motorik danebenstanden und zuschauten.

»Arme Bethy.«

»Schon okay.« Ich ließ mich von meiner Freundin in den Arm nehmen, ließ mich von dem vertrauten Noe-Ozean wiederaufrichten. Der schlimme Moment mit ihr pulsierte noch einmal auf und verschwand dann, wie Kopfschmerzen, nachdem man eine Tablette genommen hat.

Wir gingen gemeinsam über den Parkplatz, die Jacken wegen der Kälte hochgeschlossen.

»Falls wir wirklich irgendwann deine Leiche zerquetscht zwischen zwei Matten finden, wissen wir jedenfalls, wer es war«, sagte Steven.

35

Thanksgiving war wie immer. Noe besuchte erst ihre Großeltern und fuhr dann zusammen mit Stevens Familie in irgendein schickes Skigebiet. Sie rief mich an und schwärmte mir von den intensiven Gesprächen mit Steven und dem Frühstücksraum des Hotels vor, wo man sich selbst Espresso zapfen konnte. Ich ging derweil mit meinem Cousin Max und seinen Freunden rodeln oder hing gelangweilt zu Hause herum.

»Ruf doch mal Carly Ocean an«, schlug Mom am Samstagmorgen vor.

Als ob ich auf die dämliche, superreligiöse Carly Ocean aus der Grundschule Lust hätte! Carly Ocean, mit der ich nie etwas hatte zu tun haben wollen, die aber eine Klette war und mich immer wieder anrief.

»Ich bin nicht mit der befreundet«, hatte ich gesagt.

Genau an diesem Samstag rief Carly jedoch wieder mal an, und ich ließ mich von Mom überreden, mich mit ihr zu treffen. Wir gingen zusammen in ein blödes Café und tranken heiße Schokolade, und Carly schenkte mir ein Paar Glitzersocken. Sie hatte eine Zuckerstange auf das bunt eingewickelte Päckchen geklebt, als wären wir noch in der vierten Klasse. Danach wollte sie zu einer Party in den Lions Club. Wir holten ihre Freundin

Renata ab, ein kleingewachsenes Mädchen mit dem ganzen Kopf voller dünner Zöpfe. Carly und Renata gingen zusammen auf die katholische Schule St. Barnabas. Alles an Carly war blass und langweilig und langsam. Im Kopf hörte ich Noes Stimme: *Was für eine dämliche Kuh.*

Auf dem Parkplatz vor dem Lions Club rauchten ein paar Leute einen Joint. Carly und Renata machten einen Riesenbogen um die Gruppe.

»Das ist doch verboten!«, zischte Carly empört.

Ich hatte große Lust, ihr von Oliver zu berichten. Das hätte sie aber bestimmt sofort ihrer Mutter weitererzählt, und den Stress war es nicht wert.

Ich versuchte also mit den beiden zu tanzen, hielt es aber nicht lange aus. Carly roch nach Eiern. Sie und ihre Freundin erzählten die ganze Zeit von den kleinen Kindern, auf die sie manchmal aufpassten, und fragten mich, ob es stimmte, dass ein paar Schüler von der E. O. James mal mit Ecstasy erwischt worden waren. Sie taten, als würde ich ihnen leidtun, weil ich auf so eine »schlechte« Schule ging.

Irgendwann konnte ich Carlys Eier-Schweißgeruch und Renatas nerviges Kichern nicht mehr ertragen. Sie fingen gerade an, mich über die Jungs an der E. O. James auszufragen, da entdeckte ich Billie und Phinnea in der Menge. Ich hatte mit den beiden zusammen in der Eisdiele gearbeitet. Ich ließ Carly und Renata einfach stehen und ging zu den beiden hinüber.

»Hey, Süße«, rief Phinnea über die Musik hinweg. »Siehst heiß aus!«

Sie zogen mich in ihren Kreis, alles Leute, die auch im Botanischen Garten jobbten. Ich tanzte eine Weile mit ihnen, dann gingen wir zusammen auf die Toilette und tranken Wodka mit irgendeinem Fruchtgeschmack, den Billie mitgebracht hatte, und machten Selfies von uns dreien mit Phinneas rosa Handy.

»Eis-Girls!«, rief Billie, und das Handy machte ein Fotoapparatgeräusch. Wir tranken alle noch einen Schluck Wodka, Billie rückte die Pads in ihrem BH zurecht, und dann gingen wir wieder hinaus. Wir tanzten weiter, sangen die Lieder mit, machten alberne Posen und schrien uns heiser.

Ein paar Jungs, die auch im Botanischen Garten arbeiteten, waren ebenfalls da, und ich tanzte mit einem von ihnen. Wir schrien uns gegenseitig Dinge ins Ohr, Name, Schule, aber ich konnte ihn nicht wirklich verstehen, und ich glaube, er mich auch nicht.

Carly und Renata waren irgendwo in der Menge und sahen mir wahrscheinlich zu. Der Junge wirbelte mich herum, und unsere Lippen trafen aufeinander, mehr ein Zusammenstoß als ein echter Kuss.

Wehmut stieg in mir auf. Aus irgendeinem Grund musste ich plötzlich daran denken, wie die Orchideen am Abend des Homecoming-Balls im Mondlicht mit den Köpfen genickt hatten, und an das Gefühl der Blumenerde unter meinen nackten Füßen. Ich wäre in dem Moment so gern in diesem stillen Garten oder im Wald gewesen. Schlagartig konnte ich die blitzenden Lichter und den Lärm nicht mehr ertragen. Wieso war nicht die ganze Welt wie die Lichtung neben den Bahngleisen, weich und schön und summend? Wieso musste alles, was die Leute mochten, so hart und laut und aus Plastik sein?

Ich machte mich von dem Jungen los. »Ich muss nach Hause«, sagte ich, drehte mich um und drängelte mich durch die Menge, ohne seine Antwort abzuwarten. Aus dem Augenwinkel sah ich, dass er sich verwirrt nach mir umsah.

Der Wald, ging es mir durch den Kopf. Der einzige schöne Ort, den es noch gibt, ist der Wald. Wieso konnte Noe nicht auch einmal etwas lieben, das mir viel bedeutete? Wieso konnte sie das nicht sehen?

Renata spürte mich auf der Toilette auf. »Carly weint, weil sie seit einem Jahr eine ziemlich schlimme Depression hat. Red mal mit ihr, du bist doch ihre älteste Freundin.«

Ich schämte mich. Wenn ich für Carly eine Freundin darstellte, musste es ihr wirklich dreckig gehen. »Ich geh mal zu ihr«, murmelte ich.

Während der Rückfahrt war ich übertrieben freundlich und verständnisvoll Carly gegenüber, aber das machte es eigentlich noch schlimmer. Sie erzählte mir daraufhin nämlich eine lange Geschichte darüber, wie sich immer alle Jungs an ihrer Schule über sie lustig machten, weil sie nicht gut riechen würde.

»Das sind doch alles Idioten«, sagte ich, aber sie roch nun mal nach Eiern, und ich fühlte mich schlecht und scheinheilig, weil ihr Geruch ja auch ein Grund für mich gewesen war, dass ich sie nicht leiden konnte.

»Du bist so dünn geworden, seitdem du auf die andere Schule gehst«, sagte Carly.

»Bin ich nicht.«

Carlys Blick durchbohrte mich. »Margot Dilforth meint, du seist magersüchtig. Du und diese eine Turnerin.«

Margot Dilforth war früher mit uns in der Grundschule gewesen und mittlerweile auch auf der E. O. James. Sie hatte schon immer was für Verschwörungstheorien übriggehabt und erzählte überall mit vor Aufregung weit aufgerissenen Augen von den Schülern, die »ganz sicher« gerade Streit hatten, Gras rauchten oder sich trennten.

»Ach ja?« Ich verdrehte die Augen.

»Margot sagt, sie hat sie mal auf der Toilette beim Kotzen erwischt.«

»Hm, klar.«

Keine Ahnung, warum ich mich so aufführte, so überheblich tat. Margot hatte Noe wahrscheinlich bei einem ihrer Kotznotfälle erwischt, nachdem sie aus Versehen Fleisch gegessen hatte. *Es stimmte also eigentlich*, dachte ich bei mir, aber eben nicht so, wie Carly sich das vorstellte. Bei Noe war das anders. Noe war Noe. *Wenn man Bulimie hat, isst man einen ganzen Schokoladenkuchen auf einmal und kotzt ihn dann wieder aus. Ich will einfach nur kein ermordetes Tier in mir drin haben, das wird ja wohl noch erlaubt sein.* Selbst nach dem Streit wegen unserer Unipläne fühlte es sich immer noch gut an, Noe zu verteidigen und die loyale Annabeth zu sein, die sie immer verstand.

»Du bist aber wirklich dünner geworden«, beharrte Carly.

Ich war wieder mal dankbar, dass ich dieses Mädchen höchstens ein- oder zweimal pro Jahr sehen musste.

Zu Hause ging ich direkt in mein Zimmer. Mir fiel ein Schulfoto von vor ein paar Jahren ins Auge. Annabeth in der achten Klasse. Carly hatte recht, mein Gesicht war damals tatsächlich runder gewesen. Ich starrte das Foto an und tippte mit dem Finger darauf, als wäre mein Ich von vor ein paar Jahren darin eingesperrt und müsste befreit werden. Ein Schmerz stieg in mir auf. Die Annabeth von damals tat mir leid. Wenn sie gewusst hätte, was auf sie zukommen würde, wäre sie bestimmt für immer in diesem Foto geblieben.

Mein Handy summte. Eine Nachricht von Phinnea.

alles ok? bryan mag dich echt und macht sich voll sorgen, dass du sauer auf ihn bist

Ich erklärte ihr das mit Carly Ocean. *meine freundin hat geweint, musste mich um sie kümmern*

Danach war ich erschöpft. Ich machte das Handy aus. Mom klopfte an meine Zimmertür. Sie trug bereits ihren Schlafanzug und wollte wissen, wie die Party gewesen war. Ich schob das alte Schulfoto schnell weg, bevor sie es sehen konnte.

»Einfach nur schrecklich«, sagte ich.

36

Ich war froh, als die Schule wieder losging. Wir hatten nur vier Tage freigehabt, aber es fühlte sich wie eine Ewigkeit an. Am Tag nach der Party war ich mit einer Erkältung aufgewacht und hatte den Sonntag auf der Couch vor dem Fernseher verbracht. Am Montag in der Schule ging es mir immer noch nicht blendend, ich war ziemlich schlapp und kämpfte mit Übelkeit.

Noe kam von ihrem Wochenende in der Skihütte mit einer neuen Jacke mit Kunstpelzkragen zurück. Wir standen in der Schule vor unseren Spinden, und sie erzählte mir von Darla. »Sie ist wie eine zweite Mutter für mich, weißt du?«

Noes eigene Mom war total nett: immer großzügig, immer erschöpft, immer darum besorgt, dass man sich bei ihr auch ja wohlfühlte. Noe konnte sie nicht ausstehen.

»Wozu brauchst du denn eine zweite Mutter?«, fragte ich sie. Sie schien daraufhin verärgert.

An dem Nachmittag nahmen wir an einem Wettbewerb teil, dem ersten, bei dem es wirklich um Punkte ging. Noe machte dreimal den ersten Platz. Mein Körper fühlte sich seltsam schwer an, und ich musste so oft niesen, dass ich einmal fast vom Stufenbarren fiel. Ich zog mir zwei dicke Pullover über meinen Gymnastikanzug und verbrachte den Rest der Zeit mit *Überleben im*

Wald auf der Tribüne, wo sich neben mir ein Häuflein Taschentücher ansammelte.

»Hast du mit Bryan Drexel rumgemacht?«, fragte mich Noe auf dem Rückweg im Bus. »Rhiannon hat so was gehört.«

»Außergewöhnliche Umstände erfordern eben außergewöhnliche Maßnahmen«, krächzte ich. »Ich hatte keine Wahl.«

»Ich erkenn dich gar nicht wieder. Früher hast du nicht mal über Jungs geredet, und auf einmal hast du einen One-Night-Stand nach dem anderen.«

»Einen Kuss würde ich nun nicht gerade als One-Night-Stand bezeichnen«, erwiderte ich.

»Darla meint, du machst das nur wegen deinem Vater.«

»Was weiß denn Stevens Mom über meinen Vater?«

»Nur weil dein Vater deine Mom verlassen hat, heißt das nicht, dass dich jeder Junge verlassen wird, der dir was bedeutet.«

»Noe, mir war langweilig, also hab ich ein bisschen mit Bryan Drexel rumgemacht. Da musst du dir doch nicht gleich irgendeine krasse Interpretation ausdenken.«

Der Bus fuhr über ein Schlagloch, und ich fühlte mich plötzlich unglaublich schwach. Ich konnte es kaum erwarten, endlich zu Hause zu sein und mich hinzulegen.

»Margot Dilforth erzählt übrigens rum, dass du auf der Toilette gekotzt hast.«

Noe winkte genervt in Richtung Bus, Landschaft, Menschheit ab und legte mir den Arm um die Schultern als Zeichen unserer gemeinsamen Solidarität gegen die neugierigen Margot Dilforths dieser Welt. »Die ist eh dumm.«

37

Am ersten Freitag nach Thanksgiving wurde alle Zwölftklässler zusammengetrommelt und über die Regeln für die Uni-Besuche belehrt. Kein Alkohol. Keine verbotenen Substanzen. Keine sexuellen Ausschweifungen. Noe und Steven hielten die ganze Veranstaltung hindurch Händchen. Sie hatten verabredet, während der dreitägigen Trennung voneinander jeden Abend zu skypen.

Ich freute mich nicht.

Onkel Dylan hatte Ava Bescheid gesagt, dass ich kam, und mir online ein Greyhound-Ticket gekauft, um noch einen Sparpreis zu erwischen. Mom hatte ihre beste Freundin Pauline angerufen, die dort wohnte, damit ich am letzten Abend bei ihr essen konnte. Die Stadt hieß Maple Bay und war acht Stunden Busfahrt entfernt.

»Wir werden uns trotzdem ständig sehen«, versicherte mir Noe, als ich das zweite Mal sagte, wie unglücklich ich bei der Aussicht war, dort allein zu studieren. »Du kommst doch zu Weihnachten und so eh nach Hause. Mach dir keine Sorgen.«

Ich starrte die Straßenkarte auf dem Bildschirm an, die blaue Linie, die die Route anzeigte. Ich schaltete den Computer aus und legte mich mit *Überleben im Wald* auf mein Bett, aber die blaue Linie war immer noch vor meinen Augen sichtbar.

Ich war noch nie so weit von zu Hause weg gewesen.

38

Am Tag vor meiner Fahrt zur Northern University wachte ich morgens auf und übergab mich in den Papierkorb neben meinem Bett. Ich sah wie gelähmt auf meinen Mageninhalt hinunter, und mich überkam eine schreckliche Vorahnung.

Unmöglich, dachte ich. *Völlig unmöglich.*

Aber mein Körper verkrampfte sich und rumorte, und ich übergab mich noch einmal.

Ich saß auf meinem Bett, mein Körper seltsam steif, seltsam leicht.

Nein, dachte ich. *Nein, nein, nein, nein.*

Ich zählte alle Gründe auf, die dagegensprachen: Ich nahm jeden Tag genau eine halbe Pille, und Noe hatte gesagt, das reichte. Das Kondom war fast komplett da geblieben, wo es sollte. Ich hatte Untergewicht, das hatte der Ernährungsberater gesagt. Dünne Mädchen wurden nicht schwanger.

Ich versuchte mich zu erinnern, wann ich das letzte Mal meine Tage bekommen hatte, aber vor der Pille hatte ich sie nur alle drei oder vier Monate bekommen, und ich hatte keine Ahnung, wie das jetzt mit Pille zu sein hatte.

Mom war vor einer halben Stunde zur Arbeit gefahren. Ich zog mich an und setzte mich in den Honda, den ich seit meiner letzten Schicht in der Eisdiele kaum gefahren hatte. Die vertrauten Häuser zischten an mir vorbei, nasse Zeitungsfetzen auf den Straßen, der Supermarkt, vor dessen Tür feucht gewordenes Feuerholz gestapelt war.

Es kam mir gemein vor, dass sich die Welt einfach so verändert hatte, dass sie sich jetzt kalt und hässlich zeigte, obwohl sie doch vor drei Monaten noch hell und duftend und voller Leben gewesen war. *Mach das wieder rückgängig,* hätte ich ihr am liebsten zugerufen. Mach alles wieder so wie vorher! Als würde mir die Natur mit dem Winter gemeinerweise etwas vorenthalten, obwohl sie genauso gut den Frühling hätte kommen lassen können.

Der Drogeriemarkt war um diese Uhrzeit so gut wie leer, es gab nur ein paar alte Männer, die Vitamintabletten kauften, und müde Mütter, die ihre Kinder von den Weihnachtssüßigkeiten fernzuhalten versuchten. *Es gab überhaupt keinen Grund zur Panik,* sagte ich mir. Ein normaler Mensch würde sich nicht mal einen Test kaufen. Ich war paranoid.

Ich entdeckte die Schwangerschaftstests in Gang 7, legte einen in meinen Korb und obendrauf eine Packung Tampons, ein paar Haargummis und einen Schokoladenweihnachtsmann. *Der Kassiererin ist es wahrscheinlich völlig egal, was ich kaufte,* sagte ich mir, *die scannen so viele Artikel am Tag, dass sie gar nicht mehr darauf achten, was es eigentlich ist.* Trotzdem brach mir der Schweiß aus. Ich hatte Sorge, meinen PIN nicht fehlerfrei eingeben zu können, und legte der Kassiererin einen Zwanzigdollarschein hin. Ich konnte sie nicht ansehen, während sie mir das Wechselgeld in die Hand zählte.

Zu Hause im Badezimmer erschienen zwei Streifen. Ich wickelte den Teststick sorgfältig ein und stopfte ihn ganz unten in den Kosmetikeimer. Dann ging ich zurück in mein Zimmer und setzte mich aufs Bett.

Draußen vor dem Fenster lösten sich die letzten Blätter von der Birke vor dem Haus und segelten hinunter auf den schneebedeckten Rasen. Ich sah ihnen beim Fallen zu, verfolgte jedes einzelne mit den Augen, als könnte ich hinterher darüber abgefragt werden. Als es zu windig wurde, um den Blättern weiter zuzusehen, machte ich The Velvet Underground an und hörte mir das gesamte Album dreimal hintereinander an.

Ich setzte mich wieder ins Auto und fuhr in den Wald.

39

Wenn in einer Fernsehserie eine Folge über eine ungewollte Schwangerschaft vorkam, machte sich das Mädchen immer Gedanken darum, was es tun sollte, und quälte sich mit der Entscheidung. Sie schwankte mehrmals hin und her und fragte sich danach ihr ganzes Leben lang, ob es wohl die richtige Entscheidung gewesen war.

Ich war kein Mädchen in einer Serie. Ich hatte meine Entscheidung bereits in den paar Sekunden getroffen, in denen ich mich das erste Mal in den Papierkorb übergeben hatte. Ich schwankte nicht. Ich wartete nicht darauf, endlich zu wissen, was ich tun sollte. Ich wusste es sofort.

Es fühlte sich komisch an, dass ich mir so sicher war.

Man dürfte sich doch eigentlich nicht so leicht entscheiden können.

Was hatte das zu bedeuten, dass ich genau wusste, was ich wollte?

In der Fernsehserie lag das Mädchen immer weinend auf dem Bett.

Ich hörte The Velvet Underground und ging im Wald spazieren.

Ich hatte stärker reagiert, als ich mit acht Jahren einmal von einer Wanderung zurückkam und auf meinem Arm unter dem Pulloverärmel eine Zecke entdeckte. *Mach sie weg! Mach sie weg!*, hatte ich geschrien. Mom war ruhig geblieben und hatte Streichhölzer und Pinzette geholt.

Vielleicht nahm ich mir unbewusst ein Beispiel an ihr und war deshalb so gelassen, was meine Entscheidung anging. Die Zecke in ein Glas. Die Pinzette in die Schublade. Dann weiter Suppe kochen und Holz hacken, einen Stapel für unseren Kamin und einen für Nans.

Ist das nicht genau das, was du dir heimlich gewünscht hast?, fragte eine böse kleine Stimme in meinem Kopf. *Jetzt hast du endlich deine Ausrede, um für immer zu Hause zu bleiben.*

Noe würde unbedingt Tante spielen wollen, das wusste ich. Sie würde kein anderes Thema mehr kennen und sofort eine Liste mit potentiellen Babynamen erstellen. Als Amanda Robinson in der Zehnten von Billy Shearer schwanger geworden war, hatte Noe völlig durchgedreht. Sie konnte Amanda nicht einmal leiden, aber plötzlich redete sie nur noch von ihr und Billy, als wären die beiden ein berühmtes TV-Paar und nicht etwa zwei Red Bull trinkende Fünfzehnjährige, die erst seit drei Monaten zusammen waren. Ich hatte Amanda und Billy in der Zeit danach immer mal wieder gesehen, wie sie sich zum Beispiel auf dem Parkplatz bei Burger King stritten, und das Baby lag währenddessen in seiner riesigen Plastikschale und weinte. Der Anblick hatte mich zutiefst deprimiert.

Im Wald war es still. Ich drehte um und ging zurück zum Auto.

40

Danach fuhr ich in die Stadt, die durch den Schnee kleiner und trauriger als sonst wirkte. Ich sah ein paar Waschbären, die im Müll kramten, der aus den übervollen Tonnen gefallen war. Busse spritzten Schneematsch hoch.

Ich ging zum Wasserfall und stellte mich dicht an das Metallgeländer, ließ mir das Gesicht vom feinen Sprühnebel benetzen.

Eine Familie mit vier Kindern ging an mir vorbei. Die Kinder hatten alle Riesenlollis, die es hier im Souvenirladen gab, diese großen, die sonst nur Kinder in Cartoons essen. Die Kinder der Familie versuchten gerade herauszufinden, wie man den Lolli am besten aß. Das Problem war, dass die Dinger zu groß waren, um sie ganz in den Mund zu stecken, und wenn man nur an einer Seite leckte, hatte man nicht den ganzen Geschmack. Ich sah den Kindern zu, wie sie ihre Lollis aus verschiedenen Winkeln angingen und schließlich einsahen, dass sie einfach zu groß waren, um sie vernünftig lutschen zu können. Die Kinder sahen verwirrt aus, als könnten sie nicht fassen, dass etwas, das so lecker aussah, gleichzeitig so gut wie unmöglich zu essen war. Man musste so einen Riesenlolli in kleine Stücke zerbrechen, um ihn überhaupt essen zu können, aber Kinder wollen so etwas Schönes natürlich nicht kaputtmachen. Sobald man ein Stück abgebrochen und im Mund hat, wird einem außerdem klar, wie schlecht das Ding eigentlich schmeckt, nämlich so, als würde man davon Kopfschmerzen bekommen, und dann will man es auch gar nicht mehr essen.

Als mir zu kalt wurde, ging ich ins Kuriositätenmuseum.

Das Museum war ein weißes Haus mit einem großen Holzfass davor. Ein Schild daneben klärte auf, dass es sich um den Nachbau eines Fasses handelte, in dem in den zwanziger Jahren mal jemand den Wasserfall überquert hat. Man konnte sogar hineinklettern und den Kopf oben aus dem Loch stecken und sich so fotografieren lassen. Wir hatten etwa sechs oder sieben Fotos von mir in diesem Fass gemacht, immer ein bisschen älter als beim letzten Mal, immer lächelnd, im Kopf stets den Plan, mir selbst so ein Fass zu bauen. Es bestand aus dicken Holzplanken, die mit Metallringen eingefasst waren. Man verschwand darin. Es wirkte unzerstörbar. Man konnte sich gut vorstellen, es sich mit einer Decke und einem Buch darin gemütlich zu machen und gar nicht mitzubekommen, wie das Fass im Wasserfall hin und her geworfen wurde.

Im Museum gab es eine Ziege mit zwei Köpfen und eine Wachsfigur von einer Frau mit sechs Fingern an jeder Hand und daneben ihre zartrosa sechsfingrigen Handschuhe mit Perlmuttknöpfen. Es gab dort auch einen Rattenkönig, so nannte man das, wenn viele Ratten in einem Nest zusammenwohnten und sich ihre Schwänze miteinander verknoteten. So starben sie dann, ein Gewühl aus miteinander verwachsenen Ratten, und irgendwann fand sie wer und stellte sie in einem Kuriositätenmuseum aus.

Das seltsamste Ausstellungsstück war jedoch der Lithopädion.

Auf den ersten Blick sah es aus wie ein Fossil oder ein Stein, nichts Besonderes im Vergleich zu einer zweiköpfigen Ziege. Aber wenn man sich das mit Schreibmaschine getippte gelbe Kärtchen daneben durchlas, erfuhr man, dass es in Wirklichkeit ein Steinkind aus dem Bauch einer siebzigjährigen Frau war. Ein Lithopädion war sehr selten. Sie entstanden, wenn sich das Baby in der Mutter am falschen Ort einnistete und ihr Körper eine Kalziumschale drum herum bildete. Es gab Berichte aus dem Mittelalter von Frauen, die wussten, dass sie schwanger waren, »aber das Baby kam einfach nie«, und irgendwann vergaßen sie es eben und lebten ihr Leben weiter.

Vielleicht habe ich Glück, und mir passiert dasselbe, dachte ich. Vielleicht würde mein Körper den Zellhaufen still und leise absorbieren oder ihn in einen Stein verwandeln. In fünfzig Jahren würde ich dann einen Schmerz in der Bauchgegend haben, und ein Arzt würde mir einen Kieselstein herausoperieren. Er würde ihn mit einer Pinzette hochhalten und mich fragen, ob ich wüsste, was das ist. Ich würde nur verwundert den Kopf schütteln. *Nein, keine Ahnung.*

»Wir machen gleich zu«, rief mir das Mädchen am Eingang zu.

Ich nahm meine Jacke vom Haken und ging.

41

Ich wollte noch nicht nach Hause.

Ich fuhr am Java Bean vorbei, wo Leute aus meiner Schule saßen und Donuts mit Ahornsirupglasur aßen, und am Supermarkt, wo meine Mom arbeitete. Der Plastikspielplatz bei McDonald's sah mit seinen Röhren und den Verdickungen daran aus wie ein Tumor, der dem Gebäude entwuchs.

Ich fuhr an der Gokartbahn vorbei, wo mein Cousin Max im Sommer immer arbeitete, und am K-Mart, vor dem ein Kühltransporter stand, der Pommes frites lieferte.

Schließlich fuhr ich zum Botanischen Garten und stellte das Auto auf dem leeren Parkplatz ab.

Der Botanische Garten war das ganze Jahr über geöffnet, obwohl es im Winter keine Blumen gab. Man konnte zwischen den gefrorenen Beeten herumspazieren, sich an den roten Beeren der winterharten Gewächse und an den mit Frost überzogenen Hecken erfreuen. Die Eisdiele hatte zu, aber Jeanine saß immer noch im Büro und füllte Bestellformulare für Waffelhörnchen aus.

Das Orchideenhaus war leer, kein einziges lila Gesichtchen, kein wippendes Rosa an einem Stängel.

Ich musste daran denken, wie Mom das erste Mal mit mir hier war. Wir sangen den Enten im See etwas vor und unterhielten uns mit den Blumen. Die ganze Welt war süß und friedlich, der Palisanderholzbaum ein lächelnder Riese, der ganze Garten ein vielberankter neuer Freund, den ich im Sonnenschein durchschwamm.

Durch ein kaputtes Fenster im Glashaus wehte es kalt zu mir herein.

Ich setzte mich auf den Boden und holte mein Handy aus der Tasche.

Es wurde wohl langsam Zeit, Oliver Bescheid zu sagen.

42

Ich rief bei Oliver an. Ein Mädchen meldete sich singend: »Hier ist Alaska-Loreen, die Booty-Queen!«

Wäre das nicht mir passiert, hätte ich gelacht.

43

Alaskas Booty-Queen Loreen klang betrunken.

»Ich möchte bitte Oliver sprechen«, sagte ich.

»Wer bist du?«, fragte Loreen misstrauisch.

Ich überlegte kurz, mir fiel aber kein Reimwort auf meinen Namen ein. »Hier ist Satannabeth, ich rufe direkt aus der Hölle an. Und ich muss jetzt mit Oliver sprechen.«

Das gefiel ihr anscheinend gar nicht. »Worum geht's denn?«

»Um eine Schwangerschaft.«

Sie sagte, sie würde ihn sofort holen.

44

Oliver klang auch betrunken. Im Hintergrund war es laut, Musik und irgendeine Sportübertragung im Fernsehen. Ich fragte mich, wo er gerade war – für eine Kneipe war es zu früh am Tag, und Oliver war ja auch noch nicht volljährig. Vielleicht war es in Alaska einfach immer laut.

»Annabeth«, rief er ins Telefon. »Hey-hey!«

»Hey-hey«, gab ich zurück.

»Was gib'sss?«

Hatten die da einen Schneesturm oder was? Im Hintergrund waren jetzt Windgeheul und klappernde Fahnenstangen zu hören. Vielleicht war er auch gerade auf dem Krabbenkutter. Aber da hätte er doch bestimmt keinen Handyempfang. Und was machte Loreen mit ihm auf dem Schiff? Vielleicht war die Booty-Queen ja die Kapitänin?

»Ich bin schwanger«, sagte ich.

»Bist du nicht.«

»Ist die etwa schwanger?«, hörte man Loreen kreischen.

Dann Oliver: »Das ist nur irgendein Mädel, das Stress machen will.«

Loreen: »Lüg mich nicht an!«

Oliver: »Loreen!«

Eine Tür wurde zugeschlagen. Jubel aus dem Fernseher. Da hatte anscheinend jemand einen Touchdown gemacht.

Ein paar Sekunden später war Oliver wieder am Telefon.

»Das ist jetzt echt nicht cool von dir, Annabeth. Wir haben uns doch nur ganz kurz gesehen, und ich bin schon seit zwei Monaten weg. Und jetzt rufst du mich an und bist sauer, dass ich hier eine Freundin hab, und denkst dir so was aus. Meine Güte, sie glaubt jetzt wirklich, dass ich irgendein Mädchen geschwängert hab.«

»Hast du ja auch.«

»Wir haben doch aber ein Kondom benutzt.«

»Nicht die ganze Zeit.«

Erschrockenes Schweigen.

»Oliver?«, fragte ich. »Oliver.«

Im Fernsehen ging der Jubel ununterbrochen weiter. Wahrscheinlich warfen sie gerade aus einem Flugzeug Burritos für die Menge ab. Oliver schwieg so lange, dass ich schon dachte, er wäre in Ohnmacht gefallen. Ich wollte gerade auflegen, da sagte er plötzlich doch wieder etwas.

»Mach, was du willst, aber ich komm garantiert nicht zurück.«

Ich trat gegen einen leeren Blumentopf. »Von Zurückkommen hat auch keiner was gesagt.«

»Und warum rufst du mich dann an?«

Jetzt war ich mit Schweigen dran. Die Wörter waren mir plötzlich aus dem Kopf gefallen, wie einem ein Stapel zu schwerer Bibliotheksbücher aus dem Arm fällt. Ja, wieso hatte ich ihn angerufen? Wieso war ich zum Wasserfall gefahren und in das

Kuriositätenmuseum gegangen? Wieso hatte ich heute an diesem seltsamen, kalten Tag diese Dinge alle gemacht?

»Ich dachte bloß, du würdest es wissen wollen«, sagte ich und legte auf.

45

Das Orchideenhaus war ein Punkt der Stille inmitten des Gartens. Es glitzerte im Schnee wie eine zerbrochene Weihnachtsbaumkugel.

Ich ging über das gefrorene Gras zum Rosengarten. Langsam wurde es dunkel. Zeit, nach Hause zu gehen. Zeit herauszufinden, was als Nächstes zu tun war. Ich steckte die Hände in die Jackentaschen, um die kalten Finger aufzuwärmen. Ich bereute, es Oliver erzählt zu haben. Ich wusste ja nicht einmal genau, wieso ich es überhaupt getan hatte. Wahrscheinlich dachte ich, das musste man eben, im Fernsehen machten sie das auch immer.

Während ich durch den Garten schlenderte, stellte ich mir vor, ich wäre eine Forscherin auf einem fremden Planeten. Die Rosenbüsche waren schwarz und vom Frost zerstört, stachelige, dornige Wesen auf einem kalten Bett aus Erde. Der Hochzeitspavillon war eine Andockstelle für fliegende Untertassen. Am Ententeich warf ich einen Stein auf das Eis. Es zerbrach nicht, der Stein hinterließ nicht einmal einen Kratzer.

Ich hatte das Gefühl, ich benähme mich falsch. Wie eine psychisch Kranke oder ein kleines Kind. Vielleicht fehlte mir einfach ein gewisser Teil Menschlichkeit. Vielleicht hatte *er* mir das vererbt.

Ich steckte mir eine Handvoll Schnee in den Mund, um den Gedanken zu betäuben.

»Annabeth!«, rief eine Stimme von der anderen Seite des Sees.

Ich sah auf und entdeckte einen dicken Mann mit einem Hund. Der Hund wühlte im Schnee und grub ein Waffelhörnchen aus, das dort jemand am Ende des Sommers hatte fallen lassen. Der Mann winkte mir mit einer Handschuhhand und kam auf mich zu. Den Hund zerrte er an der Leine mit sich. Von nahem erkannte ich Bob, den Ernährungsberater.

»Was machen Sie denn hier?«, fragte ich.

»Ich gehe mit meinem Kleinen Gassi. Und du?«

»Ich denke nach.«

Aus seinem Jackenkragen hingen Kopfhörer. In der Stille um uns herum konnte ich deutlich die Stimme des Vorlesers hören. *The Kingdom of Stones.*

»Meine Oma hat immer gesagt, wenn man Schnee isst, frieren einem die Organe ein«, sagte der Ernährungsberater. Er sah fröhlich aus, wie er da mit seinem Hund im Schnee stand. Frischer, zufriedener als sonst.

»Meine Oma meint, von den Chemikalien im Schnee kriegt man Krebs.«

»Hoffentlich nicht«, sagte Bob. Sein Hund zog an der Leine. Ich kraulte ihm den Kopf. »Und, wie geht's so?«

»Gut.«

»Macht dir das Turnen noch Spaß?«

»Geht so. Ich mache da eigentlich nur wegen meiner Freundin mit.«

»Ich habe mit der Chefin von der Cafeteria gesprochen, ob sie nicht mehr vegetarisches Essen anbieten können.«

»Echt?«

»Ja, und ich soll ihr eine Liste mit Essensvorschlägen geben. Wenn du ein paar Ideen hast, komm gern vorbei. Wäre mir eine große Hilfe.«

»Okay«, sagte ich.

Bobs Hund bellte einem Vogel nach. Der Erzähler vom *Kingdom of Stones* las gerade etwas von einem See vor, in dem Rae, die Steinjungfer, von einem Magier in Eis verwandelt wurde.

»Sie verpassen, wie es weitergeht«, sagte ich und deutete auf Bobs Kopfhörer. »Ich muss jetzt sowieso weiter.«

Bob nickte und wickelte sich die Hundeleine um die Hand. »War schön, dich zu sehen, Annabeth.«

»Tschüs, Bob.«

Auf dem Weg zurück zum Auto fühlte ich mich leichter als vorher und konnte mir nicht erklären, warum. Vielleicht hatte ich nur jemanden gebraucht, der mich daran erinnerte, dass in ein paar Tagen, wenn das hier vorbei war, wieder alles beim Alten sein und das Leben weitergehen würde. Ein Leben, in dem es Cafeteria-Essen gab und Noes halb nervendes, halb sympathisches Schwatzen während der Turnstunde. Ich war kein Freak und auch kein Monster, nur eine Jugendliche, die einmal nicht richtig aufgepasst hatte. Und ich war bestimmt nicht schlimmer als Oliver.

Ich setzte mich in das kalte Auto und drehte die Heizung voll auf.

In der Fernsehserie hält das Mädchen am Wasserfall und ruft ihre beste Freundin an.

Ich ließ mein Handy auf dem Beifahrersitz liegen, stieg aus und ging allein auf das feuchte Metallgeländer zu.

Vögel flogen vor den bunten Flutlichtern hin und her, mit denen der Wasserfall abends angestrahlt wurde. Ich sah ihnen zu, wie sie dort kreisten, sich fallen ließen und wieder aufstiegen, die Flügelspitzen rosa und grün vom Licht.

Ich blieb so lange dort stehen, bis meine Hände taub waren und meine Wimpern ganz nass vom Schnee. Bis ich den Wasserfall und die Steine, die darin herumgewirbelt wurden, in meinem Kopf fühlen konnte und es nichts mehr zu tun gab, als nach Hause zu fahren.

46

Wer meine Stadt im Winter besuchte, stand früher oder später einmal abends vor dem Wasserfall. Der oder diejenige sah dann den gleichen Vögeln zu wie ich. Vielleicht schaute dieser Mensch dem Wasser zu und hörte es rauschen und fühlte den kühlen Sprühnebel, der sich einem auf das Gesicht setzte.

Und vielleicht fühlte dieser Mensch, zum ersten Mal oder zum tausendsten Mal, dass es viele Dinge auf dieser Welt gibt, die größer sind als wir.

47

Mom kam von der Arbeit nach Hause, lief sofort geschäftig durchs Haus und sagte immer wieder, sie könne es noch gar nicht glauben, dass ihre Kleine für drei Tage nach Maple Bay fährt. So wie sie strahlte, hätte man meinen können, ich würde am nächsten Morgen zu einer Marsmission aufbrechen.

Wir kümmerten uns gemeinsam um das Abendbrot, und dann half mir Mom packen. Pullover, Jeans, einen Schal, eine Mütze und Geschenke für Ava und Pauline.

»Du wirst so viel Spaß mit Ava haben, die hat sich ganz schön verändert, seitdem sie von zu Hause ausgezogen ist. Vielleicht hat sie ja ein paar Tipps für dich, welche Seminare gut sind.«

Sie holte ein Paar Socken aus meiner Kommode und legte es fröhlich in meinen Koffer.

In dem Moment hätte ich ihr fast alles erzählt, aber dann tat ich es doch nicht.

48

Nachdem Mom schlafen gegangen war, trat ich vor die Tür und rief Ava an. Es schneite. Schneeflocken landeten auf meiner Nase, während ich darauf wartete, dass sie dranging.

Sie schuldete mir noch einen Gefallen, dachte ich bei mir. Wenn es hart auf hart kam, konnte ich sie zwingen, mich aufzunehmen, indem ich sie erpresste. Wenn Mom, Nan oder Onkel Dylan herausfinden würden, dass Ava mir von meinem Dad erzählt hatte, würden sie ihr das nie verzeihen. Auch wenn sie damals wohl selbst eine schwere Phase durchlebt hatte. Und auch wenn sie mir gleich, als sie nicht mehr so verrückt war, einen Brief geschrieben hatte, in dem sie mich um Entschuldigung bat. Diesen Brief hatte ich immer noch.

Es klingelte und klingelte. Neun Wochen. Das Internet hatte gesagt, neun Wochen sei eine geeignete Zeit, um es machen zu lassen. Wenigstens hatte ich es früh genug gemerkt. Wenigstens redete ich mir nicht wie Mom damals monatelang ein, es wäre gar nichts. Wenigstens war ich nicht vor lauter Angst gelähmt. Wenigstens hatte ich Ava, die ich anrufen konnte, Geld von meinem Job in der Eisdiele und ein Busticket in eine weit entfernte Stadt. Ich hatte es besser als viele andere Menschen. Ich hätte es sehr viel schlechter haben können.

In einem Notfall sollte man sich seine Vorteile aufzählen, rät Wilda McClure in *Überleben im Wald.*

Ich stand dort im Schnee und zählte mir meine auf, und nach dem achten Klingeln nahm Ava ab.

49

»Hey, na?«, sagte sie.

Ich schluckte. »Hey.«

»Du kommst doch morgen, oder?«

Sie klang fröhlich. Ich fand es schwer, mich an die neue Ava zu gewöhnen. Manchmal überraschte mich ihre Veränderung immer noch. *Es ging mir während der Schulzeit ziemlich dreckig*, hatte sie in dem Brief geschrieben, *und es tut mir leid, dass ich das an dir ausgelassen habe. Ich glaube, ich war damals eifersüchtig auf dich, weil dich alle so liebhatten, und ich hatte das Gefühl, immer nur die zweite Geige zu spielen hinter dir und Max. Das mit deinem Vater tut mir leid, und es tut mir auch leid, dass du es auf so eine schreckliche Art erfahren musstest. Wenn du jemals drüber reden willst, bin ich gern für dich da, ich kann aber auch verstehen, wenn du mich nicht mehr allzu gut leiden kannst.*

Ein Schauder überlief mich. Um ehrlich zu sein, wollte ich nie wieder darüber reden. Nicht mit Mom, nicht mit Ava, einfach mit niemandem. Es war viel zu ekelhaft. Ich bekam beim Gedanken schon eine Gänsehaut. Und obwohl Ava die schlimmen Dinge zurückgenommen hatte, die sie gesagt hatte, fühlte ich mich in meinen traurigsten Momenten immer noch wie eine Aussätzige.

Ava wartete auf eine Antwort.

Meine Stimme zitterte. »Ja.«

Um mich herum wirbelten Schneeflocken. Die Häuser waren still und dunkel.

»Ist alles okay?«, fragte Ava.

Ich schwieg.

»Annabeth«, sagte sie ein wenig strenger. »Ist alles in Ordnung?«

»Kannst du mir einen Gefallen tun?«, fragte ich.

50

Am Morgen fuhr mich Mom zum Busbahnhof. Es hatte die ganze Nacht hindurch geschneit, die Hydranten trugen dicke weiße Mützen. Die parkenden Autos hatten weiße Schneelaken auf den Frontscheiben und sahen aus wie Patienten in einem Krankenhaus.

»Hast du an deine Zahnbürste gedacht?«, fragte Mom. Sie tat fröhlich, aber ich merkte, sie war genauso nervös wie ich. Als sie mich umarmte, zuckte ich unwillkürlich zusammen, als könnte sie meinen bis jetzt noch unsichtbaren Zustand durch unsere Winterjacken hindurch spüren.

»Grüß Pauline ganz lieb von mir, und Ava auch.«

»Mach ich.«

Ohne erkennbaren Grund steckte sie mir noch einen Zwanzigdollarschein zu und drückte mir dann einen Kuss auf die Wange. »Viel Spaß, Annalein. Ich hab dich lieb.«

»Ich dich auch.«

51

Der Bus hielt unterwegs nach Maple Bay ungefähr tausendmal an. Die Busbahnhöfe sahen alle gleich heruntergekommen aus, immer die gleiche Haltebucht, an der die Leute mit ihren viel zu vollen Taschen warteten, immer das gleiche schmutzig gelbe Licht. Jede Autobahnabfahrt hatte ein Fastfood-Restaurant und eine Tankstelle. Ich lehnte den Kopf gegen das Fenster und versuchte, draußen einen Baum oder irgendeine andere Pflanze auszumachen, irgendein kleines bisschen Grün, um das sich mein Herz ranken, das mein Freund sein könnte.

Wieso tun wir uns das an, fragte ich mich. Wenn es alle unglücklich macht, wieso tun wir uns das dann an? Es ist doch verrückt, etwas zu bauen, worin sich niemand wohl fühlt. Verrückt, alles Grüne und Zarte unter Parkplätzen und Mülltonnen zu begraben.

Fanden das andere eigentlich genauso schlimm, oder stimmte etwas nicht mit mir? Der Bus hustete und prustete und fuhr wieder auf den Highway, und ich fühlte mich plötzlich so einsam wie noch nie.

Irgendwann schrieb mir Noe.

bist du noch sauer auf mich?

ich wusste nicht, dass du denkst, ich würde dir was versprechen ich dachte, wir spinnen bloß ein bisschen rum

Typisch Noe: So einen Dialog fing sie natürlich erst an, als klar war, dass wir uns die nächsten Tage nicht sehen würden.

keine ahnung, schrieb ich zurück.

es war eben schlimm, wie du von der gymnastik-expo zurückgekommen bist

und mir nicht mal offiziell gesagt hast, dass du deine meinung geändert hast

als ob klar ist, dass ich mich eh nach deinen plänen richte

Noe antwortete blitzschnell.

ich will doch nicht, dass du dich nach meinen plänen richtest

du musst immer machen, was du für richtig hältst

du bist so toll und so schlau

du kannst deine eigenen entscheidungen treffen, dafür brauchst du mich doch nicht

Ich starrte mein Handy an. Ich hatte in dem Moment keinerlei Energie, ihr zu widersprechen oder sie auf ihre Fehler hinzuweisen. Es war leichter, sich in die vertraute Routine aus Schmeichelei und Vertragen einzukuscheln und die liebe, nachgiebige, verständnisvolle Annabeth zu sein, als den Teil von mir herauszulassen, der auch mal unangenehme Wahrheiten ausspricht. Ich musste an den sonnigen Nachmittag denken, an dem ich ihr von Oliver erzählt hatte, und mir traten die Tränen in die Augen.

ich weiß, schrieb ich.

ich hab bloß angst gekriegt

ich will dich nicht verlieren

du verlierst mich nicht
wir besuchen uns ganz oft
ich schlaf bei dir im wohnheim
und du kommst in den ferien nach hause
:)
steven findet dich übrigens faszinierend
haben ne ganze stunde über dich geredet

awww

ja, er meinte ›die hat's voll drauf!‹
und ich so ›ich weiß!‹

ihr seid die besten
oh, der bus hält an und ich muss mal aufs klo

ok bis später

bis später

Auf der McDonald's-Toilette ging es trublig zu. Ich spritzte mir kaltes Wasser ins Gesicht, fuhr mir mit den Fingern durch die Haare und machte mir einen neuen Pferdeschwanz. Neben mir putzten sich Businessfrauen die Zähne, frischten ihren Lippenstift auf und sprühten sich Deo unter die Achseln.

»Kann ich dann auch mal?«, herrschte mich eine Frau an, drängte sich neben mich und knallte ihre riesige Handtasche auf die feuchte Waschbeckenumrandung.

»Ja, klar, sorry«, murmelte ich und trat einen Schritt beiseite.

Ich wünschte mir, auch so selbstbewusst zu sein. Mir meinen Weg mit meiner Handtasche zu bahnen und mich dann so großzügig mit Parfüm einzusprühen, dass sich jeder im Umkreis von zwei Metern ducken musste oder eben eine Wolke *Eau de Sex Sugar* abbekam.

Ich schlurfte zurück zum fast leeren Bus und holte *Überleben im Wald* aus dem Gepäckfach über mir. Die Sitze mit ihren Stillleben aus zerdrückten Pullovern und halb ausgetrunkenen Flaschen sahen wie diese kleinen Schreine aus, die manche Leute an Grabsteinen errichten, wo die Plastikblumen immer ganz traurig die Köpfe hängen lassen, weil sie so lange Wind und Wetter ausgesetzt sind.

Beim nächsten Stopp gab es einen Mini-Supermarkt. Ich ging ewig an den Regalen entlang, nahm ab und zu etwas in die Hand, inspizierte es und entschied mich dann doch dagegen. Alles war komplett überteuert: zwei Dollar für einen kleinen Müsliriegel, der mich nicht satt machen würde, eins fünfundzwanzig für einen unecht aussehenden roten Apfel, drei Dollar für etwas namens Joghurt-Parfait, ein Plastikbecher mit irgendetwas Weißem am Boden, darüber lila Gelee und dann ein paar Haferflocken, die wahrscheinlich Knuspermüsli darstellen sollten. Im Kopf hörte ich Noe die Zutatenlisten vorlesen. *Gelatine, na lecker. Schokomilch? Trink doch gleich ein Glas Zuckerwasser.*

Ich lief zehn Minuten lang herum und überlegte. Das viel zu helle Neonlicht stach mir in die Augen. Um mich herum nahmen die Leute Dinge aus den Regalen, bezahlten sie, füllten sich an einem Automaten an der Wand Cola in riesige Becher, holten sich sonnenverbrannte Würstchen aus einem Glaskasten an der Kasse. Ich fühlte mich wie früher beim Stuhltanz, wenn die Musik aufhörte und alle einen Stuhl ergattert hatten, man selbst aber noch panisch im Kreis rannte und suchte.

Schließlich entdeckte ich heruntergesetzte Zimtschnecken, zwei für 98 Cent. Die würden zwar nicht den Noe-Test bestehen, aber mir ging langsam die Zeit aus. Im Bus rollte ich die klebrigen Schnecken auseinander und aß das Mittelstück mit der Nussfüllung zuerst. Ein paar Minuten später wurde mir plötzlich schlecht.

»Entschuldigung«, sagte ich zu der Frau neben mir. »Ich muss mal kurz raus.«

Sie schob genervt ihre Beine ein kleines Stück zur Seite. Ich kletterte über sie hinweg und wankte den Gang entlang bis zu der winzigen Toilette am hinteren Ende des Busses. Bevor ich noch Zeit hatte, die dünne Tür hinter mir zu schließen, hatten sich die zwei Zimtschnecken in mir bereits in pures Gift verwandelt.

Ich war ziemlich dünn. Ich konnte gar nicht genug Platz im Bauch haben für so viel ätzende Brühe, aber trotzdem kam es mir immer und immer wieder hoch, bis mir ganz schwindlig wurde, ich schwarze Punkte vor den Augen sah und mich an der schmuddeligen Toilettenwand festhalten musste.

Ich spülte mir den Mund an dem dreckigen Waschbecken aus. Bestimmt hatte mich der gesamte Bus gehört.

Die Frau neben mir hatte sich inzwischen weggesetzt. Umso besser. Ich trank vorsichtig einen Schluck Wasser. Mir war immer noch schlecht – von dem rumpelnden Bus, den Zimtschnecken und dem plötzlich aufgetauchten schrecklichen Gedanken, dass es ein Problem mit der Klinik geben könnte (der Fluss könnte anschwellen! Die Pferde könnten stolpern! Ein Baum könnte quer über den Weg fallen!) und ich mit einem sabbernden, schreienden Oliver-Baby dasitzen würde, das ich nicht gewollt hatte und nicht lieben konnte.

Ich steckte mir meine Kopfhörer in die Ohren und machte The Velvet Underground an, musste aber trotzdem die ganze Zeit weiter darüber nachdenken, was alles schiefgehen könnte.

Ich muss wohl ausgesehen haben, als hätte ich geweint, jedenfalls erhob sich auf einmal eine ältere Frau in einem hellrosa Skianzug von ihrem Platz gegenüber und setzte sich neben mich.

»Wo geht's denn hin?«

Ich zog mir die Kopfhörer aus den Ohren, holte tief Luft und antwortete lächelnd: »Maple Bay.«

»Wohnst du da?«

Ich schüttelte den Kopf. »Ich gehe zum Tag der offenen Tür an der Northern University.«

»Du siehst aber noch ganz schön jung für eine Studentin aus.«

»Ich bin siebzehn.«

»Wo wohnst du denn?«

Ich nannte den Ort.

»Ach, wie nett. Der Botanische Garten da ist wunderschön.«

Die ältere Dame trug lila Lidschatten und passenden lila Nagellack. Ich stellte mir ihr Zuhause vor. Bestimmt hatte sie einen Flügel, der offen dastand, und einen Korb mit Zeitschriften und einen frechen Pudel, der immer den Briefträger anbellte.

»Ach, den kennen Sie? Ich arbeite im Sommer immer in der Eisdiele da.«

»Das ist aber schön.«

Der Bus holperte über ein Schlagloch. Ich fühlte schon wieder Übelkeit in mir aufsteigen und griff nach der Kotztüte im Netz am Sitz meines Vordermanns. Die ältere Dame streichelte mir mitfühlend den Arm.

»Hast du dich gerade da hinten übergeben?«

Ich rutschte in mich zusammen. »Tut mir leid, das war eklig, ich weiß.«

»Mir wird beim Busfahren auch immer schlecht, aber ich habe solche Ingwerpastillen, die helfen wirklich gut. Willst du eine?«

Sie kramte ein Tablettenröhrchen aus ihrer Handtasche und hielt es mir hin. Ich schüttelte den Kopf. »Das wird nicht helfen.«

»Das ist aber bei jeder Art Reisekrankheit gut.«

»Mir war von was anderem übel«, sagte ich. »Und es ist bald vorbei.«

Keine Ahnung, warum ich das so sagte, so eindeutig. Vielleicht hoffte ich heimlich, die alte Frau wäre eine Zauberin, die mir einen weisen Rat und einen Glücksbringer mit auf den Weg geben würde, eine Adlerfeder vielleicht oder ein Mantra, das ich in dunklen Stunden sagen sollte. *Jeder verdient eine zweite Chance, meine Kleine. Halte durch.*

Der Bus rumpelte weiter vor sich hin.

Die Dame holte einen Kirchenflyer aus der Handtasche und fing an, ihn mit hoher, zitternder Stimme laut vorzulesen. »Herr, treib die Kräfte des Satans aus …«

Ich schnappte mir meinen Rucksack und floh ans Ende des Busses.

»Hat dir die alte Frau auch aus der Bibel vorgelesen?«, fragte das stark geschminkte Mädchen Anfang zwanzig, neben das ich mich setzte. Sie trug ein zerrissenes T-Shirt, und ihr Rucksack hatte die Form eines Teddys.

Ich nickte.

Sie ließ eine Kaugummiblase platzen. »Völlig verrückt, die Alte.«

52

Jetzt waren vor dem Fenster Bäume zu sehen. Ich hatte gar nicht mitbekommen, wie sich die Landschaft draußen verändert hatte. Auf beiden Seiten der Straße war dichter, dunkler Wald. Als der Bus einen Hügel hinauffuhr, verschwanden die Bäume plötzlich und machten niedrigen, bewaldeten Bergketten Platz, die bis zum Horizont reichten. Ich vergaß bei dem Anblick fast das Atmen und verrenkte mir den Hals, um nur ja alles in mich aufnehmen zu können. Ich wäre am liebsten in diese Aussicht hineingekrochen, hätte sie am liebsten zu einem Teil von mir gemacht.

Das hatte Mom also gemeint. Das hier sollte ich fühlen: ein Stück Zugehörigkeit. Ein Stück Unendlichkeit.

Ich lehnte den Kopf gegen die Scheibe und fing an zu weinen.

53

Als der Bus in Maple Bay ankam, wartete Ava schon auf mich. Sie trug eine grüne Samtjacke und eine orange Strickmütze. Sie hatte sich die Haare blau gefärbt. Ihre Augen hatten wieder ihre normale Farbe. Als ich auf sie zutrat, umarmte sie mich mit einer Heftigkeit, die mich überraschte.

»Deine Mom wird mich umbringen«, sagte sie.

54

Avas Wohnheim war ein altes Backsteinhaus am Rand des Campus. Es gab sechs Zimmer, eine Küche und ein holzgetäfeltes Arbeitszimmer, das aussah wie die Bibliothek in Cluedo. Die Küche hatte ein riesiges Einbaubücherregal. Während Ava uns einen Tee machte, betrachtete ich die Buchrücken. *Shakespeares gesammelte Werke, Warten auf Godot, 50 kurze Theaterstücke, Eintauchen in die Rolle leichtgemacht.* Ich sah Ava dabei zu, wie sie sich selbstbewusst in der Küche bewegte, im Schrank nach sauberen Tassen kramte und aus irgendeinem Versteck ein klebriges Honigglas hervorzauberte.

»Wie geht's dir so, von einem gewissen Arschloch in Alaska mal abgesehen?«, fragte Ava.

»Super. Mom geht's gut, Nan auch. Ich bin jetzt im Turnteam.«

Obwohl Ava anders war als früher, fühlte ich mich immer noch ein bisschen unbehaglich in ihrer Gegenwart. Die Tatsache, dass sie jetzt eine gute Hexe war und keine böse mehr, machte nicht plötzlich alles einfacher: Ich war eben kein großer Fan von Veränderungen.

»Wo ist denn deine Freundin? Als ich im Sommer daheim war, meinte deine Mom, ihr kommt zusammen her.«

»Sie will jetzt ans Gailer College«, antwortete ich.

Ava verzog das Gesicht, als hätte sie es geahnt. »Die kam mir schon so vor wie ein Gailer-Mädchen.«

Ich hatte ganz vergessen, dass sie Noe einmal kurz bei mir zu Hause kennengelernt hatte. »Ich bewerbe mich da aber auch«, sagte ich entschieden, als ob ich Noe damit vom Ruf eines Gailer-Mädchens befreien konnte, was auch immer das genau bedeutete. »Da bewerben sich alle. Ich bin nur hier, weil Mom das unbedingt wollte.«

Es war seltsam, Ava so strahlend und mit sich selbst im Reinen zu sehen. Onkel Dylan hatte recht gehabt. Sie hatte an der Northern wirklich zu sich selbst gefunden. Die Dunkelheit, die sie früher immer fast zu ersticken gedroht hatte, war verflogen. Wie bei einer Blume, die man schon aufgegeben hat, die aber noch einmal richtig zum Leben erwacht, wenn man ihre Wurzeln ein wenig auflockert und sie tiefer einpflanzt.

Jetzt kam Ava kaum noch nach Hause, nicht einmal zu Weihnachten oder Thanksgiving. Und dieses Fernbleiben war Absicht. Manche Menschen geben sich größte Mühe, ihr bisheriges Leben nach ihrem Wegzug zu erhalten; nicht so Ava. Sie hatte keinen Kontakt mehr zu ihren Mitschülern aus der Highschool, kam in den Semesterferien nicht nach Hause und besuchte auch keine Partys mit alten Jugendfreunden.

Ich war nicht sicher, ob es besser ist, jemand zu sein, der an seinem alten Leben festhält, oder jemand, der es loslässt. Vielleicht ging es in diesem Fall auch gar nicht darum, was besser oder schlechter ist, sondern eher darum, was die eigene Blume braucht, um zu wachsen.

Ava reichte mir eine Tasse in Pilzform, an deren Rand ein Stück abgeplatzt war. Im Tee schwammen kleine grüne Inseln. Ich hatte bisher immer nur Beuteltee getrunken. Die Inseln blieben mir an den Zähnen kleben.

»Keine Ahnung, was aus mir geworden wäre, wenn ich keinen Standortwechsel bekommen hätte«, sagte Ava. »Ich hätte mich wahrscheinlich umgebracht.«

»Wieso?«

»Setz dich mal an die Bahngleise und denk drüber nach, dann fällt's dir bestimmt schnell ein.«

Ich hatte oft an den Bahngleisen gesessen.

Ich wusste nicht, was sie meinte.

Das Gras ist dort so ausgebleicht, dass es aussieht wie Stroh. Grillen hüpfen herum wie Popcorn in einer heißen Pfanne. Die Züge fahren schnaufend und ratternd vorbei und hinterlassen eine wundervolle laute Leere im Kopf. Man kann an den Gleisen entlang zu einer kleinen staubigen Lichtung laufen, wo Jugendliche sich mit ihren BMX-Rädern austoben und Obdachlose Scherbensammlungen hinterlassen.

»Mom, Nan und Onkel Dylan kommen ganz gut zu Hause klar«, sagte ich.

»Die sind alle weggezogen und dann wiedergekommen, das ist was anderes. Deine Mom hätte wirklich gern, dass du hier studierst. Du bist doch das Naturkind. Komm schon. Hier gibt's einen riesigen Nationalpark, der ist nur eine Viertelstunde entfernt.«

Bist du eine Noe oder eine Ava?, schien sie mich zu fragen. Hältst du dich an Altbekanntem fest, oder fängst du noch mal ganz von vorn an?

Ich sah in meine Tasse. Die kleinen Inseln wirbelten durcheinander wie Flocken in einer Schneekugel.

»Ich weiß es einfach noch nicht«, sagte ich und stellte die Tasse auf den Tisch.

55

Ich hatte gehofft, Ava und ich würden gleich schlafen gehen, damit wir nicht noch mehr miteinander reden mussten, aber dann drang das Lachen und Schwatzen ihrer Mitbewohnerinnen von unten zu uns herauf, und eine Flucht wurde unmöglich.

Menschen wie Avas Mitbewohnerinnen hatte ich noch nie kennengelernt. Ich konnte sie nicht auseinanderhalten und mir beim besten Willen ihre Namen nicht merken. Mädchen mit dicken Brillen, engen Pullovern und Kleidern aus der Kostümabteilung eines Secondhandshops. Sie machten Tee, saßen auf der Arbeitsplatte, zupften an den Laufmaschen ihrer Strumpfhosen.

»Wie heißt du?«, wurde ich gefragt.

»Annabeth.«

»Wie alt bist du? Wo kommst du her? Ich mag deine Jeans. Guck mal, ihre Jeans. Toll, nicht? Wo hast du die her? Bist du allein hergefahren? Wir gehen morgen frühstücken, willst du mitkommen?«

Ich hoffte die ganze Zeit, Ava würde mir zur Seite springen wie Noe sonst immer, wenn ich plötzlich im Mittelpunkt der Aufmerksamkeit stand und damit nicht umgehen konnte. Sie ließ mich jedoch alles selbst beantworten.

»Nein, ich bin mit dem Bus gekommen«, sagte ich. Und: »Ich

bin siebzehn.« Ich kam mir vor wie eine Kandidatin in der Blitzrunde einer Quizshow.

»Warst du in dem, der um fünf angekommen ist?«, fragte mich ein Mädchen mit Dreadlocks.

»Hm.«

»Meine Freundin ist damit gefahren. Sie hat gesagt, da war ein Mädchen, das die ganze Zeit geweint und sich übergeben hat.«

Mir wurde heiß. Wenn Noe jetzt hier wäre, würde sie Avas Mitbewohnerinnen irgendwie ablenken, ihnen etwas über Vegetarismus und Turnen erzählen. Sie würde uns beide mit einer von ihnen für eine Physikvorlesung verabreden und mit einer anderen für das Treffen vom Uni-Tierschutzbund. Ich müsste überhaupt nichts sagen, nur ab und zu leise zustimmen. Und genau deshalb konnte ich nicht ohne sie an der Northern studieren, genau aus diesem Grund: Ich wäre völlig allein hier unter Fremden, meine einzige Freundin eine Cousine, die offenbar nicht vorhatte, mich zu beschützen.

»Ist alles okay?«, fragten mich die Mädchen. »Stimmt was nicht?«

Ich verwandelte mich wieder mal in einen Werwolf, verlor die Fähigkeit zu sprechen, zu lächeln und mich angemessen sozial zu verhalten. *Wo ist Noe?*, schrie es in mir. Mein Kopf machte bereits panisch Pläne. Ich würde Mom sagen, dass ich die Northern nicht ausstehen konnte, die Bewerbung dafür zerreißen, am Gailer College studieren, den Mädchen vom Turnteam dort die Wasserflaschen hinterhertragen und Noe nie wieder von der Seite weichen.

Ich spürte Avas Blick auf mir. Sie stand in der anderen Ecke der Küche, hob eine Braue und hatte den Kopf zur Seite gelegt, als wollte sie fragen: *Was geht bloß gerade in dir vor?*

»Nein, alles okay«, brachte ich mühsam hervor. »Die Busfahrt war bloß anstrengend.«

Ich sah zu Boden. Meine Wurzeln schwangen frei umher, griffen ins Leere, suchten verzweifelt nach vertrauter Erde. Ich befahl mir selbst, dort sitzen zu bleiben und weiterzureden, aber meine Füße hörten nicht auf mich, und plötzlich saß ich draußen auf der Treppe vor Avas Haus und lehnte mit dem Rücken an einer Backsteinsäule. Ich hörte Ava und ihre Freundinnen durch das offene Küchenfenster.

»Wieso ist sie denn rausgerannt? Geht's ihr gut?«

»Sie ist ziemlich schüchtern, und sie war noch nie richtig von zu Hause weg. Wenn sie nicht von allein wiederkommt, geh ich gleich mal nach ihr schauen.«

Ich rief Noe an, aber sie ging nicht dran. Mir fiel ein, dass heute Abend ja die Poolparty war. Noe tanzte wahrscheinlich gerade mit den anderen aus unserer Schule, und ihr Handy steckte entweder ganz unten in ihrer Handtasche, oder sie hatte es auf der Toilette liegenlassen.

Erst jetzt sah ich die Nachricht von Mom.

Falls du das hier rechtzeitig liest, mach ein Foto für mich, wenn du am Moose Rock vorbeifährst!

Ich starrte einen Moment auf mein Handy, und hatte keine Ahnung, was sie meinte. Dann fiel mir ein, dass mehrere Leute Fotos aus dem Busfenster gemacht hatten, als wir kurz vor Maple Bay an einem seltsam geformten Felsbrocken vorbeikamen. Ein komisches Gefühl, dass Mom hier einen Teil ihres Lebens verbracht hatte und diesen Ort so gut kannte, während ich erst alles für mich entdeckte. Ich dachte daran, wie aufgeregt ich gewesen war, als ich damals *Überleben im Wald* bei uns im Keller gefunden hatte. Mom hatte sich neben den Bauanleitungen für einen Unterschlupf im Wald und den anderen Survivaltipps mit blauem Füller Notizen am Rand gemacht. Im Kapitel zur Pflanzenbestimmung hatte sie vermerkt, wo und wann sie jede Pflanze zum ersten Mal gefunden hatte. Neben den Walderdbeeren stand *Maple-Bay-Nationalpark*, das Datum war aus dem Sommer, bevor ich geboren wurde.

Neben einem Ort auf der Karte, der einem Netz aus Seen und Flüssen glich, hatte sie *Nächstes Jahr!* geschrieben.

Das nächste Jahr war nie gekommen. Im nächsten Jahr war sie schon wieder zu Hause.

Während ich dort auf der Treppe saß, stieg plötzlich Wut in mir auf, Wut über das verlorene Mädchen aus dem Überlebensbuch, das voller Ausrufezeichen und Meinungen gewesen war und wusste, wie man bei Regen im Wald Feuer macht. Sie wünschte sich so sehr, dass ich herausfand, wer ich wirklich bin, mich selbst wirklich kennenlerne. Und ich hatte solche Angst davor.

Es begann zu schneien. Ich schrieb Mom schnell zurück und ging ins Haus.

56

Als ich zurück in die Küche kam, backten die Mädchen gerade Kekse. Auf der Arbeitsplatte türmten sich benutzte Schüsseln, Löffel und der gesamte Inhalt der Küchenschränke.

»Wir wollten dich nicht verschrecken«, sagte das Mädchen mit den Dreadlocks, die vielleicht Beatrice hieß.

»Nein, ist schon in Ordnung, es war mir nur peinlich.«

»Ach so«, sagte Beatrice. »Dann warst du also das Mädchen, das gekotzt hat. Geht's dir wieder besser? Was war denn los?«

Ich zögerte. *Ich konnte doch nicht fremden Leuten etwas erzählen, das ich nicht mal Noe erzählt hatte. Oder?* Vielleicht war ich immer noch sauer auf sie, weil sie unsere Pläne einfach so aufgegeben hatte, und das hier war meine Art der Rache. Vielleicht hatte ich zu Avas Freundinnen auch mehr Vertrauen als zu Noe. Sie kamen mir so erwachsen vor, und Noe und ich waren ja noch Kinder. Im Moment brauchte ich einen Erwachsenen, kein Kind. Verriet ich damit unsere Freundschaft? Ich war mir nicht sicher.

Ich schob diese ganzen komplizierten Gedanken beiseite und sprach es einfach aus: »Ich hatte einen Unfall. Mit einem Jungen. Ava geht morgen mit mir zum Arzt.«

Einen Moment lang herrschte Stille. Dann stellten alle ihre

Schüsseln und Tassen ab, kamen zu mir und streichelten mir über den Rücken.

»Hast du Angst?«, fragten sie. »Hab keine Angst!« Alle redeten durcheinander. Jedes Mädchen hatte eine eigene Geschichte auf Lager, wie einmal das Kondom kaputtgegangen war oder sie die Pille vergessen hatte.

»Meine Zwillingsschwester hat einmal eine Abtreibung mit Pflanzen und Kräutern gemacht, als sie fünfzehn war«, sagte ein großes dunkelhaariges Mädchen, Jade vielleicht oder Jane oder Jacey. »Sie hatte das Rezept aus einem Fantasyroman. Wir haben die ganze Nacht lang irgendwelche Kräuter zusammengebraut.«

Sofort wollten alle wissen, welches Buch es gewesen war.

»Das mit den Feen«, sagte sie und sah mich intensiv an. »Könnten wir morgen auch versuchen, wenn du willst. Der Supermarkt macht um acht auf, die haben alles, was wir brauchen.«

»Du lass mal schön deine Hexenfinger von meiner kleinen Cousine«, sagte Ava. »Hör nicht auf sie, Annabeth. Die weiß nicht, wovon sie redet.«

Ein Mädchen namens Leah erzählte, wie sie aus Versehen schwanger geworden war. »Er meinte so, das Kondom ist kaputt, aber ich hab kein anderes! Und ich so, okaaaaay, dann müssen wir wohl aufhören. Und dann meinten wir beide so, wir können ja ganz, ganz vorsichtig sein, also so richtig vorsichtig!«

Leah hatte die Abtreibung in derselben Klinik gehabt, in der ich morgen einen Termin hatte.

»Die sind dort total nett«, sagte sie. »Wirklich total nett. Das wird schon alles wieder.«

Avas Mitbewohnerinnen waren wie ein Chor aus lieben Tanten

in einem Musical, die sich mit ihren Soli in einem Medley aus Beruhigung und Ratschlägen abwechselten. Ich konnte nicht fassen, dass sie nur drei Jahre älter waren als Noe und ich. Sie kamen mir so anders vor. Als wären sie Teil einer anderen, größeren Welt.

Ava holte das Blech mit den Keksen aus dem Ofen, und alle versammelten sich drum herum und fingen an zu essen. Ich war dankbar für die Ablenkung und hielt mich im Hintergrund.

Um zwei Uhr stapelten die Mädchen alles Geschirr in die Spüle, ohne es abzuwaschen, und gingen in ihre Zimmer.

»Müde?«, fragte Ava.

Ich nickte.

»Dann zeig ich dir mal mein Zimmer.«

57

Am nächsten Morgen fuhr Ava mit mir in die Klinik. Die Schwester dort stellte mir ein paar Fragen, und ich musste in einen Becher pinkeln. Dann gab sie mir einen Termin für den nächsten Tag, weil sie an diesem keinen mehr freihatten. Erst war ich enttäuscht, dann erleichtert. So konnte ich doch noch zum Tag der offenen Tür gehen. Das war zwar nur eine kleine Sache, kam mir in dem Moment aber sehr wichtig vor. Wenigstens eine Angelegenheit, in der ich Mom nicht enttäuschen würde. Wenn sie mich ausfragen würde, hätte ich auf jeden Fall etwas über die Northern zu erzählen.

Ava und ich fuhren zurück zur Uni. Sie setzte mich am Gebäude der Studentenvertretung ab, wo ich auf den Jungen warten sollte, der mich über den Campus führen würde. Das war vorher arrangiert worden. Ich setzte mich auf ein lila Sofa und holte *Überleben im Wald* aus dem Rucksack. Ein paar Minuten später stand ein Junge in einem hellblauen T-Shirt mit der Aufschrift NORTHERN UNIVERSITY vor mir und fragte, ob ich Annabeth sei. Er hatte eine Nerdbrille auf und trug eine Mütze mit Ohrenklappen.

»Tolles Buch«, sagte er, »das gibt's auch im Campusbuchladen. Wilda McClure kommt hier aus Maple Bay, wusstest du das?«

Der Junge hieß Loren und studierte im zweiten Semester Forstwirtschaft.

»Wir können nach der Tour gern bei ihrem früheren Haus vorbei, wenn du Lust hast. Da ist jetzt ein Museum drin, ist ziemlich cool.«

Loren zeigte mir erst die Gebäude, in denen die verschiedenen Fakultäten untergebracht waren, und dann das Wohnheim der Erstsemester. Von manchen Zimmern stand die Tür offen, und ich warf im Vorbeigehen heimlich einen Blick hinein. Ich nahm mir vor, Noe zu erzählen, dass in den Zimmern bereits ein kleiner Kühlschrank vorhanden war, aber dann fiel mir wieder ein, dass sie ja gar nicht hier studieren wollte. Loren erzählte mir vom Drachenbootrennen, das jedes Jahr im April stattfand, und von der Farm, auf der die Studenten gemeinsam Gemüse anbauen und lernen konnten, wie man eine Kuh melkt.

Im ersten Stock des Wilda-McClure-Hauses waren ihre Campingsachen ausgestellt. Wilda McClures Zelt. Wilda McClures Wanderrucksack. Ihr Fernglas und ihr Notizbuch, in dem vermerkt war, wann sie Wölfe gesichtet hatte. Vor dem Glaskasten mit dem Kanu und seinen glatten Holzpaddeln, in dem Wilda McClure über zweihundert Seen erkundet hatte, blieb ich stehen.

Loren sah mich fragend an.

»Die Ausstellung wär was für meine Mom«, erklärte ich. »Das Buch gehört nämlich ihr.«

»Soll ich ein Foto von dir vor dem Kanu machen?«

»Lieber nicht.«

»Ach komm, man muss den Eltern doch was zeigen können.«

Loren grinste. Ich zögerte kurz und holte dann mein Handy aus der Tasche. »Die Kamera ist aber nicht sehr gut.«

Ich stellte mich neben den Glaskasten.

»Bitte lächeln!«

Während Loren das Foto machte, kam eine Museumsangestellte auf uns zu. »Und jetzt noch eins von euch beiden zusammen!«

Es wäre zu kompliziert gewesen, ihr zu erklären, dass wir uns gar nicht kannten, also gab Loren ihr einfach mein Handy und stellte sich neben mich.

»Sagt mal ›Cheese‹!«

»›Cheese‹«, sagten Loren und ich.

Ich schickte Mom das Foto von mir.

Wow, ist das etwa das Wilda-McClure-Haus?, schrieb sie zurück.

Es brach mir das Herz, wie sehr sich Mom für mich freute.

die campustour war super, antwortete ich. *ich geh jetzt mittagessen mit ava und danach zu einer theater-vorlesung*

Klingt toll, schrieb Mom. *Viel Spaß!*

58

An diesem Abend hatte eine von Avas Mitbewohnerinnen Geburtstag. Wir saßen zusammen in der überheizten, unordentlichen Küche, aßen Kuchen und tranken etwas, das Moscow Mule hieß. Dann zogen wir uns warm an und schleppten ein paar große Kartons zum Half Moon Mountain, einem steilen verschneiten Hügel am äußersten Ende des Campus, von wo aus man einen wunderschönen Ausblick über den Wald und die Stadt hatte. Wir trennten die Kartons auf und rutschten auf der Pappe den Hügel hinunter wie auf einem Schlitten. Die Lichter der Stadt rasten auf einen zu, und die dunklen Bäume rauschten links und rechts vorbei. Dann stapften wir den Hügel auf einer Treppe, die jemand in den Schnee gesägt hatte, wieder hinauf.

Ich fuhr den Hügel wieder und wieder hinunter. Manchmal auf einem Stück Pappe, manchmal in Superman-Pose auf dem Bauch, manchmal in einer langen Kette mit Ava und ihren Mitbewohnerinnen. Hier draußen waren alle Geräusche gedämpft, als könnte man den Klang von Stimmen und Gelächter einfach wegwischen und würde dann die Erde selbst hören. Je öfter ich den Hügel hinaufstapfte und wieder hinunterrodelte und dabei kreischte, desto lauter schien die Erde zu werden, bis ich ihre

Stimme überall um mich herum fühlte, zurückgeworfen vom Schnee, vom Licht der Sterne und von der kalten Luft.

Loren hatte mir von einem Angebot der Northern erzählt, das zu Ehren von Wilda ins Leben gerufen worden war. Man verbrachte dabei ein halbes Jahr in der freien Natur, verfolgte Wolfsspuren, überprüfte die Wasserqualität der Flüsse und erfuhr alles über Waldbrände. Vielleicht könnte ich da mitmachen. Vielleicht könnte ich wie Wilda sein. Während ich dort den Hügel hinunterflitzte, kam es mir gar nicht mehr so unvorstellbar vor.

Auf dem Weg zurück zum Haus lieh sich Ava kurz mein Handy, um eine Freundin anzurufen. Die Kamera-App war noch offen.

»Wer ist denn der schicke Typ hier?«, fragte Ava.

»Ach, das ist bloß der von der Campustour. Die Frau im Museum wollte ein Foto von uns beiden machen.«

»Und, hast du ihn nach seiner Nummer gefragt?«

Ich wurde rot. »Ich bin im Moment nicht gerade auf der Suche.«

Ava legte den Arm um mich. »Ach komm, jetzt mach mal hier keinen auf gefallener Engel. Das ist doch völliger Quatsch. Jungs machen sich schließlich auch nicht so fertig, weil sie einen funktionierenden Körper haben.«

»Ich brauche einfach ein bisschen Zeit für mich.«

»Das ist was anderes. Zeit für sich wollen ist okay. ›Niemand wird mich je wieder lieben‹ ist nicht okay. ›Ich werde mich selbst nie wieder lieben‹ ist auch nicht okay. Du würdest dich ja auch nicht schlecht fühlen, wenn du einen netten Jungen kennenlernst und Oliver derjenige wäre, der morgen den Termin hat.«

»Mhm, weiß ich nicht.«

»Dann denk mal drüber nach.«

Ava war anscheinend mittlerweile ein großer Fan davon, über Sachen nachzudenken.

Als wir wieder zu Hause waren, ging sie duschen, und ich machte es mir mit ihrem Laptop auf der Couch im Gemeinschaftszimmer gemütlich. Noe hatte eine Unmenge Fotos vom Spiel der River Rats und von der Poolparty hochgeladen: sie, Lauren, Rhiannon und Kaylee, die in grellorangen Klamotten in die Kamera lächelten.

Eben war ich noch in bester Stimmung gewesen, aber beim Anblick der Fotos fingen meine Schläfen an zu pochen. Irgendwie nahm es einen eben mit, wenn man Fotos davon sah, wie die Freundinnen ohne einen Spaß hatten, auch wenn man selbst gleichzeitig genauso viel Spaß hatte. Selbst wenn man gleichzeitig den schönsten Tag seines Lebens hatte. Die beste Freundin hatte eine andere Erinnerung an diesen Tag als man selbst, und man würde nie sagen können, weißt du noch?, man würde nie gemeinsam darüber lachen können. Ein Teil von mir hätte lieber weniger Spaß beim Spiel der River Rats gehabt, wäre dafür aber bei Noe gewesen, als diesen wundervollen Abend auf dem Half Moon Mountain ohne sie erlebt zu haben. Das Spiel hätte den Teil des Venn-Diagramms vergrößert, an dem unsere Kreise überlappten. Half Moon Mountain machte ihn kleiner. Vielleicht hatten deshalb so viele Leute kein Problem damit, ihre Freizeit mit Sachen zu verbringen, die nur halbwegs schön waren, solange sie ihre Freunde dabeihatten: Es ging immer darum, dass die Kreise sich überlappten, selbst wenn man dafür auf Abenteuer verzichten oder sogar Abstriche am Leben selbst machen musste.

Ava kam herein. Sie trug einen alten Bademantel von Nan. Ihre feuchten Haare dufteten nach Zedernholz. »Wollen wir schlafen gehen?«, fragte sie.

»Ich komme gleich.«

Ich sah mir noch einmal Noes Fotos an und dachte dabei über meinen Termin am nächsten Morgen nach. Was, wenn es weh tat? Oder etwas schiefging? Ich öffnete noch einmal die Website, die ich mir an dem Tag angesehen hatte, an dem ich den Schwangerschaftstest gemacht hatte. Hier wurde genau erklärt, wie die Prozedur vor sich ging. Von dort kam ich zu Geschichten, die in Foren gepostet worden waren, klickte einen Link nach dem anderen an und las immer weiter, bis es plötzlich sechs Uhr morgens war.

Ich klappte den Laptop zu. In meinem Kopf war alles durcheinander, und meine Augen brannten. Ich ging hinauf in Avas Zimmer. Im Haus war es still, nicht einmal Vögel waren zu hören. Noch vier Stunden, dachte ich, und da begann mein Herz so stark zu klopfen, dass ich stehen bleiben und mich an der Wand festhalten musste.

In Avas Zimmer stellte ich den Laptop auf den Schreibtisch und schlich zum Bett. Ich zögerte kurz, dann rüttelte ich Ava sanft an der Schulter.

»Du? Ich hab Angst.«

Sie murmelte im Halbschlaf etwas vor sich hin und hob ihre Decke ein Stück an. Ich schlüpfte darunter, und sie zog mich an sich. Nach wenigen Minuten kroch das erste blasse Morgenlicht ins Zimmer. Ich war gerade eingeschlafen, da fingen die ersten Vögel an zu zwitschern.

59

Auf dem Weg in die Klinik sprachen Ava und ich kaum miteinander. Ich war zu nervös, und sie war noch nicht ganz wach. Sie trank einen Schluck Kaffee aus ihrem Thermosbecher und hupte einen Trucker an, der uns die Vorfahrt genommen hatte.

»Arschloch!«, schimpfte sie. Dann, sanfter, zu mir: »Sorry, Annabeth. Bin leider echt kein Morgenmensch.« Sie lächelte mich an. »Hast du letzte Nacht überhaupt geschlafen?«

Ich schüttelte den Kopf.

»Klar, ist ja auch eine beschissene Situation. Aber stell dir mal vor, du hättest gar keine Wahl. Das wär noch schlimmer.« Sie bog auf den Krankenhausparkplatz ein. »So, meine Süße. Da wären wir.«

Die Schwester bat mich, mehrere Formulare zu unterschreiben, und erklärte mir dann, wie die Abtreibung genau ablaufen würde. Dann musste ich noch einmal fast eine ganze Stunde warten. Im Wartezimmer saßen Teenagerpärchen, Studentinnen Anfang zwanzig, erwachsene Frauen mit Kindern. Ich hätte gern meine Kopfhörer gehabt, um das ganze Chaos auszublenden, hatte sie aber vergessen. Stattdessen machten Ava und ich uns gemeinsam an ein Kreuzworträtsel.

»Nicht, dass die Ärztin Mittagspause macht, bevor ich dran bin!«, sagte ich zu Ava. »Meinst du, die haben mich vergessen?«

»Mach dir nicht so viele Gedanken, Annabeth. Leah hat doch auch berichtet, das Warten ist das Schlimmste. Sag dir einfach: Wenn du heute Abend schlafen gehst, ist das alles vorbei.«

Schließlich wurde ich doch aufgerufen. Ava drückte meine Hand. »Ich warte hier auf dich.«

Im Untersuchungszimmer zog ich mich aus, legte das Papierhemdchen an, das mir die Schwester bereitgelegt hatte, und holte das Fläschchen Lavendelöl aus der Hosentasche, das mir Ava im Auto gegeben hatte.

»Riech hier dran, wenn du Angst kriegst. Das hilft.«

Ich tupfte mir etwas von dem Öl auf die Handgelenke und unter die Nase, salbte mich wie eine Priesterin, die einen heiligen Berg betritt. Ich konnte mir nicht vorstellen, dass das Ganze in ein paar Minuten vorbei sein sollte. Sie würden es aus mir rausholen, und wenn ich diesen Raum nachher verließ, war es nicht mehr da. *Tschüs,* dachte ich, und dann klopfte es an der Tür, und die Ärztin kam mit der Schwester herein.

60

Leah hatte recht gehabt. Das Verkrampfen, die Anspannung, die Angst, die mir die ganze Nacht lang im Kopf rumgespukt war, hatte gerade erst begonnen, als die Ärztin schon sagte: »Das wär's.«

Ich konnte kaum fassen, wie schnell es vorbei war. Ich hatte mit mehr Schritten gerechnet, aber die Schwester versicherte mir, das sei wirklich alles gewesen.

Als ich mit Ava aus der Klinik trat, war die Welt hell und verschneit, und der Verkehr war laut. Was Noe wohl gerade machte? Ob Mom einen schönen Tag auf der Arbeit hatte? Faszinierend, dass alles so schnell wieder zur Normalität zurückfinden konnte. Es war mir nicht bewusst gewesen, aber ich musste wohl mit irgendetwas Schlimmem gerechnet haben, das noch kommen würde. Es dauerte einen Moment, bis mein Kopf sich auf die neue, desasterfreie Realität eingestellt hatte.

Ich hatte Hunger, leichte Bauchkrämpfe und fühlte mich noch etwas benommen von der Betäubung. Auf dem Weg nach Hause hielt Ava an einem Café und kaufte uns Blaubeerscones. Ihre Mitbewohnerinnen hatten zusammengelegt und mir einen Blumenstrauß gekauft. Die Dahlien standen auf Avas Schreibtisch und sahen aus wie ein Feuerwerk, gelbe und rosa Explosionen. An der

Vase lehnte eine Karte mit einem Frosch darauf. *Gute Besserung*, stand da. *Alles Liebe, deine Freundinnen im Mackenzie-Haus.*

»Wonach ist dir jetzt?«, fragte Ava. »Soll ich hierbleiben, und willst du lieber ein bisschen allein sein?«

»Ich glaube, ich wär gern ein bisschen allein.«

»Nimm dir meinen Laptop, wenn du willst. Schlaf oder geh duschen. Wenn du was essen willst, nimm dir in der Küche, was immer du möchtest. Du weißt ja, wo der Tee steht, nicht?«

»Ja.«

Sie lächelte. Ihre blauen Haare leuchteten vor der weißen Wand hinter ihr.

Schon komisch, mit wem man sich auf einmal gut verstehen konnte.

61

Nachdem Ava gegangen war, machte ich mir einen Tee. Während ich darauf wartete, dass das Wasser kochte, suchte ich mir in aller Ruhe unter den vielen Gläsern mit Etiketten wie *Power-Pfefferminz* und *Ingwer-Fee* etwas aus. Ich trug meine Tasse hoch in Avas Zimmer und holte mir eins ihrer Theaterbücher aus dem Regal.

Aus dem Fenster konnte man die Menschen wie bunte Punkte zu ihren Vorlesungen eilen sehen. Ein paar furchtlose Eichhörnchen inspizierten, was es nach der Mittagspause in den Mülleimern Neues gab. Wie es wohl wäre, wenn ich hier leben würde? In meinem Wohnheimzimmer schlaue Bücher lesen und darauf warten würde, dass meine Freunde Schluss hätten, damit wir zusammen etwas Schönes kochen und dann Pläne für den Abend machen könnten. Am Wochenende würde ich klettern oder wandern gehen oder einfach auf dem Campus auf einer Wiese liegen und den Blättern zusehen, wie sie von den Bäumen fielen. Würde ich noch oft an diesen Tag zurückdenken, mich daran erinnern, wie ich siebzehn war, mich im Bus übergeben musste, den Half Moon Mountain hinuntergerutscht, am nächsten Tag mit Ava in die Klinik gefahren war und wie ich dann auf ihrem Bett gesessen und aus dem Fenster gesehen hatte, nachdem alles vorbei war?

Du schaffst das schon alles, dachte ich bei mir, und es fühlte sich an, als würde eine ältere Annabeth mit mir sprechen.

Ein schöner Gedanke, dass es eine ältere Annabeth gibt, die mich mag und meint, ich würde das schon alles schaffen. Fühlte sich an, als würde ich eine neue Freundin kennenlernen.

Ich mag dich auch, sagte ich ihr, legte den Kopf auf Avas Kissen und schlief ein.

62

Als ich aufwachte, war es fast schon Zeit, zu Pauline zum Abendessen zu gehen. Ich lag noch ein Weile im Bett und hatte nicht die geringste Lust, unter der weichen Decke hervorzukommen. Im Unterleib fühlte ich immer noch leichte Krämpfe und war sehr müde. Ich wollte einfach nur weiterschlafen. Ich überlegte kurz, Pauline abzusagen. Aber dann würde sie Mom erzählen, dass ich krank war, und die würde erstens nachfragen, was ich denn hätte, und wäre zweitens enttäuscht, dass ich nicht bei Pauline vorbeigegangen war.

Also raffte ich mich auf. *Bring's einfach hinter dich,* sagte ich mir. Wenigstens muss ich morgen nichts weiter tun als im Bus sitzen und schlafen.

Ava war anscheinend zwischendurch da gewesen und wieder gegangen. Auf dem Schreibtisch lag ein Stück vom Geburtstagskuchen und daneben ein Zettel, auf dem stand, ich solle sie anrufen, wenn ich irgendetwas bräuchte.

Ich wickelte das Kuchenstück in Frischhaltefolie und legte es als Proviant für morgen in meinen Rucksack. Wer weiß, vielleicht traf ich ja jemanden, der oder die gerade eine gute Fee gebrauchen konnte? Da wäre der Kuchen sicher nützlich.

Pauline wohnte lediglich eine Meile von der Uni entfernt, aber trotzdem fühlte ich mich danach, als wäre ich einen Marathon gelaufen. Ich war so erschöpft, als hätte der Tag schon hundert Jahre gedauert. Ich wollte noch ein wenig mit mir selbst reden, mich diesen leisen inneren Gefühlen und Erkenntnissen widmen, die ich nicht allzu oft hatte. Mich um die Außenwelt zu kümmern, mit anderen Menschen zu sprechen schien mir viel zu anstrengend.

Es ist nur ein Abendessen, sagte ich mir. Tu's für Mom.

Ich zwang mich zu einem Lächeln und klingelte an der Tür.

63

»Annabeth!« Pauline riss die Tür auf, die mit einem Kranz und mehreren kleinen Glöckchen festlich geschmückt war. »Komm rein!«

Pauline war ein ganzes Stück kleiner als ich und trug am liebsten lange Röcke und Leinenhemden mit Holzperlen statt Knöpfen. Mom hatte mir erzählt, dass sie an der Uni in einem Umweltschutzclub gewesen war und sich an einen Baum gekettet hatte, der gefällt werden sollte. Mittlerweile arbeitete sie als Anwältin für eine Nonprofit-Organisation und kämpfte vor Gericht für die Bäume. Als ich klein war, fand ich Pauline immer ein bisschen komisch, weil sie ihr eigenes Essen mitbrachte, wenn sie zu uns zu Besuch kam: Bulgur, Linsen und getrockneten Seetang. Ich konnte nicht verstehen, was sie gegen Tiefkühlpizza hatte.

Mom und Pauline waren zusammen zur Schule gegangen, aber Pauline war noch vor meiner Geburt aus unserer Stadt weggezogen. Wenn sie uns besuchte, war ich jedes Mal wieder überrascht, wie gut sie sich auskannte, dass es immer noch ihre Stadt war, wenn auch aus einem früheren Leben. Und es gefiel mir nicht, dass Leute in mehreren Städten zu Hause sein konnten. Irgendwie empfand ich das fast als Beleidigung. In meiner kindlichen Interpretation der Sache war ich überzeugt, dass Mom und ich Pauline überlegen sein mussten.

Manchmal sprach Mom nach Paulines Besuchen davon, ihre Ausbildung zur Rettungssanitäterin abzuschließen und »ein wenig herumzureisen«. Natürlich erst, wenn ich mit der Uni fertig sei. Das machte mir immer große Angst. Nicht etwa die Vorstellung zu studieren, das war ja noch weit weg und viel zu abstrakt für mich. Mir machte vielmehr der Gedanke Sorgen, dass Mom ihre Sachen packen und auch wegziehen könnte. *Ich brauche dich aber hier,* sagte ich dann immer und stampfte mit dem Fuß auf. Als ob plötzlich die Welt aus den Angeln gehoben würde und ich keinen Platz mehr in ihr hätte, wenn Mom die Stadt verlässt.

Paulines Haus war klein, warm und holzgetäfelt. Ich entdeckte mehrere Bilder an den Wänden, die Mom gemalt hatte. In der Ecke stand ein Weihnachtsbaum, und auf der Couch döste ein großer Hund und sabberte dabei vor sich hin. Paulines Mann Lev stand in der Küche und hackte Petersilie.

»Leslie hat mir erzählt, dass du Vegetarierin bist«, sagte Pauline. »Ich mache Falafel, hoffe, das magst du. Willst du was trinken? Wasser, Tee, Saft?«

»Wasser, danke.«

Sie verschwand in der Küche. Ich setzte mich zu dem Hund auf die Couch. Auf dem Fußboden stand ein Karton mit Schallplatten. Ich blätterte durch die dünnen Coverrücken. Bob Dylan, Peter, Paul and Mary, Ani DiFranco. Die Couch war groß und gemütlich. Auf einer Lehne lag eine kuschlige Decke. Hätte Mom heute so ein Haus, wenn sie mich nicht bekommen hätte? Sähe so ihr Leben aus?

Pauline kam zurück und stellte zwei Wassergläser und eine kleine Schüssel mit Knabberzeug vor uns hin. »Und, wie hat dir die Northern gefallen? War Ava mit dir am Half Moon Mountain?«

Ich trank mein Wasser und gab mir große Mühe, mich mit ihr zu unterhalten. Pauline trug die Haare in einem geflochtenen Zopf, der ihr bis zur Hüfte ging. Als ich klein war, durfte ich immer damit spielen. Bei ihren Besuchen hatte sie mit mir zusammen immer »Wir klettern auf Bäume« oder »Wir bauen uns eine Hütte« gespielt, und im Winter meistens »Wir bringen den verletzten Wanderer auf dem Schlitten in Sicherheit«. Mir hatte das sehr viel Spaß gemacht. Mom spielte oft mit. Wenn Pauline dran war, den verletzten Wanderer zu spielen, wurde Mom immer ganz übermütig. Sie lachte und zog den Schlitten, so schnell sie konnte, bis einer von uns hinfiel oder der Schlitten umkippte.

»Weißt du schon, was du studieren möchtest?«

»Vielleicht Forstwirtschaft«, antwortete ich.

Ich hatte das Gefühl, als würde nur ein Prozent von mir wirklich mit ihr sprechen, während die anderen 99 Prozent kurz davor waren einzuschlafen. Das Muster auf der Decke verschwamm vor meinen Augen.

»Ruh dich ein, zwei Tage aus«, hatte die Schwester zu mir gesagt. »Kein Schlittenfahren!«

Ich wollte so gern zurück in Avas Zimmer und mich in ihrem Bett zusammenrollen. Es war dumm von mir gewesen, herzukommen. Dumm, dumm, dumm.

Pauline wartete offenbar auf eine Antwort von mir.

»Ich muss mal auf die Toilette«, sagte ich.

Ich wusch mir das Gesicht, um wieder wach zu werden. Ich

musste daran denken, wie ich einmal in der Zehnten auf die Toilette hatte gehen wollen und dabei Noe und Dulcie Simmonds entdeckte. Dulcie weinte.

»Was ist denn los?«

Noe hatte den Arm um sie gelegt. »Sie ist schwanger«, klärte sie mich auf.

»Was?!«

Dulcies Gesicht im Spiegel war rot und fleckig. Sie hatte bereits alle Papierhandtücher verbraucht.

Ich ging mit den beiden zu Dulcie nach Hause und saß auf ihrem riesigen Bett mit den Rüschenkissen, während Noe sie ins Bad begleitete. Durch die halboffene Tür konnte ich die beiden reden und lachen hören. Als wäre das alles nur ein Spiel, ein kindliches Abenteuer. Vielleicht war es das ja auch.

»Einfach draufpinkeln«, sagte Noe. »Aber gut zielen!« Beide lachten los.

»Wie soll ich denn zielen, wenn du …«

Noch mehr Lachen.

Ich sah mich in Dulcies Zimmer um. Sie hatte sehr wenig Bücher, nur einen Schrank, eine Kommode und einen Schreibtisch voller Fotos von ihrer Familie und Ballerinafigürchen. An der Wand reihten sich Schuhe: rote High Heels aus Satin, schwarze Lederstiefel, blaue Plastiksandalen, schwarze Pumps mit Federn. Die Schuhe sahen aus wie die Utensilien eines Zauberers, die bunten Reifen und Tücher, die er braucht, um seine Tricks echt aussehen zu lassen. Mom und ich hatten jede ein Paar Schuhe, drei Paar insgesamt, wenn man Wanderschuhe und Sommersandalen mitzählte.

Triumphgeschrei. »Gott sei Dank!«

Dann Noe trocken: »Glückwunsch. Deine Röhre ist offiziell bratenlos.«

Ich lächelte und stellte mir vor, Noe würde das zu mir sagen: *Glückwunsch. Deine Röhre ist offiziell bratenlos.* Und dachte daran, wie mir Noe später erzählt hatte, dass Dulcie Simmonds nicht mal richtigen Sex gehabt hatte, gar nicht schwanger sein konnte, und das Ganze nur veranstaltet hatte, um etwas Besonderes zu sein. Wie sollte man denn vom Küssen schwanger werden. Außer mit Mark DiNadios Zunge stimmte irgendetwas ganz gewaltig nicht, dann wollte sie nichts gesagt haben.

Ich saß auf dem Rand der Badewanne und sammelte meine Kräfte. Essensgeruch drang unter der Tür hindurch. Ich hörte Pauline und Lev in der Küche reden. *Benimm dich einfach ganz normal,* sagte ich mir. Bald kannst du schlafen.

Als ich aus dem Bad kam, trat Pauline gerade aus der Küche. »Die Falafel sind fertig!«, rief sie fröhlich.

Beim Essen unterhielten wir uns über Wilda McClure und die Theatervorlesung, zu der mich Ava mitgenommen hatte, und ich schaffte tatsächlich das meiste der Falafel und den Taboulé auf meinem Teller. Aber als Lev mit dem Blaubeerkuchen kam, konnte ich einfach nicht mehr.

Stühle wurden zurückgeschoben, besorgte Blicke, der Blaubeerkuchen wanderte zurück in die Küche. Ich wäre am liebsten vor Scham im Boden versunken.

»Ich dachte vorhin schon, dass du ein bisschen krank aussiehst«, sagte Pauline.

Wir gingen rüber ins Wohnzimmer, und ich legte mich neben

den sabbernden Hund auf die Couch. Pauline legte mir die Decke über. Ich wollte einfach nur zehntausend Jahre lang schlafen. Mir war erst nach dem Termin klargeworden, wie viel Sorgen ich mir eigentlich gemacht hatte. Jetzt, da ich diese Last los war, wurde mir ihr ganzes Ausmaß zum ersten Mal wirklich bewusst.

Ich muss schlimm ausgesehen haben.

»Willst du deine Mom anrufen?«

»Nein.«

»Wirklich nicht?«

Pauline griff nach dem Telefon. Ich hielt ihre Hand fest. »Bitte ruf sie nicht an.«

Plötzliche Stille. Die Atmosphäre im Zimmer war schlagartig anders. Ich ließ Paulines Hand los, aber es war schon zu spät.

»Ich glaube, du erzählst mir jetzt lieber mal, was los ist, Annabeth.«

64

Ich erzählte die Kurzversion. Homecoming-Ball, Junge, Unfall. Ich versuchte, es so erwachsen und vernünftig klingen zu lassen wie möglich.

»Ich wollte den Tag der offenen Tür an der Northern nicht verpassen, deshalb habe ich es hier machen lassen.«

Pauline glaubte mir nicht.

»Wieso hast du es Leslie nicht erzählt?«

Ich senkte den Blick und sprach leise weiter. Mom und ich hatten uns gestritten, Mom mochte meine Freunde nicht. Sie wäre ausgerastet, wenn sie erfahren hätte, dass ich den Homecoming-Abend damit verbracht hatte, mit einem Jungen Jack Daniel's und Gatorade zu trinken, den ich kaum kannte, vom Sex mal ganz zu schweigen.

»Ich hatte ihr ein paar Tage davor gerade gesagt, dass ich noch keinen Sex hatte. Und dann ist das passiert, und ich wollte nicht … ich konnte nicht … ich hätte es nicht ertragen können, dass sie mich so ansieht.«

»Wie ansieht?«

»Als ob ich eine Enttäuschung für sie bin«, sagte ich. »Eine Schlampe.«

»Siehst du dich selbst denn so?«

»Nein.«

»Und warum sollte Leslie das dann tun?«

Ich sah wieder zu Boden. Um ehrlich zu sein, hatte ich keine Sorge gehabt, sie würde mich für eine Schlampe halten. Es ging um etwas anderes. Um die kalte Hand, die mich innerlich packte, wenn ich versuchte, mein Sandwich aufzuessen. Dass ich mich manchmal beim Anblick meines Spiegelbilds fragte, ob Mom ihn sah, wenn sie mich ansah. Dass mich manchmal ein unfassbarer Ekel überkam, wenn ich duschte oder mich umzog, diese Enge, die in meinem Herzen wohnte, als wäre da etwas in mir, das am besten starb.

»Ich will ihr nicht noch mehr Grund dazu geben, mich zu hassen«, sagte ich.

Pauline sah mich ernst an. »Wieso sollte sie dich denn hassen?«

»Wieso wohl?«

Die Uhr auf dem Kaminsims tickte. Der Hund schnarchte. Pauline holte tief Luft. »Leslie hat mal zu mir gesagt, sie würde lieber barfuß über Scherben laufen, als dich unglücklich zu sehen. Sie liebt dich mehr als alles andere auf dieser Welt. Dass du jetzt behauptest, sie wäre in dieser Situation nicht liebend gern für dich da gewesen, die ganze Zeit und bei jedem Schritt … da kannst du ihr auch gleich ins Gesicht spucken. Ehrlich.«

Ich hatte nicht erwartet, dass Pauline wütend würde. Ich lag fassungslos da. Sie stand auf und ging in die Küche.

Ich zog die Decke bis hoch ans Kinn. Ich wusste nicht, was schlimmer war: die Vorstellung, wie traurig meine Mutter gewesen sein musste, als sie das sagte, oder ihre Liebe. Ich wollte weder am einen noch am anderen schuld sein. Ich wollte mich einfach nur in Luft auflösen.

Pauline kam zurück ins Zimmer. »Ich möchte, dass du heute hier schläfst. Sag deiner Cousine bitte Bescheid.«

Es hatte keinen Sinn, ihr zu widersprechen.

65

Pauline hatte mir mein Bett auf der Ausklappcouch in ihrem Arbeitszimmer bereitet und stand nun mit verschränkten Armen im Türrahmen. Ich hoffte, sie würde mir nur noch schnell gute Nacht wünschen, stattdessen stellte sie mir jedoch ein Ultimatum.

»Ich will, dass du es ihr erzählst. Ich weiß, dass man so was gern allein entscheidet, und du hältst mich jetzt vielleicht für eine Erpresserin, aber ich werde dich in deinem Zustand sicher nicht einfach so in den Bus nach Hause setzen. Wir rufen morgen früh deine Mom an, und dann erzählst du ihr alles.« Sie sah sehr müde aus, während sie sprach. »Es ist in Ordnung, wenn du mich jetzt nicht mehr leiden kannst. An deiner Stelle wäre ich bestimmt auch sauer auf mich. Aber Leslie würde mir nie verzeihen, wenn ich das hier vor ihr geheim halte. Und das ist mir viel wichtiger, als deine coole Tante zu sein. Auch wenn ich sehr gern beides wäre.«

Die Welt um mich herum sank immer tiefer. Pauline lächelte traurig und umarmte mich kurz.

»Deine Mom hat dich sehr lieb«, sagte sie. »Und ich dich auch.«

Das Muster im Teppich tanzte und blitzte vor meinen Augen. Ich dachte wehmütig an die Blumen in der Vase auf Avas Schreibtisch.

Pauline ging aus dem Zimmer.

66

Ich konnte zwar vor Erschöpfung kaum noch klar denken, fand aber wegen der Aussicht auf das morgige Telefonat trotzdem keinen Schlaf. Ich ging an Paulines Computer und surfte eine Weile ziellos durchs Internet. Ich sah mir alte Fotos von Noe und mir an. Früher hatte ich jedes einzelne von uns beiden akribisch hochgeladen: Noe und Annabeth trinken auf Noes Terrasse Limonade. Noe und Annabeth machen ängstliche Gesichter auf der Achterbahn. Noe und Annabeth tragen beide das gleiche T-Shirt vom Wissenswettbewerb in der zehnten Klasse. Ich war so in Gedanken versunken, dass ich fast vom Stuhl fiel, als mich die wirkliche Noe plötzlich anschrieb.

hey süße, wie geht's?

gut, schrieb ich. *na ja … so halbwegs jedenfalls*

ist was passiert?

Ich zögerte einen Moment.

du hast mal gesagt, die pille wirkt auch, wenn man nur eine halbe nimmt, schrieb ich.

tja
stimmt leider nicht

Noe brauchte einen Moment, bevor es bei ihr klickte. Ihre Antwort bestand erst einmal nur aus Ausrufezeichen.

!!!!!!!
!!!!!!!!!!
OHMYGOD!!!!!

jep, schrieb ich.

und was machst du jetzt?!?!?!?!?!?!

ich hab's schon gemacht
heute morgen

geht's dir gut?!?!?!?!?!

ja

sicher???
ach bethy. ich will dich gerade einfach nur umarmen. dieses jahr ist so krass

ich weiß, schrieb ich.

ich würd dich gern in eine warme decke einwickeln
und deinen kopf streicheln

und dir sagen, dass alles gut wird

ist es ja schon
ich hatte meine cousine dabei
und ihre freundinnen waren alle total nett
ich bin froh, dass es vorbei ist

du hättest es mir sagen sollen
wir hätten darüber reden können
wie weit warst du denn schon?

9. woche

omg
also warst du an halloween schon schwanger
und an thanksgiving auch
und keiner wusste was

ja, verrückt, ne?

ich muss schluss machen
können wir morgen weiterreden?

wird schwer
aber ich versuch's

geht's dir wirklich gut?
ich fass es einfach nicht

omg. wow.

ich bin gerade echt richtig fertig
bis bald

ja bis bald. krass, dass wir montag schon wieder schule haben

ich kann's auch nicht fassen

ach bethy. du arme
bis morgen, ja?

ok

Nach dem Gespräch mit Noe konnte ich immer noch nicht schlafen. Ich sah mich im Zimmer um. Pauline schien das Arbeitszimmer eher als Abstellkammer zu nutzen, sie hatte mehrere große Kartons mit Naturführern und Bildbänden beiseiteräumen müssen, um die Couch ausklappen zu können. Ich kramte in den Kartons. Ganz unten entdeckte ich ein Buch, das anders aussah als die anderen. Es war ein etwas mitgenommenes Tagebuch, das mit einem Gummiband zusammengehalten wurde.

Naturnotizen stand auf dem Einband. Ich löste das Gummiband und öffnete das Buch.

Eigentum von Pauline Delacruz stand auf der ersten Seite und darunter ein Datum im Sommer vor achtzehn Jahren. Als ich die erste Seite umblätterte, fiel ein getrocknetes Ahornblatt heraus.

Naturschutzgebiet Algonquin lautete die Überschrift des ersten

Eintrags. *Tag uno. Drei Elche, einen Bären und einen Biber gesehen. Kanu gekentert, Kekse über Bord, Hotdogs konnten gerettet werden. Rachel und Claire haben ein Kriegslied gesungen, Pete und Gray haben getrommelt. Leslie hat Bannockbrot mit Schokostückchen gebacken, lecker.*

Bei der Erwähnung von Mom musste ich lächeln. Als ich weiterlas, gefror mein Lächeln jedoch.

Unser furchtloser Anführer Scott McLaughlin kann keine Karten lesen, schlägt ständig völlig sinnlose Marschrouten vor und treibt uns damit alle in den Wahnsinn. Den müssen wir so bald wie möglich aussetzen, damit wir schneller vorankommen.

Ich sank auf die Couch. In meinem Kopf drehte sich alles.

Scott McLaughlin. Mom. Der Kanu-Ausflug.

Ich war mir nicht sicher, ob ich wirklich weiterlesen sollte.

Tag 2 hat uns Reiher und Seerosen beschert. Tag 3 – Lev wurde von einer Biene gestochen, Schwester Pauline hat ihm eine Dosis Whisky verabreicht. Tag 4 – die komplette Kanu-Crew wurde von Montezumas Rache heimgesucht. Tag 5 – Schnappschildkröten und einen mindestens 2 Meter großen Elch gesehen. Am Lagerfeuer floss der Whisky in Strömen, wir waren ziemlich wild, haben rumgegrölt und getanzt. Spät ins Bett gegangen.

Tag 6 – Leslie ist irgendwie komisch. Hat angeblich bloß ihre Tage. Hab ihr was von meinem geheimen Schoki-Vorrat angeboten, hat nicht geholfen. Tag 7 – Regen, Gewitter, alle schlecht drauf. Tag 8 – zurück nach Hause.

Hinten im Tagebuch lagen ein paar Fotos. Pauline und Lev in ihren Kanus. Mom, die ein Lagerfeuer macht. Ein Gruppenfoto: Mom, Pauline, Lev, ein paar Frauen, die ich nicht kannte, ein paar Männer, von denen keiner er sein konnte (zu jung, zu alt, andere Hautfarbe), und ein Junge in einer roten Badehose im richtigen Alter, mit der passenden Hautfarbe und der gleichen Gesichtsform wie ich. In der Namensliste unter dem Foto stand sein Name.

Mir traten vor Wut die Tränen in die Augen. *Arschloch,* dachte ich. *Arschloch, Arschloch, Arschloch.*

Konnte ein Wort seinen Weg durch Zeit und Raum finden und jemandem weh tun? Ich hoffte es. Ich hoffte, er würde meine Beschimpfung als Hitze im Nacken spüren. Ich hoffte, ihm war bewusst, wie sehr wir ihn alle hassten.

Ich steckte das Tagebuch in meinen Rucksack und legte mich hin.

Ich wollte einfach nur noch nach Hause.

67

Am nächsten Morgen hatten meine Bauchkrämpfe nachgelassen. Ich hatte mehrere Nachrichten von Noe.

alles ok???

ich mach mir echt sorgen

wo steckst du denn???

Noe dachte anscheinend, ich wäre bei der Prozedur fast gestorben. Keine Ahnung, wie sie darauf kam. Vielleicht hatte sie das mal in einem Film gesehen, oder sie stellte sich eine Abtreibung in meinem Stadium sehr viel dramatischer vor.

ja, alles ok, schrieb ich zurück.

ich muss jetzt meine mom anrufen

au weia

ich denk an dich

ruf mich an, wenn du zu hause bist.

Als ich in die Küche kam, kochte Pauline mir gerade einen Beruhigungstrank aus Kamille und Baldrian. Ich musste an Avas Mitbewohnerin denken.

»Ich vergesse manchmal, wie das ist, siebzehn zu sein. Ich habe mich damals ständig mit meiner Mutter gestritten.«

»Worüber denn?«, fragte ich.

Pauline verdrehte die Augen. »Klamotten. Musik. Meine Ausdrucksweise. Lev.«

Wir setzten uns an den Küchentisch und aßen Muffins, die Lev heute Morgen frisch gebacken hatte. Ich dachte schon, Pauline hätte ihre Meinung geändert, und der Knoten in meinem Bauch fing gerade an, sich zu entspannen. Doch da griff sie nach dem Telefon.

»Bist du bereit?« Sie winkte ab. »Blöde Frage, sorry.«

Mom ist sehr viel schneller als ein Überlandbus, besonders, wenn sie wütend ist.

Sie weinte, nannte mich einen Idioten und sagte, dass sie in fünf Stunden da sei.

68

Draußen schlug eine Autotür zu. Ich zuckte zusammen. Wenige Sekunden später stürmte Mom ins Haus, ohne anzuklopfen. Ihre Haare waren durcheinander, und sie hatte nicht einmal einen Pullover mitgenommen, obwohl es draußen unter zehn Grad waren. Unsere Blicke trafen sich, und es fühlte sich an, als hätte jemand eine Rotlichtlampe angeschaltet und würde mich damit anstrahlen. Mir wurde siedend heiß.

»Ich fass es einfach nicht!«, rief sie, und dann umarmte sie mich so fest, dass sie mich fast dabei zerdrückte.

69

Ich wollte sie nach dem Jungen in der roten Badehose fragen.

Ich wollte ihr von der kalten Hand in meinem Inneren und den halben Sandwiches erzählen.

Ich wollte ihr erklären, dass mein Körper, seitdem Ava es mir erzählt hatte (ich dachte immer nur daran, wie Ava es mir erzählt hatte, auch wenn meine Mom nur knapp eine Woche später mit mir darüber gesprochen hatte), manchmal nicht die Kraft hatte zu essen oder zu bluten. Dass er am liebsten einfach in sich zusammengesunken wäre, obwohl ich ihn die ganze Zeit versuchte, zum Wachsen zu überreden.

Ich wollte erklären, dass ich ihr nur deshalb nichts erzählt hatte, weil ich sie genauso wenig leiden sehen konnte wie sie mich.

Es war gemischtes Winterwetter, Regen mit Schnee. Die Bäume strichen als feucht-grüne Flecken vor den Fenstern hin und her. Nach der ersten Explosion beruhigte sich alles wieder, und wir gingen gemeinsam essen. Mom und Pauline regten sich über die Dummheit männlicher Teenager auf und erzählten einander, was sie ihren Müttern früher alles verheimlicht hatten. Danach legte ich mich noch einmal ein wenig hin, während die beiden in der Küche weitersprachen. Pauline wollte gern, dass wir noch eine Nacht bleiben, aber Mom musste am nächsten Morgen wieder arbeiten. Wir fuhren zu Avas Wohnheim, ich holte meine Sachen ab und schrieb ihr noch schnell einen Zettel.

Danke für alles. Der Abend am Half Moon Mountain war unglaublich.

Dann fuhren wir los.

Mom war viel zu still.

»Wo wohnt er eigentlich?«, fragte ich.

»Wer?«

»Scott.«

Schweigen.

Ich sah in meinen Schoß hinunter und fühlte sehr deutlich, dass ich mit meiner Frage einen Dämon heraufbeschworen hatte. Ich spürte förmlich, wie die Temperatur beim Klang seines Namens auf den Nullpunkt sank. *Tut mir leid tut mir leid tut mir leid,* dachte ich und wünschte mir, ich hätte die Frage nicht gestellt.

So war es immer bei den äußerst seltenen Malen, dass ich versuchte, mit Mom über ihn zu sprechen. Wie wenn man einen Stein anhebt, um sich die Insekten darunter anzusehen, und die geraten sofort in Panik und hetzen durcheinander. Man bekommt ein schlechtes Gewissen, weil sie doch nur in Sicherheit unter ihrem Stein sitzen wollten und man sie nicht in Ruhe gelassen hat. Manchmal hatte ich den Eindruck, Mom bereute, mir von ihm erzählt zu haben. Früher waren meine Fragen wenigstens unwissend und harmlos, nicht wie heutzutage Fallen, in die sie tappte und die sie zwangen, an einen Menschen zu denken, den sie sehr gern vergessen hätte.

Tut mir leid tut mir leid tut mir leid, dachte ich, *tut mir leid tut mir leid tut mir leid.*

Keine Ahnung, wieso ich das Thema ausgerechnet jetzt ansprach. Vielleicht, weil wir beide heute eh schon schmerzhaft offen miteinander gewesen waren.

Mom nannte den Vorort einer großen Stadt etwa anderthalb Stunden Autofahrt von uns entfernt. »Warum?«, fragte sie gepresst.

»Nur so.«

Ich drückte mich gegen das Fenster und sah auf die Straße vor uns.

70

VORSICHT, STEINSCHLAG warnte uns das Schild, und ich wünschte mir, ich könnte ein Stein sein und wahllos Dinge um mich herum kaputtmachen. *VORSICHT, WILDWECHSEL* warnte uns das Schild, und ich wünschte mir, ich könnte ein riesiger, starker Hirsch sein. *VORSICHT, GLATTEIS* warnte uns das Schild, und ich wünschte mir, ich könnte auch so eine unsichtbare Gefahr sein und genauso plötzlich und ohne Vorwarnung töten.

An der Brücke wies ein Schild darauf hin, dass sie nur von Fahrzeugen unter 1,5 Tonnen befahren werden durfte, und ich fühlte mich schwer, fühlte die Pfeiler wanken.

Wir fuhren an einem Schild vorbei, auf dem der Name seiner Stadt stand, und ich sank in mich zusammen.

Ich konnte ihn bei uns im Auto fühlen, spürte, wie er uns die Luft zum Atmen nahm.

Ich hätte ihn gern aus dem fahrenden Wagen geworfen, aber ich wusste nicht, wie.

71

Der Abend kam. Wir hielten an einem kleinen Lokal in einer Stadt, die ich nicht kannte. Wir bestellten Tomatensuppe, obwohl wir beide kaum Hunger hatten. Zu der Suppe gab es harte Brötchen und gefrorene Butterpäckchen auf einem Teller.

»Bist du böse auf mich?«, fragte ich.

»Weiß ich noch nicht.«

Wir aßen schweigend unsere Suppe. Der Kellner schenkte Mom Kaffee nach. Hinter uns saßen ein paar Trucker und sahen sich ein Footballspiel im Fernsehen an. Ich dachte an die Fast-Campingaktion im Park. Warum lief eigentlich immer irgendeine Sportübertragung im Hintergrund, wenn Mom und ich zerstritten waren? Ich betrachtete unauffällig ihr Gesicht. Die Emotionen darauf waren zu komplex, um sie richtig deuten zu können. Erschöpfung. Ärger. Verletztheit. Ich sah wieder hinunter auf meine Suppe. Die Minuten dehnten sich.

»Irgendwie ist es ja meine Schuld«, sagte Mom plötzlich. »Das mit den Kondomen auf dem Bett war dir natürlich peinlich, wie hättest du danach zu mir kommen und mir davon erzählen sollen?«

Ich wurde rot. Schrecklich, dass sie sich Vorwürfe machte wegen etwas, das doch ich zu verantworten hatte.

»Wie lange wusstest du es schon?«, fragte sie.

Endlich sprachen wir wieder miteinander. Das war sehr viel besser als dieses angespannte, endlose Schweigen, in dem sich wer weiß was für Gedanken herumtrieben.

»Erst seit dem Tag, bevor ich nach Maple Bay gefahren bin.«

Mom schüttelte den Kopf. »Meine Güte. Na ja, wenigstens hast du dich ganz schön vernünftig verhalten. Ava ist bei weitem nicht die Schlechteste, zu der du gehen konntest. Und Pauline meinte, du hast ihr sofort die Wahrheit gesagt, als sie gefragt hat. Es tut mir nur so leid, dass du dachtest, du könntest nicht mit mir darüber reden.«

»Mir tut's auch leid.«

Unsere Blicke trafen sich über den leeren Suppenschüsseln. Wir sahen schnell wieder weg, als wäre das gegenseitige Verständnis füreinander zu schmerzhaft. Meine Mutter und ich hatten uns lieb, ohne einander dabei anzusehen. Wie zwei Vögel, die um ein Häuflein Körner kreisen, aber nie nah genug herankommen, um wirklich danach zu picken. Als wäre Liebe eine schimmernde Luftspiegelung in der Ferne, die schlagartig verschwand, sobald man näher kam, oder ein Baum, an dem jeder Ast ein Nest aus Kummer trug: Wenn man zu stark daran rüttelte, brach einem das Herz.

Wir gingen zurück zum kalten Auto und fuhren weiter.

Mittlerweile war es zu dunkel, um die Bäume zu sehen, und wir waren bald zu Hause.

72

Ich sagte Noe, dass es zu spät für einen Besuch war, aber sie bestand darauf, noch vorbeizukommen.

»Mom?« Ich stand im Türrahmen vom Schlafzimmer und sah betreten zu Boden. »Noe kommt rüber, wir gehen kurz spazieren, ja?«

Mom stimmte grummelnd zu. Ich wartete unten am Fenster, bis ich Noe am Ende der Straße entdeckte. Ich rannte hinaus, lief ihr entgegen, und wir fielen einander in die Arme. Ich musste an die Seetaucher denken, die jedes Jahr zur Zeit des Vogelzugs über unsere Stadt hinwegflogen, bis sie auf einmal nicht mehr wiederkamen – bis heute wusste niemand, warum.

»Bethy!«, keuchte sie.

»Noe!«, heulte ich.

Nachts war unsere Straße leer und still. Der Mond war eine Sichel.

Ich fragte mich, wie sich das anfühlen würde, Noe nicht mehr zu kennen.

73

In der Woche nach den Unibesuchen gab es bei uns in der Schule nur dieses Thema. Alle erzählten die verrücktesten Geschichten. Michael Lavelle hatte sich zusammen mit einem College-Basketballteam betrunken, und während er schlief, hatte ihm irgendjemand mit Filzstift einen BH auf den nackten Oberkörper gemalt. Eleanor Watchless hatte ein Fortgeschrittenen-Physikseminar besucht, nach der Stunde die Lösungen für alle Aufgaben abgegeben und die Professorin damit stark beeindruckt. Mallory Davis hatte Tim Xiu mit ihrem Campus-Tourguide betrogen.

Steven war mit dem Zug an die NYU gefahren und hatte sich dort den Theaterbereich näher angesehen. In Kunst erzählte er mir davon. »Die Uni fühlt sich an wie eine ganze Schule voller Pinkelschwestern«, berichtete er glücklich. »Vielleicht sogar eine ganze Stadt.« Er hatte bei seinem reichen Onkel in Manhattan übernachtet, und der war mit ihm in *König der Löwen*, *Avenue Q* und eine Ballettaufführung namens *Petruschka* gegangen. Steven zeigte mir stolz den rosa Ballettschuh, den ihm eine Tänzerin nach der Veranstaltung signiert hatte.

Nach der Stunde gingen wir zusammen auf die Toilette, um uns die Farbe von den Händen zu waschen, was sich als schwieriger herausstellte als vermutet.

»Und wie war's bei dir?«, fragte Steven. »Du erzählst ja gar nichts.«

»War interessant.«

»Wie – interessant?«

»Na, eben interessant.«

Ich pumpte mir mehr Seife in die Hände und schrubbte meine Fingernägel. Besonders die blaue Farbe war hartnäckig. Ich dachte, es würde ein freundschaftliches Schweigen zwischen uns herrschen, aber da fragte Steven: »Erzählst du mir nun davon, oder ist das ein Privileg, das nur Freunden ersten Grades zusteht?«

»Steven ...!«

»Stimmt doch, oder? Noe hast du bestimmt alles erzählt, sobald du sie gesehen hast. Ich bin nur irgendjemand, mit dem du die Zeit in Kunst totschlägst.«

Ich erstarrte. Heißes Wasser lief mir über die Hände. »Nein, wir sind Freunde. Und wir reden doch ständig miteinander.«

»*Ich* rede ständig«, widersprach Steven. »Du nie.«

»Tut mir leid. Ich bin halt eher introvertiert.«

»Introvertiert sein ist ja auch okay. Aber du lässt wirklich gar nichts von dir nach draußen.«

Ich wurde rot und musste daran denken, wie mich Noes Turnfreundinnen am Abend des Homecoming-Balls im Restaurant gelöchert hatten. *Wieso bist du denn so still? Wieso sagst du eigentlich nie was?* Ich war mit ihnen einfach nicht warm geworden, und anscheinend hatte ich mir in Bezug auf Steven auch etwas vorgemacht. Mit ihm was es nicht anders.

»Ich würde ja mehr reden, aber es ist eben nicht so leicht.«

»Was ist denn daran so schwer?«

Die Kacheln der Toilettenwände waren mit winzigem Kupferglitter durchsetzt, das war mir vorher noch nie aufgefallen. Meine Hände waren schon ganz rot und taten weh, weil ich sie so lange unter den heißen Wasserstrahl hielt. Ich musste an Scotts Gesicht auf dem Foto vom Kanu-Ausflug denken. Vielleicht würde ich nie richtig normal sein. Vielleicht würde ich nie eine echte Freundschaft erleben. Steven hatte recht. Freundschaft bedeutete mehr, als über die Witze des anderen zu lachen. Es war wie beim Nacktbaden: Wenn man heimlich doch noch etwas anbehielt, ließ man sich ebenso das wundervolle Gefühl des Wassers auf der nackten Haut entgehen wie das Vertrauen, dass Nacktbader miteinander verbindet.

»Ich bin anders als du und Noe«, sagte ich. »Manchmal habe ich das Gefühl, mir fehlt was, was ihr alle habt.« Unwillkürlich ging meine Hand zu der Stelle an meinem Brustkorb, wo früher mein Herz gewohnt hatte. Ich zog die Hand schnell wieder weg.

»Meinst du das ernst?«, fragte Steven.

»Wenn man dir das Bein amputierte, würdest du doch auch nicht behaupten, du hättest immer noch zwei.«

Die Tür ging auf, und Kaylee und Rhiannon kamen mit ein paar anderen Mädchen herein. Ich wandte mich dem Papierhandtuchspender zu.

»Hey, Ann … iiih, was macht der denn hier?«

Ich sah zu Steven. »Wir hatten eine Pinkelschwesternkonferenz, sind aber gerade fertig.«

Draußen gab mir Steven high-five. »Das war echt toll.«

»Was?«

»Das eben. Wir hatten einen Streit. Und du hast was gesagt.«

Er schien das wirklich als Fortschritt anzusehen, aber meine Stimmung war im Keller.

»Ich hab dir aber immer noch nichts von der Northern erzählt«, widersprach ich ihm. »Und mir ist aufgegangen, dass ich dir auch nie … sozusagen erlaubt habe, mehr für mich zu sein als jemand Lustiges, der in Kunst neben mir sitzt. Es könnte dir im Moment gerade total beschissen gehen und ich hätte keine Ahnung – weil ich klargestellt habe, dass ›der lustige Typ aus Kunst‹ die einzige Rolle ist, die du vor mir spielen darfst.«

Wir blieben vor der Cafeteria stehen. Die Pinnwände daneben quollen über: Ankündigungen für die Winter-Talentshow, das Weihnachtskonzert und den jährlichen Ski-Ausflug.

»Ich bin so schrecklich«, sagte ich. »Ich bin doch kein Mensch. Du hast dir solche Mühe gegeben, mit mir befreundet zu sein, und ich hab dich voll auflaufen lassen.«

Steven merkte offensichtlich, dass er einen wunden Punkt erwischt und mehr in mir ausgelöst hatte als gewollt. Er berührte mich sanft am Arm. »Das, was dir tatsächlich fehlt, ist höchstwahrscheinlich sehr viel kleiner, als du dir einredest. Das sagt Ricardo zumindest immer.«

»Und was, wenn es doch was richtig Großes ist? Und ich mir das nicht nur einrede?«

Es klingelte. Wir gingen, ohne etwas gegessen zu haben, zurück zum Unterricht. Zum ersten Mal war der Raum zwischen uns beiden ernst und still, anstatt wie sonst mit albernem Gespräch gefüllt zu sein.

Diese Ernsthaftigkeit und diese Stille waren ungewohnt und seltsam. Das machte mir Angst.

Aber Angst kann sich unterschiedlich schlimm anfühlen, wurde mir klar.

Ich setzte mich auf meinen Platz in Medienwissenschaften und fühlte mich wie eine Schwimmerin, die aus dem Meer ans Ufer steigt.

74

Der Dezember war kalt, verschneit und viel zu hell. Die Bäume wankten und ächzten unter den Schneemassen. Klausuren und Weihnachtsfeiern standen an, aber mich interessierte nichts.

In Kunst bat mich Mr Lim nach vorn an den Lehrertisch. »Miss Schultz, Sie haben Ihr Selbstporträt noch nicht überarbeitet.«

In der Mittagspause füllte ich ein Glas mit Steinen und stellte es ihm zusammen mit einem Zettel ins Büro: *ROHMATERIAL II. Porträt der Künstlerin als ein Glas Steine. Vielleicht sollte ich eine ganze Selbstporträtreihe daraus machen,* dachte ich.

Loren Wilder, mein Campusführer von der Northern, schrieb mir eine E-Mail. *Dachte, das Gedicht hier von Wilda McClure gefällt dir vielleicht.* Unterschrieben hatte er mit seinen Initialen und einem Smiley. Ich überlegte, woher er wohl meine E-Mail-Adresse hatte, aber dann fiel mir ein, dass sie auf dem Anmeldeformular gestanden hatte.

In dem Gedicht ging es um Wölfe in einem Windschloss. Ich versuchte es zu lesen, war aber nach ein oder zwei Zeilen mit den Gedanken schon wieder woanders.

Ich war wohl in dem Moment einfach nicht für Gedichte empfänglich.

Noe hatte nie Zeit, weil sie ständig mit anderen Leuten aus

ihren Kursen zusammen lernte. In Kunst zeigte mir Steven das Weihnachtsgeschenk für sie, an dem er arbeitete: ein Gymnastikanzug mit lila und silbernen Federn, den er den Noe-Anzug nannte. Ich erzählte ihm von Ava und Pauline und ließ ihn an dem Fläschchen mit Lavendelöl schnuppern, das mir Ava vor meinem Abtreibungstermin zugesteckt hatte. Er wollte etwas davon auf seine Handgelenke. Ich tupfte es ihm vorsichtig auf.

»Wer riecht denn hier nach Parfüm?«, fragte Noe später.

Ich hatte ein schlechtes Gewissen, weil ich so lange nicht mehr bei Bob vorbeigeschaut hatte, und ging mit einer Liste von vegetarischen Gerichten zu ihm. Er saß auf seinem schiefen Bürostuhl, lernte für eine Ernährungswissenschaftsklausur und hörte dabei Radio.

»Was ist denn mit *Kingdom of Stones*?«, fragte ich.

»Damit bin ich durch. Soll ich's dir ausleihen?«

Erst wollte ich ablehnen, aber dann sagte ich: »Klar, gern.«

Er kramte in seinem Schreibtisch und reichte mir eine Fünfer-CD-Box. »Fang aber erst nach den Klausuren damit an, das macht süchtig.«

»Okay«, sagte ich.

Nachdem wir alle Klausuren hinter uns hatten, wollten Noe, Steven und ich meine Pizza-Coupons einlösen. Die Pizzeria war ein schmuddeliger Laden neben dem Anaconda-Club. Der Typ mit den buschigen Augenbrauen hinter der Kasse sah sich die Coupons an, schnippte sie zurück auf die Theke und sagte: »Netter Versuch. Die sind seit drei Jahren abgelaufen.«

»Einem halben Ernährungsberater sollte man eben nicht trauen«, sagte Noe.

»Es kam mir auch schon komisch vor, dass er so viele davon hatte«, erwiderte ich.

Ich redete mir ein, dass es mir gutging. Ich ging Schlittschuh laufen, kaufte Weihnachtsgeschenke ein und ging sogar zu einer Party von Lindsay Harris. Ich holte den Karton mit den Bastelsachen aus dem Schrank, baute Noe ein kleines Kästchen für das Talkumpuder, das sie am Stufenbarren für die Hände brauchte, und bastelte für Steven ein glitzerndes Stirnband, auf dem in lila Strasssteinen *Pinkelschwestern* stand.

Eines Tages fand ich beim Aufräumen die Postkarten, die ich im Wilda-McClure-Haus gekauft hatte. Ich brachte sie Mom.

»Hier, die sind für dich.«

»Ach.« Sie befestigte sie mit Magneten am Kühlschrank. Ein Wald, ein See, ein Biberdamm, ein Paar Schneeschuhe. Am Kühlschrank wirkten die Bilder kläglich und beschworen kein bisschen die Natur herauf, die ich vom Busfenster aus bewundert hatte.

Seit Maple Bay gingen wir ausgesprochen höflich miteinander um, waren übervorsichtig. Mom begleitete mich zum Arzt, um nachzusehen, »ob alles in Ordnung war«. Auf dem Rückweg sprachen wir fast kein Wort. Ich hätte ihr gern von dem Tagebuch erzählt, das ich gefunden hatte, aber davon wäre sie vermutlich nur traurig geworden. Stattdessen trug ich das Bild von Scotts Gesicht mit mir herum wie einen Stein, der mir im Hals feststeckte.

Ich suchte im Internet nach seiner Adresse. Was nicht schwer war, da ich ja seinen vollen Namen kannte und wusste, in welcher Stadt er wohnt.

Ein seltsamer Gedanke, dass er ein normales Leben führte, ein Auto und ein Haus hatte. Das machte mich wütend. Das machte mir Angst.

Ich stellte mir vor, ich wäre damals bei dem Kanu-Ausflug mit dabei gewesen und hätte Mom zu Hilfe kommen können. Manchmal zog ich ihm bei diesem Szenario ein Paddel über den Kopf. Manchmal griff ich ihn mit Pfefferspray an. Manchmal brachte ich ihn im Traum um, wieder und wieder, und er stand jedes Mal wie ein Zombie wieder auf. Ich konnte ihn einfach nicht töten.

75

Dieses Weihnachten fror zum ersten Mal seit zweihundert Jahren der Wasserfall zu. Die ganze Stadt versammelte sich und bestaunte die Eispalast-Turmspitze, zu der unser sonst so lebendiger, brausender Wasserfall erstarrt war. Ich stand mit Mom, Nan und Tante Monique am Metallgeländer, und wir versicherten einander immer wieder, dass wir so etwas noch nie gesehen hätten.

Bescherung bei Nan. Wir aßen den Lebkuchen, den mein Cousin Max gebacken hatte, und Onkel Dylan spielte Weihnachtslieder auf dem Klavier. Ava war in Maple Bay geblieben und arbeitete über die Feiertage ehrenamtlich in einer Unterkunft für obdachlose Frauen. Sie rief uns an, jeder sprach kurz mit ihr und reichte das Telefon dann weiter. Ich fühlte mich nicht wohl dabei, vor so viel Publikum mit ihr zu reden. Dann kamen Tante Moniques Eltern, Max und Avas Großeltern, die immer noch nicht verstehen konnten, wieso Mom mich nicht zur Adoption freigegeben hatte. Sie gaben sich Mühe, nett zu mir zu sein, aber man merkte ihnen genau an, wie verkrampft sie dabei waren. Sie begrüßten mich und fragten, wie es in der Schule lief, aber es war deutlich, dass ich sie nervös machte, und wir beendeten das Gespräch in gegenseitigem Einvernehmen so schnell wie möglich wieder.

Ich fragte mich, was Scott wohl gerade tat und meine anderen Großeltern, die ich nie kennengelernt hatte. Ich saß auf der Lehne von Nans kariertem Sofa und tat, als wäre ich mit dem Feuer beschäftigt, legte Holz nach und pustete in die Glut.

»Annabeth, du bist dran!«, rief Mom. Sie spielten Scharade.

Ich zog eine Karte. Darauf stand *Star Wars*. Ich zerlegte das zu erratende Wort in seine zwei Komponenten. Stern: Ich zeigte zum Himmel. Krieg: Ich feuerte mit einem imaginären Maschinengewehr wild um mich.

»Himmelgewehr!«, schrien alle durcheinander. »Schießhimmel!«

Ich war froh, als es vorbei war.

76

Ein paar Tage später packte ich meinen Rucksack, sagte Mom, dass ich zu Noe gehe, und lief die zwei Meilen zum Busbahnhof, um von dort zum Vorort jener Stadt etwa anderthalb Stunden Autofahrt von uns zu fahren. Ich traute mir nicht zu, selbst zu fahren, und außerdem konnte der Honda unterwegs schlappmachen. Meine Hände zitterten. Draußen vor dem Fenster rauschte die Straße vorbei, meilenweit Asphalt und von Fabriken und Warenlagern zugestellte Landschaft. Ich legte mir meinen Schreibblock auf den Schoß und schrieb einen Brief nach dem anderen. *Du bist ein Arschloch,* schrieb ich, *ein unglaubliches Arschloch. Ich hoffe, du stirbst.* Den letzten Brief unterschrieb ich mit »Leslies Tochter«, faltete ihn zusammen und steckte ihn in die Jackentasche.

Als ich ausstieg, war bereits die Dämmerung hereingebrochen. Ich lief noch einmal zwei Meilen, folgte der Wegbeschreibung, die ich mir auf einem Zettel vermerkt hatte. Das Haus war am Ende einer breiten, gewundenen Straße mit gepflegten Vorgärten. Ich kam näher. Mein Atem ging schnell und gehetzt. Ich umfasste den Stein in meiner Tasche. Das Schwert, das ich in meiner Phantasie immer dabeigehabt hatte, war leider nun nicht materialisiert. Die harte Kälte des Steins durchdrang meine Haut und umgab mich wie ein Schutzschild.

Hey, würde ich rufen. *Weißt du, wer ich bin?*

Krach! Blut! Hirnmasse! Eine gestöhnte Bitte um Vergebung!

Als ich das Haus erreichte, fuhr ein Auto die Einfahrt des Hauses hinauf, und ein Mann stieg aus. Groß, schlank, gut aussehend. Er winkte mir im Vorbeigehen freundlich zu.

»Schöner Abend heute, nicht?«, sagte er.

Mach ihn alle. »Ja.« Ich ging weiter.

Er ging ins Haus. Ich lief schneller. Die Bäume links und rechts der Straße waren vom Frost überzogen und glänzten im Mondlicht wie etwas aus einem Traum.

Am Ende der Straße hielt ich an. Die kalte Luft stach mir bei jedem Atemzug in die Lunge. Im Gully lag eine gefrorene Schokoriegelverpackung, und ich musste an den ersten Schultag denken. Gefrorene Geister, die nirgendwo mehr hinkonnten. Ein Truck fuhr vorbei, der mich mit seinem verrosteten Auspuff und der klappernden Karosserie an Moms Auto erinnerte. Ich zögerte einen Moment. Der Stein lag feucht und hart in meiner Hand. Dann drehte ich mich um und ging entschlossen auf Scotts Haus zu. Die Gardinen waren zugezogen. Das Auto in der Einfahrt war neu und glänzte. Ein schickes Vorstadtauto. Ein hübsches Vorstadthaus. Lichterketten in den Büschen im Vorgarten, die kleinen Birnen schimmerten im Schnee grünlich.

Ich hätte dieses Haus die ganze Nacht lang anstarren können, nachdenken, beobachten, meinen Ärger in mir sammeln können wie eine Handvoll Watte. Dann ging jedoch das Licht im oberen Stockwerk an und riss mich aus meinen Gedanken. Mir wurde wieder klar, wo ich war.

Ich warf den Stein ins Wohnzimmerfenster. Die Scheibe zerbrach klirrend.

Ich hätte gern eine Scherbe mitgenommen, aber ich rannte schon schnell, schnell, schnell, bis ich wieder an der Hauptstraße war, und der Gedanke an ein Andenken kam mir erst, als es schon zu spät war.

77

Im Bus nach Hause hielt ich mich die ganze Zeit an meinem Rucksack fest. In meinem Kopf wirbelte alles durcheinander. Das Adrenalin machte meine Arme und Beine abwechselnd steif und locker, als könnte sich mein Körper nicht entscheiden, ob er zur Statue erstarren oder zu einer Pfütze zusammenschmelzen wollte.

Ich wusste nicht, wieso ich dort hingefahren war. Ich wusste nicht, wieso ich den Stein geworfen hatte.

Der Dezembermond war kalt und zerbrechlich.

Die Lüftung pustete mir abgestandene Luft ins Gesicht.

Der Bus war nur noch eine halbe Stunde von meiner Stadt entfernt, als ich in die Tasche fasste und feststellte, dass der Brief unterwegs herausgefallen war.

78

Der Bus hielt. In meinem Bauch krabbelte und hetzte etwas aufgeregt hin und her wie ein gefangenes Tier. Was, wenn er den Brief fand und die Polizei rief?

Obwohl, das wäre wohl zu dreist, wenn Scott sich freiwillig an die Polizei wenden würde.

Ich schwitzte in meinen Handschuhen. Ich hockte mich auf dem Parkplatz hin, grub eine Handvoll Kiesel unter dem Schnee aus und steckte sie mir in den Mund. Sie schmeckten hart und nach Abgasen. In *Überleben in der Wildnis* erklärt Wilda McClure, dass man für eine Weile Hunger und Durst unterdrücken kann, indem man Steine lutscht. *Ich hätte zu Fuß zu Scott gehen sollen,* dachte ich. Ich hätte tagelang unterwegs sein und nur Steine lutschen sollen, hätte sie mit den Zähnen bearbeiten sollen, bis sie scharfkantig gewesen wären, und dann hätte ich einfach auf ihn zugehen und sie ihm ins Gesicht spucken sollen.

Ich wollte noch nicht nach Hause und ging stattdessen auf dem alten Friedhof gegenüber vom Busbahnhof spazieren, lutschte an meinen Steinen und überlegte, wie es sich wohl anfühlte, an Hunger zu sterben. Die Grabsteine waren tief im Schnee versunken. Auf manchen lagen festgefrorene Blumen. Ich stellte mir vor, ich sei ein Geistermädchen und würde hier in der Stadt herumspuken. Der alte Ekel vor mir selbst stieg wieder in mir auf wie Wasser aus einem verstopften Abfluss.

Ich war nicht wie Noe und Steven. Ich würde nie so warm und glücklich sein wie sie – so sicher, was meinen Platz in der Welt und mein Recht auf diesen Platz anging. Ich dachte an die beiden, wie sie gemeinsam im Park unter einem Baum saßen, Lichtreflexe auf der Kleidung.

Mein Handy klingelte. Ich zuckte zusammen und dachte im ersten Moment, es wäre Scott (woher sollte der meine Nummer haben?) oder die Polizei. Auf dem Display stand jedoch Avas Name. Ich spuckte den Mundvoll Steine aus und ging dran.

»Hey, Süße«, sagte Ava.

Es war seltsam, hier mitten in der Nacht auf dem verschneiten Friedhof mit Ava zu telefonieren. Ich lehnte mich mit dem Rücken an einen Baum und drückte das kalte Handy gegen mein Ohr.

»Hey.«

»Wie geht's dir so?«

Wie es mir ging? Ich trat mit den Schuhspitzen in den Schnee. Es fiel mehr schwer, so schnell umzuschalten. Eben war ich noch tief in Gedanken gewesen, und jetzt musste ich sprechen. Die Wörter fühlten sich ungewohnt und zu groß in meinem Mund an, als würde ich versuchen, mit Bausteinen zu kommunizieren. Wie sollte ich einem anderen Menschen denn nur mit Hilfe von Bausteinen erklären, was in mir vorging? Sollte ich einen Turm daraus bauen? Mit ihnen jonglieren?

Die Nacht war wunderschön. An den Bäumen hingen glitzernde Eiszapfen. Der Himmel über den Dächern war klar und voller Sterne, und aus den Fenstern fiel gedämpftes Licht und beleuchtete den Schnee. Was hatte das zu bedeuten, dass die Welt so wunderschön sein konnte und es gleichzeitig so schreckliche Dinge in ihr gab?

»Mir geht's gut«, sagte ich.

Gut? Etwas Besseres fiel mir nicht ein? Liefen andere Menschen eigentlich auch die ganze Zeit mit einem Maulkorb herum, der nur die banalsten Aussagen durchließ und alles Schwierige, Widersprüchliche, Verwirrende zurückbehielt, bis man kaum noch Luft zum Atmen hatte? Ich habe Scotts Fenster eingeschlagen, wollte ich sagen. Etwas in mir verhinderte diese Geste des Vertrauens jedoch, obwohl es Ava war. Vielleicht gerade deswegen.

»Wie läuft's in der Schule? Hast du deine Unibewerbungen fertig?«, fragte Ava.

Eine streunende Katze flitzte über die Straße. Ein Bus kam an, die Reifen voller Schmutz. Langsam ging mein Gehirn in den normalen Unterhaltungsmodus über.

»Ich musste einen Essay über den Besuch an der Northern schreiben«, sagte ich. »Einen Blogeintrag, um genau zu sein. Die E. O. James hat nämlich ein Blog, wusstest du das?«

»Wow, willkommen im einundzwanzigsten Jahrhundert!«

»Wir konnten uns aussuchen, ob wir über die Wohnheime, den Campus, das Essen oder irgendwas anderes schreiben, was ich gerade vergessen hab. Die Toiletten vielleicht? Die Bibliothek?«

»Kneipen in der Nähe, in denen man nicht nach dem Ausweis gefragt wird?«

»Ja, das wird's gewesen sein.«

»Wir waren gar nicht zusammen im Sun Dog. Falls du hier studierst, möchte ich bitte diejenige sein, die dich mit einem Besuch da in unsere Kreise einführt. Die haben eine Jukebox nur mit Neil-Young-Liedern.«

»Das würde meiner Mutter gefallen.«

»Die kennt die garantiert, frag sie mal. Sie war bestimmt ständig mit Pauline da.«

Der Gedanke an Mom und Pauline erinnerte mich daran, dass Noe sich nicht an der Northern bewerben würde, wie wir einst geplant hatten. Ich seufzte unwillkürlich.

»Was ist denn?«, fragte Ava.

»Ich kann einfach nicht fassen, dass Noe nicht mitkommt.«

»Du findest da ganz viele neue Freunde.«

»Ich weiß, aber das ist es ja nicht. Ich hatte schon so viele tolle Bilder von Noe und mir zusammen an der Uni, und jetzt wird das alles gar nicht passieren.«

»Vielleicht war es wichtiger für dich, dir die ganzen Sachen vorzustellen, als dass sie wirklich stattfinden«, sagte Ava. »Manche denken sich ja auch total detaillierte Fluchtpläne aus, wie sie auf eine einsame Insel abhauen. Und das allein hilft schon.«

Es gefiel mir nicht, dass Ava Noes und meine Pläne mit Tagträumen über eine Flucht auf eine einsame Insel verglich. War ich denn die Einzige, die ihre Pläne tatsächlich ernst nahm? Die Gelassenheit, zu der ich mich für das Telefonat gezwungen hatte, nahm rasend schnell wieder ab. Ich hatte den Geschmack von Kieseln im Mund. Mein Kopf wandte sich bereits wieder Scotts Haus zu und allem anderen, das mit meinem Leben nicht stimmte.

»Ich muss Schluss machen, Ava, mein Akku ist gleich alle.«

»Alls klar. Meld dich mal!«

»Mach ich.«

Ich steckte das Handy in die Tasche und ging durch das schmiedeeiserne Friedhofstor. Meine Schuhe klangen hart auf der schmutzigen Eiskruste, die den Gehweg bedeckte. Nach dem Gespräch mit Ava fühlte ich mich noch schlechter.

Ein kaputtes Fenster. Was bedeutete schon so ein dämliches Fenster? Wenn ich wirklich mutig gewesen wäre, hätte ich doch etwas gesagt. Wieso hatte ich nichts gesagt? Wenn ich es mir genau überlegte, war ich auch nicht besser als die Mädchen, die im Sommer mit mir zusammen in der Eisdiele arbeiteten und sich an jeden Idioten mit nur vier Dollar in der Tasche ranschmissen, der unseren Laden betrat. Ich war immer nett und höflich, weil ich eben so erzogen worden war. Ich hatte genickt und »Ja« gesagt – zu einem verdammten Vergewaltiger. Weil es in meinem Eisdielenmädchenvokabular nun mal kein *fick dich* gab, kein *Arschloch, du verdienst eine Axt in den Kopf, ein Schwert ins Herz.*

Da draußen war etwas, das größer war als ich, das mich erstickte und mich einengte wie Seile, die sich immer fester ziehen, je mehr man versucht, sich zu befreien.

Ich hätte ihm den Stein an den Kopf werfen sollen, dachte ich, und etwas in mir heulte auf, heulte und kreischte und schrie, bis ich dachte, es würde nie wieder aufhören.

79

Die nächsten Tage schwebte ich auf einer Welle aus Taubheit durch meine Welt. Ich ging mit Noe und Steven zum Neujahrskonzert und fror in der Menge vor mich hin, während sich auf der Bühne irgendeine zweitklassige Band verausgabte. Ich fuhr mit Nan einkaufen und fror in der Umkleidekabine vor mich hin, während sie mir einen heruntergesetzten Pullover nach dem anderen unter der Tür hindurchreichte. Ich schippte mit Mom Schnee vor unserem Haus, bis die Welt nur noch aus den Geräuschen von Metall auf Asphalt und unserem Stiefelgetrampel bestand, und fror in der Küche vor mich hin, während ich darauf wartete, dass das Wasser für den Tee kochte.

Endlich fing die Schule wieder an.

»Noch ein halbes Jahr«, sagte Mom. »Dann bist du fertig!«

Sie drückte mich. Auf dem Weg zur Schule rutschte ich auf dem Glatteis aus und wäre fast hingefallen.

80

Über die Weihnachtsferien waren anscheinend alle um mich herum verrückt geworden. Es lag etwas in der Luft, oder vielleicht lag es auch daran, dass der Wasserfall zugefroren war und die Leute damit nicht umgehen konnten. Noe und Steven hatten nach dem Neujahrskonzert Stevens Freunde aus dem Theaterkurs getroffen und an diesem Abend ihren ersten großen Streit gehabt.

»Weißt du, wie Dominic mich genannt hat?«, regte sich Noe am Telefon bei mir auf. »Oberzicke. Er meinte zu mir, ich würde Steven das Leben kaputtmachen. Und ich so zu ihm: ›*Ich* mache ihm das Leben kaputt?! Wer hat ihn denn bitte schön so abgefüllt, dass er sich fast umgebracht hätte?‹«

Mir war nicht klar gewesen, dass Noe Steven so gut wie verboten hatte, mit seinen alten Freunden Zeit zu verbringen. Ich versuchte, mich in sie hineinzuversetzen, wie ich es immer tat, wenn sie sich über irgendetwas empörte. Wenn ich ehrlich war, mochte ich Stevens Freunde aber und konnte gut verstehen, dass sie ein Problem damit hatten, dass Noe ihnen ihren Freund abspenstig gemacht hatte.

In der ersten Schulwoche flogen zwei Schüler von der Schule, weil sie mit Drogen gedealt hatten, ein anderer wurde wegen Vandalismus suspendiert, und der alljährliche Vortrag zum

Thema Alkohol am Steuer musste nach zwanzig Minuten abgebrochen werden, weil irgendjemand eine Flasche Wodka in die Aula geschmuggelt hatte und die gesamte hintere Reihe so laut dazwischenrief und lachte, dass man den Redner nicht mehr verstand.

Ein wichtiger Turnwettbewerb stand an, und Miss Bomtrauer erklärte uns, wie wichtig die richtige Haltung bei den Übungen war. Genau bei diesem Training fiel Vanessa Guittard vom Stufenbarren und brach sich das Handgelenk.

Noes Vorsatz fürs neue Jahr war, den doppelten Salto zu meistern. Sphinx hatte angefangen, ihr den beizubringen.

Als sie das erste Mal zur Mittagspause nicht vor dem Kunstraum war, warteten Steven und ich eine Viertelstunde auf sie und suchten dann noch eine Viertelstunde lang die ganze Schule nach ihr ab. Wir fanden sie schließlich in der Turnhalle, wo sie auf dem Schwebebalken ihre Übung trainierte.

»Ich komm gleich nach, geht schon mal vor«, sagte sie außer Atem und scheuchte uns hinaus wie kleine Mäuschen.

Steven bereitete ihr ein wunderschönes Mittagstablett mit einem Sandwich, einem Salat und einem Apfel vor, den er erst in Scheiben und die Scheiben dann in Herzen schnitt. Als Noe endlich kam, war es aber nur noch eine Minute bis zum Klingeln, und sie stürzte lediglich das Glas Wasser hinunter, sagte, wie süß die Apfelherzen seien, wischte sich den Schweiß von der Stirn und fragte, ob jemand einen Kaugummi für sie hätte.

Da Noe jetzt immer öfter nicht zum Mittag kam, verbrachten Steven und ich mehr Zeit gemeinsam auf den Toiletten. Unser Lieblingsort war eine altmodische Damentoilette neben dem

Computerraum. Die Akustik da drin war phantastisch, und Steven sang dort gern. Manchmal verbrachten wir die Pause auch mit seinen Theaterfreunden und spielten Karten. Erst verstand ich die Regeln überhaupt nicht, aber Stevens Freunde hatten Geduld, und ich stieg bald dahinter.

Eines Tages hingen an allen Toilettentüren Zettel mit dem Hinweis, dass Schüler oder Schülerinnen, die die Toiletten des jeweils anderen Geschlechts benutzten, mit einem Disziplinarverfahren zu rechnen hatten. Steven wurde zum Direktor bestellt.

Als er zurückkam, schäumte er vor Wut.

»Diese Schule steckt noch im Mittelalter fest«, schimpfte er. »Ich versuche hier, die Toilettenapartheid zu beenden, und die behandeln mich wie einen Sexualstraftäter. ›Du hältst dich wohl für witzig, McNeil. Was du machst, ist aber nicht witzig, sondern pervers!‹«

Er zitterte vor Empörung und Demütigung. Seine Hände ballten sich zu Fäusten und öffneten sich wieder. Ich stellte mir vor, wie Mr Beek sich vor ihm aufgebaut hatte und ihm dann in seiner feuchten Aussprache einen Vortrag zu respektvollem Verhalten hielt.

»Die Welt ist noch nicht bereit für Pinkel-Gleichheit«, sagte ich. »Alle großen Revolutionäre wurden doch anfangs als Perverse abgetan. Das gehört einfach dazu.«

»Noe findet das natürlich schrecklich«, sprach Steven weiter. Er wollte noch nicht getröstet werden. »Sie meint, ich sollte einfach nachgeben. Bestimmt hat mich jemand aus dem Turnteam angeschwärzt.«

Obwohl ich wusste, dass die beiden vor kurzem Streit gehabt

hatten, überraschte mich sein Tonfall. Es war das erste Mal, dass ich ihn unzufrieden mit Noe erlebte und er nicht in den höchsten Tönen von ihr schwärmte.

»Sie ist auf deiner Seite, das weiß ich«, sagte ich. Aber später sah ich die beiden wieder streiten, und danach trug Steven das Pinkelschwestern-Stirnband nicht mehr, das er bis dahin seit den Weihnachtsferien jeden Tag getragen hatte.

81

Ich versuchte, mit der Verrücktheit der anderen umzugehen, indem ich mich zurückzog.

Ich kopierte mir Bobs Hörbuch auf meinen MP3-Player.

Der Steinkönig wurde das letzte Mal vor zweihundert Jahren gesehen. Dennoch hält er das Land Riddlespoon nach wie vor gefangen und regiert es mit lautlosem Schrecken. Wird es Rae von Riddlespoon gelingen, ihr Volk aus seinem Griff zu befreien?

»Was hörst du denn da?«, fragte Noe.

»Nichts.«

»Ich hab gerade gesagt, dass du am Sonntag mit ins YMCA kommen sollst, um an deiner Bodenübung zu arbeiten.«

Ich drehte die Lautstärke herunter. »Okay.«

Einst war Riddlespoon ein üppiges grünes Land, doch nun versteinerte es nach und nach. Die Menschen wurden von Angst regiert. Raes Mutter Genewren lag vom Fluch des Steinkönigs niedergestreckt, ihre einstmals starken Glieder nun grau und kalt.

›Ich werde sie rächen‹, schwor Rae und machte sich auf den Weg zu den Felsen der Verdammnis.

»Kommst du mit ins Java Bean?«, fragte Noe.

Ich drückte auf Pause. »Klar.«

Der Gehweg war voller Schneematsch und mit zerdrückten Pappbechern übersät. Einkaufswagen ratterten über den Parkplatz. Noe trug eine rosa-weiße Strickmütze mit einem Glitzer-Pompom obendrauf und dazu passende Handschuhe. Auf ihrer schwarzen Jacke waren weiße Fusseln.

Im Java Bean stand Stevens Mom vor uns in der Schlange und holte sich gerade einen Cappuccino. Noe flötete ein Hallo, und die beiden tauschten Luftküsschen aus, während ich neben dem Donutkasten stand und nichts mit mir anzufangen wusste.

»Hi!«, sagte Darla zu mir und schenkte mir ein kurzes Lächeln. Dann wandte sie sich wieder Noe zu und befragte sie nach ihren Plänen für die nächsten Ferien.

Ihr Mund war rot angemalt, und sie trug ein Parfüm, das man schon an der Tür riechen konnte. Es erinnerte mich an die Mister-Cookie-Filialen, in denen der Brownie- und Lebkuchenduft auch immer ein bisschen zu aufdringlich war.

Während Noe mit Darla redete, verwandelte sie sich. Es kamen Gesten hervor, die ich noch nie an ihr gesehen hatte, sie bewegte die Hände und verdrehte die Augen in einer perfekten Darla-Kopie. Es erinnerte mich an Vögel, die ihre Artgenossen mit ihrem Federkleid beeindrucken wollen: zwitscher-zwitscher, spreiz-spreiz. Ein seltsames Gefühl, diesem bizarren Paarungstanz zuzuschauen.

»Soll ich euch Mädels nach Hause fahren?«, fragte Darla.

»Würdest du das echt tun?« Noe klatschte begeistert in die Hände, als wäre die kurze Autofahrt das tollste Geschenk, das man ihr hätte machen können.

Darla bezahlte unsere Getränke. Wir gingen zusammen hinaus

zu ihrem sehr sauberen, sehr neuen, sehr weißen SUV. Im Radio lief ein christlicher Rocksender.

»Warst du schon mal in dem Nagelstudio da?« Darla deutete beim Fahren auf ein Eckhaus mit rosa und silberner Ladenfront.

»Nein«, sagte Noe. »Da müssen wir unbedingt mal hin.«

Ich steckte mir die Kopfhörer in die Ohren und drückte auf Play.

82

Am nächsten Tag ging ich in der Mittagspause mit Noe in die Turnhalle, setzte mich auf den Fußboden und sah ihr beim Trainieren auf dem Schwebebalken zu.

Sie sah dort oben wunderschön aus, wie die kleine Ballerina in einem Schmuckkästchen. Sie hatte sich die schwarzen Haare zu einem Dutt hochgesteckt, ihre Zehen griffen entschlossen die Balkenkanten, ihr Blick war hochkonzentriert, ihre Bewegungen fließend.

Ich saß auf dem Boden, hielt meine Knie umschlungen und konnte einfach nicht wegsehen. Plötzlich kam mir der Balken so hoch und einsam vor wie ein Berggipfel. Noe drehte sich grazil auf den Zehenspitzen, und mein Hals wurde so eng, dass ich dachte, ich würde gleich losweinen. Ich weiß nicht, warum, aber in dem Moment musste ich daran denken, wie Noes Hund vor zwei Jahren gestorben war und Noe auf meinem Bett saß und weinte. Ich hatte das Häufchen Elend umarmt, zu dem Noe zusammengesunken war, und gedacht, dass ich niemanden auf der Welt mehr liebte als sie.

Zu dieser Erinnerung gesellte sich auf einmal eine andere und dann noch eine und noch eine, eine Wiederholung aller tieftraurigen Momente meines Lebens. Und dann stand ich wieder in der kalten Dämmerung vor Scotts Haus und hielt einen Stein in der Hand.

»Ist was?«, fragte Noe.

Ich schüttelte den Kopf. Die Deckenlampen verschwammen vor meinen Augen.

»Bist du traurig?« Noe sprang vom Balken und kam zu mir. Sie fuhr mir mit den Fingern durch die Haare, wie sie es immer tat, wenn jemand weinte oder traurig war. Das war eine ihrer Techniken, bestimmt hatte sie irgendwo gelesen, dass eine Kopfhautmassage Endorphine auslöste oder so. Es passte gut zu ihr, sich so etwas zu merken und in der Praxis anzuwenden.

Sie setzte sich im Schneidersitz vor mich hin. Ihr Nagellack war auf die Farbe ihres Gymnastikanzugs abgestimmt, und sie roch anders als sonst, erwachsener. Das Geheimnis flatterte in mir auf wie ein Schmetterling, den man in der Hand hält. Es war schwer, dem Wunsch nicht einfach nachzugeben, Noe alles zu erzählen. In Bezug auf Scott war es mir bis jetzt gelungen, standhaft zu bleiben.

»Du Arme«, sagte sie. »Bereust du es jetzt?«

Ich brauchte einen Moment, bis ich begriff, dass sie von der Abtreibung sprach und nicht von dem Stein in Scotts Fenster.

»Nein«, antwortete ich wahrheitsgemäß.

»Sicher?« Noes Stimme war so mitfühlend, ihre lieben Augen tiefbraun wie immer. Wenn Noe so war, fiel es leicht, ihr alles zu erzählen, in das warme, weiche Nest ihrer Stimme zu kriechen und sich komplett verstanden zu fühlen. Kein Wunder, dass sie die Geheimnisse von allen kannte. Diesmal hatte ich jedoch kein

Geheimnis zu beichten, zumindest nicht das, was Noe hören wollte.

»Natürlich«, sagte ich. »Denkst du echt, ich wollte heimlich ein Baby?«

Noe sah mich kritisch an. »Darla meint, jede Frau will ihr Baby behalten, außer sie wurde vergewaltigt oder so. Das ist nun mal ein Instinkt, da kann man nichts machen.«

»Seh ich anders«, sagte ich nur.

Wäre ich das clevere, selbstbewusste Mädchen in einem Teenie-Drama, hätte ich noch hinzugefügt: *Und außerdem war es noch lange kein Baby, sondern bloß ein winziger Zellhaufen.* Aber ich war viel zu getroffen, um das zu sagen. Es fiel mir erst später ein.

»Man kann sich nicht aussuchen, wie man das sieht«, sagte Noe. »Das ist Biologie. Viele Frauen werden hinterher depressiv. Eine aus Darlas Kirchengemeinde hat sich letztes Jahr sogar deshalb umgebracht.«

Ich war daran gewöhnt, dass Noe eine Meinung zu allem hatte, und normalerweise hatte ich keinen Grund, ihr zu widersprechen oder darauf zu pochen, dass ich mich in einer Sache besser auskannte als sie. Diesmal störte es mich jedoch, und ich fühlte, wie sich mein Mundraum mit den Dingen füllte, die ich sagen wollte. Es klingelte zur nächsten Stunde, und eine jüngere Klasse kam lärmend zu ihrer Sportstunde hereingeströmt.

»Vielleicht hätte sie das nicht gemacht, wenn man ihr nicht das Gefühl gegeben hätte, dass sie so reagieren muss«, sagte ich, während wir gemeinsam den Balken wegräumten.

Ich hätte mehr sagen sollen. Wäre ich Ava oder eine ihrer Mitbewohnerinnen mit den Laufmaschen in der Strumpfhose, hätte ich Noe einen umfangreichen feministischen Vortrag dazu gehalten, wieso Darla sich irrte, hätte historische Fakten und psychologische Abhandlungen zitiert. Es gab viele Entscheidungen, die Leute traurig machten. Das hieß nicht zwangsläufig, dass diese Entscheidungen falsch waren. Ich hätte Noe gern gesagt, dass das Leben voller schöner und schlimmer Dinge war, egal was man für Entscheidungen traf. Dass man diesen Wechsel zwischen fröhlich und traurig genauso wenig beeinflussen konnte wie den Wechsel der Jahreszeiten.

Die Sporthalle war mittlerweile voller Kinder in weißen T-Shirts und lila Basketballshorts. Mein Hals fühlte sich ganz geschwollen und wund an, weil ich so viele Dinge nicht sagen durfte.

»Ich mach mir einfach Sorgen um dich«, sagte Noe, bevor sich unsere Wege auf dem Flur trennten. »Ich will, dass es dir gutgeht.«

Sie gab mir eine feste, nach Darla duftende Umarmung. Ich nickte nur und tappte davon. Ich wünschte, Noe hätte mich als Schlampe bezeichnet oder gesagt, ich würde dafür in die Hölle kommen. Auf so einen Angriff konnte man viel leichter reagieren. Diese Sorge ihrerseits machte es schwieriger, genauso wie meine Verwirrung darüber, dass sie mich so komplett missverstand. Am schlimmsten war jedoch die Erkenntnis, dass Noe und ich nicht mehr so perfekt ineinanderpassten wie früher, aber immer noch so taten.

Ich will meine Noe zurück, durchfuhr es mich schmerzhaft. Die Noe von unserem Begrüßungstanz in der Einfahrt, die Noe aus dem Camp Qualla Hoo Hoo. Bevor sie zur Miss Schwiegertochter avanciert und Sphinx Lacœurs Protégé geworden war. Ich vermisste diese Noe. Ich vermisste mich selbst. Ich vermisste uns.

Ich dachte an den Abend, als ich von der Northern zurückgekommen und ihr auf der Straße in die Arme gerannt war. Waren wir damals überhaupt noch wir selbst, oder hatten wir uns da auch schon verändert? Hatten wir es noch ernst miteinander gemeint oder nur ein letztes Mal eins unserer früheren Rituale durchgespielt – aus Mitleid vielleicht oder aus Gewohnheit, so wie das Licht von einem weit entfernten Stern noch die Erde erreicht, nachdem der Stern eigentlich schon lange verglüht ist?

An diesem Nachmittag ging ich nach der Schule in den Wald und schlurfte missmutig über die verschneiten Wanderwege.

»Du hast ganz rote Wangen«, sagte Mom, als ich wieder zu Hause war. »Schön, dass du wieder mehr rausgehst.«

Ich sank auf die Couch und zog mir die Decke über den Kopf.

Ich wusste nicht genau, was mit mir passierte, aber ›schön‹ hätte ich es nicht genannt.

83

Am Sonntag vor dem Turnwettbewerb ging ich mit Noe ins YMCA und ließ mich viereinhalb Stunden lang von ihr foltern. Mittendrin rief Ava an und wollte wissen, wie es mir ging. Ich war froh über die Gelegenheit, wenigstens kurz den Tanzraum mit den vielen Spiegeln verlassen zu dürfen, in dem Turnmädchen Nummer zwölf eben zum vierten Mal ihre Bodenübung hinter sich gebracht hatte, während Noe ihr die Schultern und die Hüften geradegerückt und gefordert hatte, sie solle die Bewegungen insgesamt viel fließender machen.

Wir unterhielten uns eine Weile über Avas Freunde und das Theaterfestival, das sie mitorganisierte.

»Wie läuft's mit deiner Mom?«, fragte sie.

»Ganz gut.«

»Ganz gut?«

Ich sah zu Boden. Seitdem ich zu Scotts Haus gefahren war, konnte ich kaum noch essen. Ich hatte das Gefühl, der Stein wäre nicht durch sein Fenster geflogen, sondern würde stattdessen in meinem Magen feststecken. Ich musste an Avas Zimmer denken, an den Tag, an dem sie mir von ihm erzählt hatte, und an die Traurigkeit, die damals in diesem Zimmer eingezogen war.

»Du? Ich war bei ihm zu Hause.«

»Bei wem?«

»Bei Scott. Ich hab in seinem Haus ein Fenster eingeschlagen.« Es kratzte im Hals. Der Stein in meinem Magen grub sich tiefer in mein Fleisch. »Ich hab ihn gesehen. Er hat mir gewunken und gesagt, dass es ein schöner Abend ist.«

»Das war bestimmt krass«, sagte Ava.

»Jep.«

Die Musik für Hannah Garritys Bodenübung drang gedämpft zu mir hinaus.

»Meinst du, ich sollte es meiner Mom erzählen? Also das mit dem Fenster?«, fragte ich vorsichtig.

»Keine Ahnung.« Ava klang ehrlich unschlüssig. »Meine Güte, Annabeth. Ich hab echt keine Ahnung, du.«

Als ich zurück in die Turnhalle kam, stürzte sich Noe sofort auf mich. »Da bist du ja! Ab auf die Matte, du bist dran. Und zieh den Pullover aus.«

Sie zog mir den Pullover über den Kopf und warf ihn in die Ecke auf den Haufen zu den anderen.

Den Rest des Trainings zitterte ich vor mich hin. Jemand hatte eine Kiste Clementinen mitgebracht. Die letzte halbe Stunde saß ich an der Wand und hielt eine Clementine in den Händen. Ihre leuchtend orange Schale versprach Wärme, die ich aber nicht fühlen konnte.

84

Auf der Rückfahrt vom YMCA erzählte ich Noe, dass ich überlegte, wieder regelmäßig zu Bob zu gehen.

Sie wich bestürzt zurück. »Warum das denn?«

Ich wurde rot. »Ich weiß nicht«, sagte ich. »Irgendwie fällt es mir manchmal schwer, etwas zu essen. Ziemlich oft sogar. Wenn's mir nicht gutgeht.«

Noe wischte meine Erklärung mit einer Handbewegung beiseite. »Das ist doch was ganz anderes. Die können dich nicht zwingen hinzugehen«, erwiderte sie. »Nicht, solange deine Mutter nicht irgendwas unterschreibt. So was ist illegal.«

Der Kuss, den sie mir auf die Wange gab, roch leicht säuerlich. Ich musste daran denken, was Margot Dilforth erzählt hatte, schob diesen verräterischen Gedanken jedoch schnell wieder beiseite. Seit unserem Gespräch darüber, dass Frauen immer unbedingt ein Baby haben wollten, waren Noe und ich mehr oder weniger zur Normalität zurückgekehrt. Wenigstens machten wir wieder normale Witze und führten normale Gespräche, auch wenn ich spürte, dass sich unter der Oberfläche etwas verändert hatte.

Manche Freundschaften zerbrachen mit einem Mal, andere dagegen waren wie ein Auto, das immer mal wieder Aussetzer hatte und repariert wurde, bei dem man im Laufe der Jahre ein Teil nach dem anderen ersetzt, und irgendwann hat sich so viel daran geändert, dass man es eigentlich kaum noch wiedererkennt. Wenn ich in letzter Zeit mit Noe sprach, kam ich mir wie einer dieser alten Leute vor, die jahrelang immer zum selben Eisladen gingen, obwohl der schon längst nicht mehr das war, was sie ursprünglich gekannt hatten. Sie wussten das bestimmt auch, hatten aber einfach keine Ahnung, wohin sie sonst gehen sollten.

»Schlaf dich aus«, sagte Noe, als wir an meinem Haus ankamen. »Und vergiss nicht, dir morgen früh die Beine zu rasieren, sonst siehst du aus wie ein Affe. Der Bus fährt pünktlich um sieben. Und keinen Kaffee, außer du willst, dass dein Schweiß nach Java Bean riecht.« Sie winkte mir zu. »Ciao, Süße.«

85

Turnwettkampf am nächsten Morgen: erst der lahmarschige Schulbus, dann eine halbe Stunde Fahrtweg im Haarspraydunst. Alle kämmten sich, flochten einander Zöpfe, schmierten sich Gel in die Haare und kramten nach Ersatzhaarbändern. Musik quäkte aus den Handys. Noe, in autoritärem schwarz-lila Trainingsanzug, schritt mit einem Clipboard den Mittelgang auf und ab und kümmerte sich um tausend Kleinigkeiten, deren Wichtigkeit sich mir nicht erschloss. Natürlich war sie der Mannschaftskapitän, aber es war trotzdem seltsam, sie so zu sehen. Sie ließ sich keinerlei besondere Verbindung zu mir anmerken, setzte sich nicht auf den Platz neben mir, den ich extra für sie freigehalten hatte, nicht einmal kurz, sondern eilte in einer Wolke aus Pfefferminzduft an mir vorbei, um mit Miss Bomtrauer über den zwanzigsten Notfall an diesem Morgen zu debattieren.

Ich ließ die Stadt vor dem schmutzigen Busfenster an mir vorüberziehen. Einkaufszentrum, Tankstelle, dann die Schnellstraße. Ich überlegte, wie es wohl wäre, wenn jemand jetzt die Bustür öffnen und uns Turnmädchen alle davonfliegen lassen würde. Vögelchen in glitzernden Trikots, die aus den Fenstern heraushüpften und sinnlos im Schnee pickten. Die sich in ihren Handtaschenspiegeln selbst schöne Augen machten, während der Frost erst ihre dünnen Beinchen, dann ihre blauen Federchen und schließlich ihre kleinen klopfenden Herzchen gefrieren lassen würde.

86

Die Sporthalle für den Wettkampf war riesig und voll. Es fanden mehrere Turniere gleichzeitig statt. Ich hatte etwas Formelleres erwartet, Publikum und Applaus, aber bei den Junioren war es eher wie das Warten auf die Fahrprüfung: erst ewiges Schlangestehen und dann zwei aufregende Minuten auf den Geräten, während sich die Welt um einen herum unbeeindruckt weiterdrehte. Das eigentliche Highlight waren die Fortgeschrittenen-Ausscheide, in denen Mädchen wie Noe in atemberaubenden Kombinationen aus Sprüngen und Drehungen durch die Luft segelten, als gäbe es für sie keine Schwerkraft.

Nach dem Schwebebalken (zwei winzige Minuten des Auf-und-ab-Balancierens), dem Stufenbarren (zwei eigentlich vergnügliche Minuten Hüpfen und Schaukeln in knapp drei Metern Höhe) und dem Sprung über den Sprungtisch (gerade so geschafft, sehr ärgerlich), ging ich auf die Toilette. Die Leuchtstoffröhren darin summten leise. Die Ausstattung war sogar noch älter als die an der E. O. James – tropfende Wasserhähne und ein avocadogrüner Handtuchspender direkt aus den Siebzigern.

In einer der Toilettenkabinen übergab sich ein Mädchen. Mein erster Gedanke war, dass sie schwanger sei. Ich wusch meine Hände extra lange und wartete darauf, dass sie herauskam. Wer weiß, vielleicht konnte ich für sie ja die gute Fee sein? Ich hatte immer noch das Stück Geburtstagskuchen im Rucksack. Es war steinhart und trocken wie Brennholz.

Hey, würde ich zu dem Mädchen sagen, *wenn du jemanden zum Reden brauchst, ich hab zufällig einige Erfahrungen in dem Bereich.*

Ich trocknete meine Hände ab und wartete leise eine weitere Minute. Schließlich schwang die Tür auf.

Noe trat heraus. »Ach, hey, Süße!« sagte sie, als sie mich sah. »Na, aufgeregt wegen der Bodenkür?«

Sie drehte den Wasserhahn auf, hielt die Hände unter das heiße Wasser, seifte sie ein, spülte den Schaum ab. Ich war sprachlos. Nach dem Vorfall mit den Skittles in der neunten Klasse hatte ich bestimmt schon ein Dutzend Mal erlebt, dass Noe so etwas tat. Nun allerdings sah ich zum ersten Mal wirklich, was es bedeutete: Noe war nicht besonders. Sie war nicht anders. Sie war ein Mädchen, das sich den Finger in den Hals steckte und in Kloschüsseln kotzte.

Ich konnte nicht fassen, dass ich das nie so gesehen hatte. Ich konnte nicht fassen, dass ich mir selbst eingeredet hatte, darüber hinwegzusehen würde mich zu jemand Besonderem machen, anstatt einfach nur zu einem Feigling.

»Noe«, sagte ich, »ich glaube, du hast ein Problem.«

Sie wusch sich weiter die Hände, ausdauernd und gründlich. Ihr Gesicht im Spiegel war nicht zu lesen. Sie hatte Lippenstift und Mascara aufgetragen, um im grellen Licht der Sporthalle nicht »ausgeblichen« auszusehen. Aus der Nähe sah sie durch ihr Make-up aus wie ein Vampir.

»Notfallmaßnahme«, sagte Noe. »Meine Bodenkür wurde um

eine Stunde vorverlegt, ohne Vorwarnung. Wenn man noch etwas im Verdauungstrakt hat, kann das Krämpfe verursachen.« Sie tätschelte meinen Arm. »Glaub mir, ich weiß, wovon ich spreche.«

Sie war wie immer, amüsiert und beschwichtigend. *Du armes Ding hier* und *du armes Schätzchen dort.* Sie zupfte an ihren Haarspangen, um lose Strähnen wieder festzustecken, damit sie ihr nicht ins Gesicht hingen.

»Nein«, erwiderte ich. »Das war keine Notfallmaßnahme. Das ist verrückt. Kein normaler Mensch bringt sich selbst zum Kotzen. Du schadest dir damit.«

Ich wollte, dass sie einlenkte, nachgab, sich von mir auffangen ließ. Von mir wissen wollte, was mit ihr nicht stimmte. Stattdessen hob sie nur die Augenbrauen.

»Sphinx sagt, dass man mindestens drei Stunden vor dem Wettkampf nichts mehr essen darf. Sonst wirkt man nicht mehr schön grazil, sondern total schwerfällig. Und wenn die hier nicht den blöden Plan geändert hätten, müssten wir dieses Gespräch überhaupt nicht führen. Ich hab nicht das ganze Jahr so hart trainiert, um mir jetzt meine Bodenkür versauen zu lassen.«

»Ich glaube nicht, dass er damit sagen wollte, du sollst kotzen gehen.«

»Doch, er hat tatsächlich gemeint, im Notfall wäre es okay.«

Ich stutzte. Die Neonröhren summten über uns. Noe stemmte eine Hand in die Hüfte.

»Sphinx war olympischer Turner, Annabeth. Willst du behaupten, er wüsste nicht, wovon er spricht?«

»Das ist doch aber total bescheuert!«

»Können wir das bitte vertagen?«, fragte Noe. »Ich muss jetzt zum Dehnen.«

»Noe«, bat ich, »red doch mit mir. Du musst nicht immer die Unverwundbare spielen.«

»Ich muss jetzt echt los, Bethy. Mach dir mal keine Sorgen.« Sie eilte an mir vorbei und stieß die Tür mit beiden Händen auf. Ich trottete ihr nach, benommen und niedergeschlagen.

Bis zum nächsten Auftritt wusste ich nichts mit mir anzufangen, also setzte ich mich auf die Tribüne und holte *Überleben in der Wildnis* aus dem Rucksack. Ich las gerade den Teil über Giftpflanzen, als mir Miss Bomtrauer auf die Schulter tippte.

»Warst du gerade auf der Toilette?«, fragte sie.

Ich nickte überrascht.

»Hat Noe da drin etwas gemacht, was sie lieber nicht tun sollte?«

Ich erstarrte. Ich hatte mir nicht überlegt, wie ich darauf reagieren sollte. Anstatt zu nicken oder den Kopf zu schütteln, zuckte ich nur leicht mit den Schultern. *Was fragen Sie mich das, ich misch mich da nicht ein, Noe wird mich umbringen, ich sag nichts, ich weiß gar nichts.*

Miss Bomtrauer seufzte und trommelte mit den Fingern auf ihr Clipboard. »Das war alles, was ich wissen wollte.«

Sie wandte sich zum Gehen.

»Miss Bomtrauer?«, rief ich.

»Hm?«

»Der Trainer vom Gailer hat ihr gesagt … also, er meinte, im Notfall ist es okay.«

Verdammt, verdammt, verdammt. Damit machte ich die Sache definitiv nicht besser. Miss Bomtrauer runzelte die Stirn, und eine tiefe Furche erschien zwischen ihren Brauen.

»Welcher Trainer?«

»Sphinx Lacœur«, piepste ich und bereute im nächsten Moment, meinen dämlichen Mund überhaupt aufgemacht zu haben.

»Hmpf«, machte sie nur und ging davon.

87

Noe wird mich umbringen.

Noe wird mich umbringen.

Schuldgefühle brannten in mir, heiß und laut und rot. Hätte ich mich doch bloß nicht auf die Tribüne gesetzt, hätte ich doch bloß nicht dort gesessen, hätte ich doch bloß ein unschuldiges Gesicht aufgesetzt und verwundert »nein« gesagt … Noe wird denken, ich hätte sie verraten. Noe wird denken, ich hätte sie hintergangen. Als ich sah, wie sie mit Leichtigkeit ihre Bodenkür durchging, wirbelten die Schuldgefühle in mir hin und her, bis ich diejenige war, die kurz davorstand, sich zu übergeben. Wann würde Miss Bomtrauer sie zur Rede stellen? Heute? Später? Ich spürte, wie die Zeit verflog, der Moment näher rückte, in dem eine tobende Noe auf mich zustürmen und sagen würde: »Wie wäre es, wenn du mich das nächste Mal warnst, bevor du unserer Trainerin erzählst, dass Sphinx Lacœur mir eine Privatstunde im Kotzen gegeben hat?«

Ich tat es Noe gleich und trank während der Mittagspause eine Flasche Wasser, teilte es gleichmäßig ein, sodass es nicht in mir herumschwappte. Ich setzte mich nicht zu den anderen, die aßen, sondern übte meinen Wechselsprung. Mein Magen sandte empört ein anhaltendes Hungergefühl aus. Ich wünschte, ich würde ohnmächtig werden oder mir den Knöchel brechen und mit dem Krankenwagen wegfahren. Mein Unfall hätte mich gerettet, mich unschuldig und wieder liebenswert gemacht.

An einer Seite der Turnhalle machte ein Fotograf Mannschaftsfotos. Ein Schwarm Turnerinnen posierte für das Blitzlicht.

Ein paar Minuten vor meinem Auftritt kam Noe herüber.

»Hey, Eichhörnchen. Du siehst umwerfend aus!«, sagte sie, blieb vor mir stehen, als inspiziere sie ein Werk, das ihr besonders gut gelungen war. »Hast du was gegessen?«

»Noch nicht.«

»Braves Mädchen. Nachher gehen wir zu Subway. Alicia und Kaylee brauchen auch was zu essen.«

Ich sah sie niedergeschlagen an. Eine Reihe von Mädchen gesellte sich zu uns auf die Tribüne. Schon quatschte Noe wie wild mit ihnen, analysierte die Siege und Niederlagen des Tages. Der Organisator rief meinen Namen auf. Ich stand auf, um auf die Wettkampffläche zu gehen. Noe riss sich für einen kurzen Moment von dem Gespräch los.

»Du siehst umwerfend aus, Süße!«, sagte sie noch einmal.

Ich gab matt ein »Danke« von mir.

Die Musik fing an. Ich absolvierte mit Leichtigkeit meinen ersten Radschlag, drehte die Hüfte und warf die Schultern nach hinten und fühlte dabei das fluoreszierende Licht der Turnhalle auf meinen bloßen Armen und Beinen. Ich hatte meine Haare ungeschickt zu einem französischen Zopf zusammengeflochten und ihn mir mit Haargel von Kaylee Ito an den Kopf geklebt. Mein eigenes Haar roch nun fremd und sah aus wie aus einer Zeitschrift.

Ich landete geschmeidig nach dem zweiten Radschlag und dachte daran, bei der Landung zu lächeln.

Von der Seitenlinie ein greller Blitz. Ich blickte hinüber und sah einen Fotografen, der dort mit der Kamera auf der Tribüne hockte. Er machte noch ein Foto, klick, und lächelte mir aufmunternd zu. Radwende. Als ich das nächste Mal aufsah, entdeckte ich Miss Bomtrauer, die sich der Tribüne näherte. Schritt, Schritt. Miss Bomtrauer rief Noe zu sich und ging mit ihr zur Wand, weg von den anderen Mädchen. Rehsprung, Rehsprung. Noes Gesichtsausdruck wechselte von Sonnenschein zu Gewitterwolken. Sie marschierte allein zurück zur Tribüne, während Miss Bomtrauer zum Sprungtisch ging.

Halbe Drehung, Rehsprung, Radwende. Noe schlich zurück in die erste Reihe. Ich machte einen Salto und kam in den Stand.

Bitch, las ich an ihren Lippen ab.

Ich stockte. Die Matte erstreckte sich vor mir, leer und unüberwindlich. Ich wünschte, sie würde zu Wasser werden, sodass ich unter ihre Oberfläche tauchen und wegschwimmen könnte. *Wäre das alles ein Märchen,* dachte ich, *würde sie zu Wasser werden und ich würde wegschwimmen und für immer als die Geistermeerjungfrau bekannt sein, die unglückselige Turnerinnen in die Matte zog und damit ertränkte.*

Ich drehte mich, erblickte noch einmal Noes Gesicht, und dieses Mal konnte ich das Lächeln für meine Kür nicht mehr festhalten. Mit einem gläsernen Aufprall fiel es herunter. Lindsay Harris war einmal mitten in ihrer Balkenkür ihr Tampon herausgefallen, hatte Noe gesagt. Und Annabeth war ihr Lächeln vom Gesicht gerutscht und in tausend Stücke zersplittert. Ohne das Lächeln verlor ich erst die Kontrolle über mein Gesicht, dann über meinen Körper, als hätte das Lächeln alles zusammengehalten. Ich polterte über die Matte und wurde mit jedem Schritt wütender.

Klick, machte die Kamera. *Klick, klick.*

Die Musik hörte auf zu spielen. Ich warf meine Hände hoch, nickte kurz zum Schiedsrichtertisch und verließ mit brennendem Gesicht die Wettkampffläche. Ich spürte Noes Blick den gesamten Weg auf meinem Hinterkopf.

Als ich die Tür zur Umkleide aufstieß, hatte die Kür der nächsten Turnerin bereits begonnen. Ich warf einen Blick zurück und sah, wie sie ihren ersten Handstand landete, wie selbstsicher sie ihre Arme durch die Luft schwang. Es gab Bewegungen, wurde mir klar, Abfolgen im Leben, die man erlernen musste. Das galt für den Tanz, eine Freundschaft, eine Romanze, die Entwicklung von einer Ebene zur nächsten. Aber während alle mühelos ihre Kür vollführten, konnte ich sie immer nur verzweifelt nachahmen.

Im Umkleideraum war ich das Mädchen, das zehntausend Gründe hatte, sich zu hassen. Ich sank auf die klamme Holzbank und schlug die Hände vors Gesicht, während mich die vielen Gründe umschwirrten wie Fliegen und mich schließlich ganz bedeckten.

88

Im Bus auf dem Nachhauseweg sah Noe mich nicht einmal an. Ich kauerte mich ans Fenster. Hundertmal versuchte ich ihrem Blick zu begegnen – *es war nicht meine Schuld, wirklich nicht, sie hat mich gefragt, ich habe es ihr nicht von mir aus erzählt* –, aber Noe drehte ihr Gesicht weg. Als wir bei der Schule ankamen, warteten Steven und Darla auf dem Parkplatz. Sie stiegen aus Darlas riesigem Wagen und winkten. Es wäre seltsam gewesen, Steven nicht wenigstens zu begrüßen, also stapfte ich niedergeschlagen hinter Noe her.

»Na, wie war's, meine Süße?«, zwitscherte Darla und umarmte Noe, als wäre sie die verlorene Tochter. »Und wonach ist dir, DiMaggio oder Casa Italia? Du entscheidest.«

Von jetzt auf gleich war Noe wieder Miss Sonnenschein persönlich. »Du lädst mich zum Essen ein?«, quietschte sie. »Ihr seid einfach die Besten! Okay, dann gehen wir zu DiMaggio. Ich liebe die Gnocchi da!«

Jetzt durfte sie offenbar wieder essen – gesetzt den Fall, dass Noe nicht zufällig Handstandüberschläge innerhalb der nächsten drei Stunden machen musste.

»Kommst du mit?«, fragte Steven.

»Ich bin ziemlich kaputt«, wehrte ich ab.

»Bitte, bitte, bitte!«

»Nein, danke«,, erwiderte ich mürrisch. »Aber euch viel Spaß.«

Ich verabschiedete mich und ging, bevor Steven mich überreden konnte. Mir taten die Beine weh, und ich hatte Hunger.

Auf dem Heimweg begutachtete ich die Bürgersteige und die Zweige der kahlen Bäume, als hätte ich eine wertvolle Halskette verloren, die in einer Ritze stecken oder an einem Ast hängen könnte. Ich dachte an die Mischung aus Angst und Sicherheit, die ich empfand, als ich Noe vorhin auf der Toilette gegenübergestanden hatte, wie die Heldin aus einem Fantasyroman, die die magischen Worte aussprach, um den Bann zu brechen.

Aber da hörten die Gemeinsamkeiten auch schon auf. Hätte ich tatsächlich die magischen Worte gesagt, wäre der Schatz doch nicht vor meinen Augen verschwunden, oder?

89

Mom merkte sofort, dass etwas nicht in Ordnung war.

»Wie war's?«

»Gut.«

»Hast du eine Medaille gewonnen?«

»Nein, aber so ein blöder Fotograf hat ein Foto von mir gemacht.«

»Wow«, sagte Mom, »du wirst noch berühmt.«

Ich nahm Mütze und Schal ab und zog mir den nassen, schweren Wintermantel aus. In der Küche war es warm und feucht von den kochenden Bohnen, ein Geruch, der in dem Moment sehr tröstlich war. Ich lehnte mit verschränkten Armen am Küchenschrank und zitterte immer noch von der Demütigung durch Noe. Wie hochmütig sie an mir vorbei zu Darla und Steven gegangen war, ohne mich auch nur eines Blickes zu würdigen! Und wie sie und Darla sich dann auch noch so vielsagend angesehen hatten, als ich hallo sagte!

»Was gibt's denn?«, fragte ich.

»Vegetarisches Chili.«

»Riecht gut.«

»Danke.«

»Kann ich noch irgendwas helfen?«

»Kannst gern Zwiebeln schneiden.«

Sie machte mir Platz auf der Arbeitsplatte. Ich nahm eine Zwiebel aus der Holzschale und entfernte die papierartige gelbe Schale. Mom benutzte das gute Messer, also wühlte ich in der Schublade, bis ich eins gefunden hatte, was beinahe so scharf war.

»Möchtest du Noe zum Essen einladen?«, fragte Mom.

»Sie ist mit ihrem Freund und seiner Mutter ins Restaurant gegangen.«

»Aha«, sagte Mom. »In letzter Zeit ist sie ganz schön selten hier. Ich habe sie seit Monaten nicht gesehen.«

Wir schälten und schnitten. Es war lange her, dass ich Mom irgendetwas anvertraut hatte. Das letzte Mal war in der siebten Klasse, als meine beste Freundin Emily Lincoln zwei Geburtstagspartys veranstaltet hatte, eine langweilige mit mir, Carly Ocean und Eliza Grinette und eine witzige mit ihren coolen Freunden, auf der getanzt und rumgemacht wurde und jemand Bier mitgebracht hatte. Ich konnte nicht glauben, dass ich zusammen mit Carly Ocean zu der Kategorie »langweilige Freunde« gehörte. Mom ging damals mit mir im Wald spazieren und hörte sich mein Gejammer an, danach sammelten wir Nan ein und aßen Pommes bei Dick's Chips, und alles begann sich wieder okay anzufühlen. Danach hatte ich mich nicht mehr bei Mom ausgeheult. Seit dem Tag, als Ava mir von Scott erzählt hatte, wollte ich Mom nicht mehr belasten, als seien meine Probleme albern im Vergleich zu dem, was sie durchgemacht hatte. Als wäre ich es ihr schuldig, perfekt zu sein, damit sie keinen Grund mehr hatte, mich zu bereuen.

Jetzt verschwamm das Messer in meiner Hand vor meinen Augen. Ich legte es hin.

»Ich dachte, wir würden immer Freundinnen bleiben«, platzte es aus mir heraus. »Sie ist mir als Mensch so unglaublich wichtig. Aber wir reden irgendwie gar nicht mehr richtig miteinander.«

»Bist du immer noch enttäuscht wegen der Mitbewohner-Sache?«, fragte Mom.

»Seit ich Ava besucht habe, nicht mehr so sehr«, entgegnete ich. »Aber ja. Es ist, als hätte sie für sich entschieden, ein ganz anderer Mensch zu werden, aber ich darf mich nicht verändern.«

»Menschen sind wie Bäume«, sagt Mom. »Als Setzlinge brauchen sie andere Nährstoffe als später, wenn sie groß sind. Vielleicht habt ihr beide euch in der neunten Klasse gebraucht, aber jetzt braucht jeder eben etwas anderes.«

Ich war ein dürrer junger Baum, dem der Noe-Dünger entzogen worden war.

»Pauline und du, ihr seid doch auch Freundinnen geblieben«, sagte ich.

»Wir haben uns erst im College richtig angefreundet.«

»Wirklich?«

Sie strich mir die Haare aus der Stirn, eine Geste, die ich seit Jahren nicht zugelassen hatte. »Leben ist Veränderung, Annabeth. Es gibt nicht nur die eine Freundschaft oder die eine Liebe. Dinge vergehen und andere Dinge wachsen. Mit siebzehn hat man noch nicht so viel erlebt, und da ist es natürlich schwer, das so zu sehen. Aber es stimmt.«

»Ich wünsche mir, dass wir uns nur auseinanderleben, aber uns dabei immer noch leiden können.«

»Tja«, seufzte Mom, »das ist der schwierige Teil.«

Wir schnippelten weiter Gemüse. Bald war es Essenszeit.

90

Ich hatte gehofft, dass Noe nach einem Tag gespielter Wut wieder auf mich zukommen würde. Aber am nächsten Tag in Englisch setzte sie sich hin und öffnete ihr Buch, ohne mich auch nur eines Blickes zu würdigen.

Bist du noch sauer?, schrieb ich auf ein Stück Papier und schob es auf ihren Tisch. Sie schob es zurück, ohne auch nur draufzugucken.

Für den Rest der Stunde war mir so schlecht wie damals, als mein Cousin Max mich herausgefordert hatte, ein rohes Ei hinunterzuschlucken. Als es klingelte, nahm Noe ihren Rucksack und marschierte hinaus. Ich trödelte, verstaute meinen Schreibblock und die Stifte. Das rohe Ei stieg mir vom Magen in den Hals.

Ich steckte Noe eine Nachricht in den Spind – *Lass uns bitte drüber reden!* – und ging schnell weiter. Im Gang ließ Mr Beek gerade Jamie Appleton den Müll zurück in den Eimer schaufeln, den jemand umgekippt hatte. Auf der anderen Straßenseite machte Burger King Werbung für den Double Bacon Cheeseburger. Einen Moment dachte ich, ich hätte den Ernährungsberater aus der Tür kommen sehen, aber es war nur ein anderer blasser, trauriger Mensch.

91

Am nächsten Morgen lag mir Steven die ganze Kunststunde hindurch wegen der Sache mit Noe in den Ohren.

»Noe will mir nicht erzählen, was passiert ist. Muss ich mir Sorgen machen?«

»Hat nichts mit dir zu tun«, versicherte ich ihm. »Sie ist sauer auf mich.«

»Warum?«

Stevens Wangen waren im Winter immer rot wie Äpfel im Schnee.

»Weißt du von ihrer Essenssache?«

»Ich hab so meine Vermutungen«, gab Steven zurück. »Zu Recht, wie es scheint. Ich versuch schon länger, mit ihr darüber zu reden.«

Ich legte den Kopf auf den Tisch. Ich hatte nicht einmal mehr die Kraft zu stöhnen. Tief in mir, an dem Platz, an dem Noe lebte, schmerzte es unglaublich.

»Du hältst mich bestimmt für eine schlechte Freundin«, sagte ich.

»Warum?«, fragte Steven. »Hast du sie gezwungen, Gänseleber zu essen?«

»Ich habe sie dabei erwischt, wie sie sich übergeben hat. Und ich habe ihr gesagt, dass sie damit aufhören soll. Und dann hat mich Miss Bomtrauer gefragt, was bei Noe los sei, und ich war zu überrascht, um zu lügen.«

»Das macht keine schlechte Freundin aus dir«, entgegnete Steven.

»Aber ich weiß es seit Jahren. Und das war das erste Mal, das ich etwas gesagt habe.«

»Ich red mal mit ihr«, antwortete Steven.

»Lieber nicht«, gab ich zurück. »Das macht es garantiert nur schlimmer.«

Im Klassenzimmer roch es nach Farbe. Ich fragte mich, wie viele Stunden es noch bis zum letzten Schultag waren.

92

Ich wollte nicht zum Training gehen, aber ich hatte Angst, dass es Noe nur noch wütender machen würde. Miss Bomtrauer führte uns durch das Aufwärmen und ließ uns unsere normale Abfolge von Schwebebalken, Barren, Sprungtisch und Bodenübungen machen. Ich versuchte, mich normal zu verhalten, aber ich spürte, wie mich Noe die ganze Zeit beobachtete.

»Zehen!«, rief Noe durch die Halle, und ich rief »Sorry!« zurück, während ich beim Pferdchensprung schon wieder die Füße falsch hielt. Ich versuchte zu lachen und einfach weiterzuüben, aber mein Gesicht glühte.

»Du bist viel zu zusammengesunken«, sagte Noe gereizt. »Schultern zurück.«

»Sie gehen nicht weiter zurück«, erwiderte ich.

Wenn Noe so war, konnte ich ihr nicht in die Augen sehen. Als wäre ich Tinte und sie Bleichmittel: Es brannte, sie anzusehen. Meine eigene undichte Schwärze spiegelte sich in ihr, während ich doch nichts mehr wollte, als klar und ordentlich zu sein. Den Rest des Trainings arbeitete ich an meinem Pferdchensprung, streckte die Zehen, bis sie schmerzten, und zwang meine Schultern in eine Position, in der sie dennoch nie dem sanften Bogen glichen, den sie eigentlich formen sollten.

Es lag etwas Merkwürdiges in der Luft. Alle verhielten sich eigenartig. Ich hatte das Gefühl, dass die Blicke der anderen Mädchen mich stachen, während ich auf dem Schwebebalken hin- und herschwankte. Zuerst schrieb ich es dem Drama der letzten Veranstaltung zu. *Annabeth hat Miss Bomtrauer erzählt, dass Sphinx Lacœur Noe einer Gehirnwäsche unterzogen hat, und es stimmt nicht einmal.*

Aber das Training ging weiter, und die Blicke wurden stechender und stechender. Es war eindeutig, alle schauten mich an. Ich sah es aus dem Augenwinkel. Die Übelkeit kehrte zurück. Ich ging vom Schwebebalken zum Stufenbarren, versuchte es zu ignorieren, aber es wurde immer stärker und stärker.

Ich hielt mitten in der Drehung inne und ließ mich vom Barren fallen, hielt mir den Magen, um anzudeuten, dass ich einen Krampf hatte. Während ich zum Wasserspender humpelte, spürte ich die Blicke des gesamten Teams auf mir und hörte das Getuschel in der ganzen Halle. Mit zunehmendem Unwohlsein im Magen wurde mir klar, dass ihnen jemand etwas erzählt haben musste. Nachdem ich die hundert Meter zur Tür geschafft hatte, wusste ich es.

Ich griff nach meiner Trainingstasche. Jemand hatte mit Filzstift *Babykiller* auf die Seite gekritzelt.

Ich stieß die schwere Tür auf.

Ich wollte mich nur noch verkriechen, bis alle, die ich kannte, gestorben waren und mich niemals wieder irgendwer so ansehen konnte.

93

Der Rückweg nach Hause: ich durcheinander und verständnislos, den Tränen nahe.

Über meinem Kopf flattern gelbe Blätter in den Baumkronen. Eine Krähe krächzt. Mitten im Gehen beuge ich mich vor und hebe einen Kiesel von der Straße auf. Ich stecke ihn in den Mund und lutsche daran, bis mein Gaumen blutig ist.

94

Am nächsten Morgen packte ich meinen Rucksack langsam und bedächtig, als würde ich auf eine einsame Insel fahren. Erdnüsse, frisches Wasser, Schulbücher, Stifte. *Überleben im Wald.* Ich hatte das Gedicht aus Lorens E-Mail immer noch nicht gelesen und auch nicht geantwortet. Jetzt druckte ich es aus, faltete es zusammen und steckte es zwischen die Kapitel *Unterschlupf* und *Navigation.* Irgendetwas sagte mir, dass ich in diesem Jahr noch genug Zeit haben würde, es zu lesen.

Ich kämmte meine Haare und putzte mir die Zähne.

»Deine Trainerin hat angerufen«, sagte Mom, als ich in die Küche kam. »Warst du gestern krank?«

Sie trug ihre schlichte Uniform, eine gelbe Schürze über einer weißen Bluse. Einen Moment lang überlegte ich, die Ich-geh-nicht-zur-Schule-Karte zu spielen. Aber ich fühlte mich ja nicht wirklich krank, und außerdem würde bloß alles noch schlimmer, wenn ich mich jetzt versteckte.

»Ich hab keine Lust mehr aufs Turnen«, antwortete ich. »Du hattest recht. Es ist furchtbar. Noe geht mir die ganze Zeit auf die Nerven, alle sind viel zu beschäftigt mit ihren Haaren und ihrem Make-up, und ich will ständig irgendwas kaputttreten.«

Der Kühlschrank brummte. Mom nahm ihre Handtasche. »Denk nur daran, dass du die Anzahlung für den Gymnastikanzug zurückbekommst.«

95

Jedes Jahr im Januar fragte ich mich, wieso unsere Schule noch nicht als Gesundheitsgefahr eingestuft worden ist. Die Klassen, in denen die Heizung funktionierte, waren warm und feucht, wie Brutkästen für Schimmelpilze. Die Klassenzimmer, in denen die Heizung nicht funktionierte, waren so kalt, dass man nicht einmal seinen Stift halten konnte. Die Sofas in der hinteren Ecke der Bibliothek waren verschmiert und klebrig von Kaugummis, Zigarettenasche und Körperflüssigkeiten. Der Boden war mit braunem Matsch bedeckt, den niemand jemals wegwischte. Man konnte buchstäblich zu seiner Klasse rutschen.

Diese Zustände sorgten dafür, dass die Schüler gelangweilt und aggressiv waren und damit empfänglich für Gerüchte.

Manchmal hatte man das Gefühl, dass hier niemand ohne ein oder zwei gebrochene Knochen rausging.

96

Der erste Tag ohne Noe war der härteste. Die meiste Zeit vermied ich Augenkontakt mit den anderen aus unserem Jahrgang und hatte die Ohren während der unterrichtsfreien Zeit mit den Kopfhörern bedeckt. Ich hörte *Kingdom of Stones* noch einmal von vorne. Es tröstete mich, von Rae als junger Dorfbewohnerin zu erfahren, bevor sie ihre grauenvollen Abenteuer erlebte. Ich wünschte, ich könnte zurück zu Buch eins meines eigenen Lebens gehen, als alles noch gut und friedlich in Riddlespoon war und der Steinkönig noch nicht seine Todessamen im ganzen Land ausgesät hatte.

Meine Strategie der Vermeidung war nicht gänzlich erfolgreich.

Margot Dilforth: »Stimmt es, dass du schwanger bist?«

Ich: »Nein.«

Margot Dilforth: »Aber alle sagen das.«

Etwas an ihr erinnerte mich an eine Ziege. In *Kingdom of Stones* wäre sie Penny-Foo, das nervige Milchmädchen. Ich dachte daran, wie Margot in der Mittelschule gewesen war, ein ernstes Mädchen mit langen Zöpfen. Sie stand immer im Abseits, versuchte, sich ihren Weg ins Zentrum zu erkaufen, indem sie andere mit skandalösen Informationen beeindruckte.

Margot Dilforth: »Heiratest du Oliver?«

Ich: »Nicht, dass ich wüsste.«

Margot Dilforth (kratzte ihre lange, sommersprossige Nase): »Hab ich aber gehört.«

Steven war an dem Tag auf einem Theaterausflug. In Kunst musste ich alleine sitzen. Ich wollte ihn anrufen, aber plötzlich war unser kleines Dreigespann auf den Kopf gestellt worden. Steven lag falsch. Von »Wir kennen uns zufällig über eine dritte Person« zu »Wir sind Freunde« überzugehen hatte zwar funktioniert, aber er war nun einmal mit dieser dritten Person zusammen, und im Moment konnte die mich nicht ausstehen.

Ich versuchte, jegliche Wege so zu planen, dass Noe und ich uns nicht sahen, aber dann passierte es doch. Ich ging den Flur entlang, und da war sie auf einmal, umgeben von einem gefiederten Schwarm Turnerinnen, und ich hatte keine Chance, mich zu verstecken. Ich ging sehr aufrecht und nicht zu schnell, in einem Alles-völlig-normal-hier-Tempo, an ihnen vorbei, obwohl meine Beine am liebsten losgerannt wären.

Noe weinte. Die Turnerinnen trösteten sie.

Niemand sah mich an.

97

Die Schule war zum einsamsten Ort geworden. Wortlos, ohne weitere Diskussion oder Verhandlung, hörten Noe und ich auf zu existieren, so wie ein verdorrtes Blatt sich vom Zweig löst und leise zu Boden fällt. Das Fußballfeld war voller Eis. Das Klassenzimmer roch nach nassen Jacken. In Kunst bauten Steven und ich Totempfähle aus unseren Bleistiften und tauften den antiken Papierschneider auf dem Lehrertisch auf den Namen Ernestine.

»Ernestine sieht heute traurig aus«, sagte Steven manchmal, und dann gingen wir abwechselnd zu ihr und streichelten sie ein bisschen.

»Ernestine hat Hunger«, sagte ich manchmal, und dann dachten wir uns eine Ausrede aus, um ein bisschen Papier mit ihrer schweren alten Schneide zu zerkleinern.

In den Gängen hingen Poster für den Valentinstagstanz. Die Stufensprecher hatte vor der Cafeteria Tische aufgestellt und verkauften Tickets. Man konnte nicht in der Mittagspause an ihnen vorbeigehen, ohne dass sie einem Bonbontüten vor die Nase hielten.

»Hast du schon ein Ticket für den Ball?«, riefen sie wie Händler vor einem Fußballstadion. Man fühlte sich unendlich schlecht, wenn man an ihnen vorbeiging, ohne ein Ticket zu kaufen, so als wäre man ihnen das schuldig. Dieses Gefühl vermittelten sie einem absichtlich, besonders auf die nervösen Neulinge hatten sie es dabei abgesehen. Genau wie sie huschte ich jedes Mal mit gesenktem Blick an ihnen vorbei und murmelte nur: »Nein, danke.«

»Warum denn nicht?«, riefen sie mir dann hinterher, als müssten sie die Demütigung noch auf die Spitze treiben, indem sie mir detaillierte Erklärungen abrangen.

Ich schob meine Kopfhörer fester über die Ohren und ging weiter.

An den Spinden am anderen Ende des Ganges schmiedeten Noe und Dulcie Pläne: Kleid kaufen, Haare und Make-up, Restaurant auswählen, Klamotten für Steven und Mark aussuchen. Sie hatte ein ganzes gemeinsames Notizbuch voller To-do-Listen für den Valentinstagstanz und Ausschnitte aus Zeitschriften für das Haarstyling. Stevens Mom würde sie zu einer Maniküre mitnehmen und danach noch zu etwas namens Radiant-Light-Behandlung im Twin Oaks Spa.

»Krieg ich etwa keine Radiant-Light-Behandlung?«, fragte Steven.

»Du bekommst eine Autowäsche«, antwortete Noe.

»Annabeth«, rief Steven. »Bist du auch dabei?«

Er versuchte schon seit zwei Wochen Noe und mich dazu zu bekommen, sich wieder zu vertragen. Es war ein komplizierter Tanz, und ich konnte sehen, dass es ihn sehr mitnahm. Ich hatte die beiden neulich schon wieder streiten gesehen und war mit gebeugtem Kopf an ihnen vorbeigeeilt. Innerlich bat ich Steven, doch einfach das zu tun, worum ich ihn schon mehrmals gebeten hatte: den Rest des Jahres zu genießen, ohne sich um mich zu kümmern. Ich gab mein Bestes, außerhalb von Kunst auf Abstand zu gehen, um es ihm nicht schwerer zu machen, als es ohnehin schon war, aber er wollte einfach nicht aufgeben.

Noe ignorierte Steven und unterhielt sich weiter mit Dulcie. Ich schüttelte den Kopf. Er sah mich unglücklich an. »Ach, ihr zwei«, sagte er.

98

Ich hatte mir vorgenommen, Noe nicht zu vermissen. Ich wollte sie einfach für den Rest des Jahres ignorieren. Aber es gab einen Teil in meinem Gehirn, in dem Noe weiterlebte, wie eine App, die ich einfach nicht von meinem Handy gelöscht bekam. Dieses Programm lief die ganze Zeit vor sich hin. Wenn ich von meinem Sandwich abbiss, hörte ich Noe sagen: »Da hat aber jemand Hunger, was?« Wenn Ava anrief, um zu hören, wie es mir ging, fragte Noe: »Wieso redest du mit diesem Freak eigentlich noch?« Wenn ich mich in einem der wenigen glücklichen Moment erwischte, schimpfte Noe: »Schämst du dich nicht einmal ein bisschen?«

Sie lebte als kritische Stimme in mir, sagte mir, was für eine Enttäuschung ich war und wie wenig Liebe ich verdiente. Jedes Mal, wenn ich auf dem Flur an ihr vorbeiging oder sie aus Versehen in Englisch ansah, loderten Schuldgefühle in mir auf. Dann wickelte ich mein Sandwich schnell in eine Serviette, löschte die E-Mail, die ich gedanklich an Loren Wilder geschrieben hatte, zog mir meine Pulloverärmel über die Hände.

Immer, wenn ich sie sah, wurde mir schlagartig flau im Magen. Ich hatte mittlerweile fast Angst vor Noe. Ich konnte immer ihre Anwesenheit fühlen, so wie man nicht aufhören kann, an eine Spinne zu denken, wenn man sie einmal in der Zimmerecke entdeckt hat. Auch wenn ich sie nicht direkt ansah, spürte ich sie – zwei Reihen hinter mir in der Aula, fünf Meter vor mir auf dem Gang. Meine Ohren nahmen jeden Ton ihrer Stimme wahr, wenn sie mit den anderen Mädchen lachte. Ich hörte jeden ihrer Schritte, jede Bewegung ihres glatten schwarzen Haars.

Eines Tages hielt sie mich auf dem Flur an. »Ich war das übrigens nicht, die das auf deine Sporttasche geschrieben hat. Das war Kaylee. Wollte nur, dass du das weißt.«

Noes Haare rochen nach Granatapfel. Ihre Hände hatten Schwielen vom Schwebebalken. Es war Wochen her, dass wir so nah voreinander gestanden oder von Angesicht zu Angesicht miteinander gesprochen hatten. Während der letzten Tage hatte ich mir diese ganze dämonische Geschichte über sie zurechtgelegt – Noe war kontrollsüchtig, Noe war grausam, Noe war nie meine Freundin gewesen und hatte Steven auch nie wirklich geliebt –, aber als ich ihr gegenüberstand, sie riechen konnte, war sie kein Dämon mehr, auch wenn ich das wollte. Sie war ein Mädchen, das genauso verängstigt war wie ich und genauso verletzt.

Noe, wollte ich sagen. *Ich sehe dich. Ich kann dich wieder sehen. Kannst du mich auch sehen?*

Aber ich sagte nichts. Ich war zu verblüfft.

Wir standen im Gang, Leute strömten an uns vorbei wie Wasser. Es schien wie der Moment, in dem wir einander verzeihen würden, in dem von zwei Menschen mit einer langjährigen Freundschaft begründeterweise erwartet werden könnte, einander zu verzeihen. Aber ich sah den Moment der Vergebung an uns vorbeifliegen wie ein geblümtes Kleid im Wind am Rande des Highways. Eine von uns hätte es festhalten können, aber wir rührten uns beide nicht.

Noe drehte sich um. Ich richtete mit zitternden Händen meinen Rucksack und ging weiter.

99

Danach fing ich an, die Mittagspause in der Tonkabine zu verbringen. Die Aula war sowieso immer leer; nicht einmal Steven suchte dort nach mir. Ich las *Überleben im Wald* und spielte mit den Scheinwerfern auf der leeren Bühne rum, blendendes Grün und Blau und Lila.

Manchmal saß ich auch einfach reglos im Dunkeln da, bis es Zeit war, nach Hause zu gehen.

100

In Kunst gab Mr Lim mir mein Glas mit Steinen zurück, mit einem gelben Klebezettel daran, auf dem ein großes W für Wiederholen stand. Ich wünschte, er würde mir einfach eine Sechs geben, da die Aufgabe inzwischen fast fünf Monate her war.

Das Glas mit den Steinen stand die ganze Stunde über auf meinem Tisch. Alle sahen es und schauten danach verwundert zu mir. Mein Nacken kribbelte vor Verlegenheit. Nach der Hälfte der Stunde schob Steven mir einen Zettel über den Tisch zu.

Liebe A, stand auf dem Zettel.

Lim ist eindeutig ein Dilettant. Das Ersetzen von Obst durch Steine spricht Bände. Statt etwas Süßem und Reifem etwas Kaltes und Hartes. In der Künstlerin sind Steine/Geheimnisse verborgen; die glatte Glasoberfläche täuscht über den wüsten Trümmerhaufen in ihrem Inneren hinweg, sie kann ihn kaum in Schach halten.

Auch die Gegenüberstellung beider Arbeiten ist vielsagend. Die erste, ›Trockene Zweige‹, ist fruchtlos und nackt. Die zweite Arbeit ist randvoll und schafft es dennoch, Hunger zu evozieren. Die Künstlerin versucht, sich von Dingen zu ernähren, die nur für Geister taugen. Ich würde mir auch Sorgen um sie machen.

Viele Grüße,

Steven McNeil

Sobald es klingelte, schlich ich mich aus dem Klassenraum, so wie ich es inzwischen täglich tat. Steven lief mir nicht hinterher, aber der Zettel brannte den Rest des Tages in meiner Tasche.

Im Radio Blizzardwarnungen.

Zu Hause säckeweise Streusalz.

Im Sportteil der Lokalzeitung war ein Foto von Noe abgedruckt, die über einen Sprungtisch ins Nichts sprang. *REGIONALE TURNERIN ERREICHT NEUE HÖHEN.*

Ich fragte mich, ob Kaylee Ito mich schon immer gehasst hatte.

101

Am Abend ging ich spazieren und an den halbfertigen Häusern in der Nähe von Lorian Woods vorbei. Ihre streng geometrischen Formen wurden vom Schnee abgerundet. Die Häuser taten mir leid. Sie wirkten hungrig, unzufrieden und dumm, wie Touristen, die sich nicht dem Wetter entsprechend gekleidet hatten. Ich ging in den Wald und beobachtete, wie die Zweige den Himmel zerschnitten. Ich legte meine Hand auf die Rinde eines Baumes und spürte dort einen leisen Strom von Freundschaft, wie eine unterirdische Quelle.

Vielleicht war es noch nicht zu spät für mich, in einer Schneewehe zu erfrieren. Das klang beinahe traumartig, verlockend angenehm.

»Annabeth ist losgestreift und erfroren«, würden sie sagen. »Ganz schön traurig.«

Ich ging zum Waldrand und legte mich in eine Schneewehe. Ich sah zu den Sternen hoch und dachte an früher, als ich noch klein war.

Manchmal war Dad der Mond. Manchmal war er der Mann im Radio, der *Brown Eyed Girl* sang. Manchmal war er der getreue Jäger bei Rotkäppchen, der mit seiner Axt kam und mich holte. Bei einem zu hastigen Spaziergang mit Mom, der Proviant war längst aufgegessen, und die Wintersonne wurde bereits schwächer, hatte ich sie weiter vorgehen lassen als je zuvor. Ich hatte den Weg verlassen und mich unter einen Baum gesetzt, hatte die Kapuze über den Kopf gezogen und die Jacke zugemacht. Früher oder später, das hatte ich gewusst, würde er in großen Schritten, hohen Lederstiefeln und einem grünen Federhut (manchmal war er auch Robin Hood) kommen und mich auf den Schultern den ganzen Weg bis zu einer robusten Holzhütte tragen, mit Keksen auf dem Tisch und einer winzigen roten Katze, genau wie der aus meinen Träumen, die Mom mich nicht haben ließ. *Sag doch mal hallo zu Stallion,* würde Dad sagen und das schnurrende Tier in meinen Arm legen. (Woher wusste er, dass der Name meiner Traumkatze Stallion war?) *Sie gehört jetzt dir.*

Statt der Rettung durch meinen Dad war der Himmel damals dunkler geworden, und die Temperatur gesunken. Nach mehreren Stunden – oder zehn Minuten vielleicht – hatte ich gehört, wie Mom meinen Namen rief, und gesehen, wie sie den Weg entlangkam. Unwillkürlich war ich aufgesprungen und hatte sofort »Ich bin hier!« gerufen, die Entschlossenheit meines fünfjährigen Ichs war beim Anblick ihres vertrauten Pullovers und der Mütze ins Wanken geraten. Sie hatte mich hochgehoben und auf ihren Rücken geschwungen, und nach ein paar Minuten hatte mich das gleichmäßige Auf und Ab ihrer Schritte in den Schlaf gewiegt. An dem Abend hatte es Pizza und Eis bei Onkel Dylan gegeben, und mein Cousin Max hatte mich sein neues Computerspiel spielen lassen. Onkel Dylan, Tante Monique, Nan und Max waren immer extra nett zu mir. Als Mom mich schließlich ins

Bett gebracht hatte, war die rote Katze erst einmal aus meinem Kopf verschwunden gewesen.

Über mir klapperten die vereisten Zweige im Wind und ließen Schneegestöber auf mich herabrieseln. Seit langem hatte kein gütiger Mond-Geist mehr über mich gewacht, kein Radio-Vater, der *Brown Eyed Girl* sang, und der Mann im Wald war ein grinsender Junge.

Ich lag in der Schneewehe und wartete auf den Schlaf. Irgendwann stand ich auf und ging nach Hause.

Wie hieß dieser Tom-Waits-Song noch mal? *The Ocean Doesn't Want Me Today.*

Die Schneewehe wollte mich nicht. Es hatte keinen Sinn zu kämpfen. Ich glaubte nicht an alles, was ich in Liedern hörte, aber wenn man eine Stunde lang in einer Schneewehe gelegen hatte, ohne einzuschlafen, war die Botschaft ziemlich deutlich.

102

Wir hatten eine neue Lehrerin im Theaterunterricht, Miss Hoffstadter, die leihweise aus irgendeiner Schule in England bei uns war. Anscheinend gab es so was wie einen Lehreraustausch. Sie trug eine blutrote Hose und eine weiße Bluse, dazu Ohrringe aus zarten lila Federn. Die ersten paar Wochen machte sie Schauspielübungen mit uns, was ganz okay war, denn die verliefen hauptsächlich stumm – tu so, als würdest du eine schwere Last auf dem Rücken tragen, tu so, als könntest du dich kaum auf den Beinen halten, tu so, als würdest du fast zusammenbrechen. Ich musste mit niemandem reden, bloß diese unsichtbare Qualen zur Schau stellen. Sie ließ uns Teile einer Szene von Lillian Hellman auswendig lernen, dann ließ sie uns die Szene spielen, ohne zu sprechen.

»Sprache ist die oberste Schicht«, sagte sie. »Die Spitze des Eisbergs. Neunundneunzig Prozent des Theaters findet im Körper statt.«

Wir schleppten unsere unsichtbaren Lasten umher, verlagerten sie von einer Schulter auf die andere, legten sie ab, gingen weg, kamen zurück und hievten sie genau dort wieder hoch, wo wir sie hatten liegenlassen. Am Ende jeder Stunde ließ Miss Hoffstadter uns unsere Lasten sorgfältig an einer Wand übereinanderstapeln.

Einmal war ich so erschöpft davon, meine Last über den dreckigen Boden zu zerren, dass ich ohnmächtig wurde. Ich wusste nicht, wie das hatte passieren können. Es war ein grauer Tag. Mir war kalt bis ins Mark, und überhaupt hatte ich seit Tagen gefroren. Die Kälte steckte in meinem Schädel. Ich wurde sie nicht los, konnte sie nicht zum Schmelzen bringen. Am Morgen hatte ich heiß geduscht, aber als ich aus der Dusche kam, war die Kälte immer noch da gewesen. Unter dem Pullover hatte ich den ganzen Tag Gänsehaut auf den Armen. Es war, wie wenn man etwas in den Ofen stellte und vergaß, ihn anzustellen, und dann wiederkam und das Essen immer noch gefroren war. So fühlten sich meine Gänsehaut-Arme an. Immer noch gefroren, obwohl ich mich den ganzen Tag im Schulgebäude aufgehalten hatte.

Wir machten unsere üblichen Aufwärmübungen mit den unsichtbaren Lasten, und ich hatte das Gefühl, niesen zu müssen, und dann wachte ich auf, mit der Wange auf dem Boden und sieben oder acht Leuten um mich herum. Miss Hoffstadter schickte ein Mädchen namens Win mit mir zum Zimmer der Schulkrankenschwester. Vermutlich hatte ich Fieber. Win legte mir die Hand auf die Stirn, während wir den Flur entlanggingen.

Ich trank den brennenden Saft, den die Schwester mir gab, wickelte mich in eine nach Schrank riechende Fleecedecke, setzte mich auf einen Stuhl und wartete auf meine Mom.

Auf der Fahrt nach Hause strich sie mir über die Stirn. Sie hatte das Radio an, irgendeine Gesprächsrunde mit einem Wissenschaftler. Ich schlief ein, ohne es zu merken, und die Gesprächsrunde ging in meinem Traum weiter.

»Schmetterlinge wohnen im Winter unter der Erde«, sagte

der Wissenschaftler. »Ihre Höhlen sind häufig bis zu zwei Meter tief.«

Mein Hirn scharrte in diesen Geheimverstecken der Schmetterlinge wie ein hungriger Waschbär. *Noe und ich sollten mal danach graben,* sagte mein Traum-Hirn.

»Da wären wir, Annalein«, weckte Mom mich. Sie schnallte mich ab, *klick*.

Sie hatte mich seit Jahren nicht Annalein genannt. Oder vielleicht nannte sie mich immer so, und ich hatte es nur nicht gemerkt.

Ich lag auf dem Sofa, und sie deckte mich mit Wolldecken zu und gab mir ein Bonbon für den Hals. Es brannte mir ein Loch in die Wange, sodass ich es schnell in ein Taschentuch spuckte. Die Uhr am DVD-Player zeigte 10:11 Uhr an, was mir reichlich früh für einen Mittagsschlaf erschien.

Mom war in der Küche und machte Tee. Doch ich schlief ein, bevor das Wasser kochte.

103

Ich war fünf Tage krank, und mir war die ganze Zeit heiß, nur wenn ich aufstand oder mich bewegte, kam die Kälte in mulmigen Wellen zurück. Ich trug drinnen eine Mütze und dicke Wanderstrümpfe. Im Schlaf glaubte ich zu wandern. Jedes Mal, wenn ich aufwachte, Verwirrung: *Wo waren der Schnee und die Kiefern?* Dann schlief ich wieder ein – *ah, da sind sie ja.* Manchmal stand ich auf, stürzte eine halbe Packung Orangensaft hinunter und lief eilig zurück zum Sofa, damit ich weiterwandern konnte. Die Wanderung ergab Sinn. Die Wanderung hatte feste Parameter und ein eindeutiges Gefühl des Fortschritts. Die Wanderung war rein körperlich. Sie hatte nichts mit Worten zu tun. Ich wünschte mir, all meine Probleme in einen Sack voller Steine zu stecken, den ich bloß herumzutragen brauchte, wovon ich müde Beine bekam und nicht mehr. Ich war es leid zu versuchen, mich durchs Leben zu denken, alles erklären und rechtfertigen zu müssen, um annehmbar für die Welt zu sein. Ich wollte heben, schleppen, klettern, zertrümmern, mich durch unwegsames Gelände arbeiten.

Vielleicht war es noch nicht zu spät für eine Lobotomie. Dann könnte ich mein Leben als Unglaublicher Hulk beenden, pure Muskelmasse. Ich könnte Anweisungen befolgen. Ich würde einen tollen Feuerwehrmann abgeben, würde einfach losstürmen mit meinem Schlauch. Vielleicht sollte ich zur Armee gehen. Ich müsste nicht entscheiden, was ich anziehen oder essen, wen ich im Flur grüßen oder nicht grüßen sollte. Onkel Dylan drängte Max ständig, sich zu verpflichten. Vielleicht konnte ich ihn nächstes Mal beim Essen dazu befragen.

Ich driftete durch diese Gedanken, hinein und hinaus, hinein und hinaus. Ich träumte, ich wäre bereits in der Armee und hätte ein schmales graues Bett in einer Zelle, wie eine Nonne. Ich träumte, Noe und ich wären beste Freundinnen.

Mom las im Wohnzimmer. Autos brummten die Straße hoch und runter. Ich fühlte mich wie ein Blutstropfen, ganz und gar Oberflächenspannung. Ich fühlte mich auch wie das Rehherz, das der Jäger der bösen Stiefmutter statt Schneewittchens Herz bringt. *Ich würde immer das flohgeplagte Reh sein, dessen Herz herausgeschnitten werden musste, um Schneewittchen zu retten,* dachte ich. Und vielleicht war das ja gut so. Vielleicht war es das wert. In meinen Träumen rettete ich immer wieder eine alte Dame aus einer Toilettenkabine.

Mom kam von der Arbeit und ging wieder. Ich zitterte und zitterte. Mit Fieber auf dem Sofa in Decken gehüllt, von allen Pflichten des Lebens befreit. Gab es einen sichereren Ort auf Erden?

104

Am fünften Tag kam Mom früher von der Arbeit nach Hause. Ich war steifgefroren. Mehrmals befahl ich mir, sie zu begrüßen, doch irgendwie schlief ich ein, bevor ich ein »Hi Mom« hinausbrachte. Ich ermahnte mich, vergaß und schlief ein, wachte auf, erinnerte mich, vergaß, bis sie mich weckte und sich neben mir auf dem Boden niederließ.

»Annabeth«, sagte sie. »Ich glaube, du solltest versuchen, dich kurz aufzusetzen.«

Ich rutschte auf dem Sofa hoch. Bei jeder Bewegung drang Schnee in jene Körperteile, die jetzt entblößt waren. Schwerfällig und mit klappernden Zähnen erreichte ich eine Sitzposition.

Mom hatte einen dicken Umschlag in der Hand. »Guck mal, was angekommen ist«, sagte sie.

Sie gab mir die Post. Vorn auf dem Umschlag stand *HERZLICHEN GLÜCKWUNSCH*. Der Absender lautete *NORTHERN UNIVERSITY*.

Ich weinte, während Mom bei Nan und Onkel Dylan anrief. Ich weinte, während sie Pauline anrief, um ihr die Neuigkeiten zu berichten. Ich weinte, bis ich spürte, wie sie mich hochhob und – zu mühelos – ins Bett trug.

105

Als ich am Montag wieder zur Schule ging, lugte Gras in feuchten grünen Büscheln durch den Schnee. Die Sonne sah aus wie Rührei. Irgendwann in der Woche, in der ich nicht da gewesen war, hatte die Schule die Projektoren bekommen, die im September als Teil der Technologie-im-Klassenzimmer-Förderung hatten kommen sollen. Im Unterricht spielten die Lehrer daran herum, während wir in blaues Krebslicht getaucht dasaßen.

Sphinx Lacœur war gefeuert worden, oder nahezu gefeuert, nachdem Miss Bomtrauer im Gailer College angerufen hatte, um sich über seine fragwürdigen Gesundheitstipps zu beschweren, die er den leicht beeinflussbaren jungen Turnerinnen gegeben hatte. Die Turnmädchen regten sich über die Ungerechtigkeit auf. Man sah sie im Flur, wie sie zwitscherten und sich aufplusterten, in den schmalen Hüften eingeknickt, die Arme verschränkt.

Noe trug jetzt ein winziges Goldkreuz an einem dünnen Kettchen. Man konnte seinen Schimmer an ihrem Hals kaum ausmachen. Sie hatte ein dickes Buch mit dem Titel *Das Foucault'sche Pendel* in der einen und einen pinken Thermobecher mit der Aufschrift *GAILER COLLEGE* in der anderen Hand.

Margot Dilforth hatte alle geschockt, als sie bei der Party am

St. Patrick's Day mit einem anderen Mädchen herumgeknutscht hatte. Jetzt gingen sie Arm in Arm durch die Flure. Ich hatte Margot Dilforth noch nie so strahlen sehen und hätte es auch nicht für möglich gehalten. Doch sie leuchtete richtig.

In der Mittagspause ging ich zum Büro des Ernährungsberaters, klopfte und trat ein. Er strickte gerade einen grünweißen Hundepullover und hörte ein neues Hörbuch. Ich sah die CD-Hülle auf seinem Schreibtisch: *In den Nebel.*

Der Erzähler war gerade in vollem Gange: *Der Weg zu Master Tungs Haus führte den Berg mit den zwölf Gipfeln hinauf ...*

Bob griff diesmal nicht wie ertappt nach der Stopp-Taste. Er legte sein Strickzeug auf den Tisch, beugte sich vor und schaltete gelassen den CD-Player aus.

»Annabeth«, sagte er. »Was für eine Überraschung.«

Ich warf das kleine blaue Notizbuch auf seinen Schreibtisch und ließ mich auf den knarzenden Plastikstuhl plumpsen.

»Vielleicht können wir noch mal von vorn anfangen«, sagte ich.

Er nahm das Notizbuch und blätterte darin herum. Während er die Spalten las, setzte er sich aufrechter hin. Als er mich wieder ansah, lag so etwas wie Zuversicht auf seinem Gesicht. Er räusperte sich und rückte seinen Hemdkragen zurecht.

»Na dann, Annabeth. Seit wann bereitet dir das Essen denn Probleme?«

106

Ich hatte nicht etwa versucht, mich zu Tode zu hungern. Ich war bloß zu traurig zum Essen gewesen.

Bob sagte, das passiere manchmal, wenn es Menschen nicht gutging. Er meinte, die Hauptsache sei zu lernen, sich wieder gut zu fühlen.

»Wobei würde es dir denn gutgehen?«, fragte er.

Darauf fiel mir keine Antwort ein, also aßen wir den Rest der Stunde Cheez-Its und hörten *In den Nebel.*

107

Ich fing an, ab und zu an Bobs Büro vorbeizugehen, wenn ich Hunger verspürte. Er hatte einen Karton voller Studentenfuttertütchen vor der Tür stehen. Ich fühlte mich wie ein Vogel, der den Winter über jemanden besuchte, der ihn fütterte. Ich fing an, im Laufe des Tages immer wieder Umwege zu machen, um an dem Karton vorbeizugehen. Manchmal hatte ich Angst, er könnte leer sein, aber das war er nie. Ich machte mich noch im Gehen über die Tütchen her und inhalierte die Nüsse und Kerne so schnell, dass ich sie kaum schmeckte.

108

Einmal erwischte Steven mich dabei, wie ich in dem Studentenfutterkarton herumwühlte. Ich zuckte schuldbewusst zurück. Wir waren die Einzigen im Flur.

»Annabeth«, sagte er, und ich lief weg.

Danach waren manchmal Schokoladen-Eclairs im Karton, manchmal Chili-Knoblauch-Erdnüsse und manchmal sorgfältig abgedeckte Schüsseln mit Spinat-Pilz-Ravioli.

Irgendwie konnte ich die Sachen, die von Steven kamen, immer essen, als wäre der Zauber der Freundschaft das Einzige, was mächtig genug war, den Fluch des Steinkönigs zu besiegen.

109

Die Frühlingsferien standen vor der Tür. Steven fuhr mit seiner Mom nach Connecticut, um seinen Grandpa zu besuchen, der im Sterben lag. In Kunst bastelte ich ihm einen Pinkelschwestern-Aufnäher und nähte ihn in seinen Pulliärmel, direkt über dem Handgelenk. Als er das sah, machte er mir auch einen Aufnäher. Am Ende der Stunde hatten wir beide versteckte neongrüne Herzen unter unseren Ärmelbündchen. Ehe wir uns am Ende des Flurs trennten, umarmte ich ihn fest.

»Kümmer dich gut um deinen Grandpa«, sagte ich, bevor ich weghuschte.

110

Als ich zum letzten Mal vor den Ferien in Bobs Büro rumsaß, kamen wir an die Stelle in *In den Nebel*, wo Wu sich einer Gruppe von Waldmönchen anschloss, die von der magischen Energie eines Baums lebte. Die Baum-Energie nannten sie »Nwiffer«, und die Mönche nahmen sie auf, indem sie sich an grünen Orten aufhielten.

Plötzlich platze es aus mir heraus: »So war ich auch mal.«

»Wie?«, fragte Bob.

»Voller Nwiffer.«

Als ich das sagte, fiel mir eine Zeit vor dem Monster ein. Das Gefühl breitete sich von meinen Zehen nach oben hin aus, ein blassgrünes Aufkeimen. Ich erinnerte mich an das Rauschen des Winds in den Baumkronen und das leuchtende Rot von Moms Mütze vor den Blättern. Ich erinnerte mich daran, wie ich in eitlen Momenten in den Spiegel geschaut hatte und so zufrieden mit mir selbst gewesen war. Mir meines eigenen Wertes so bewusst. So sicher.

Bob sagte, meine Aufgabe für die Frühlingsferien sei, an Nwiffer zu kommen, und wenn ich zufällig auch noch mehr essen würde, wäre das ein Bonus.

Ich verbrachte die Woche damit, all meine alten Wege abzulaufen, und das grüne Gefühl breitete sich von meinen Zehen über meine Knöchel bis zu meinen Knien aus. Ich saß am Fluss und lauschte dem Wasser, bis mein Körper in dem Geräusch zu verschwinden schien. Ich dachte über alles nach, was dieses Jahr passiert war, über den ersten Morgen in der Schule, den Augenblick, als Oliver und ich uns im Orchideenhaus zu küssen anfingen, die Abtreibung, den Turnwettbewerb, und alles dazwischen. Alle diese Erinnerungen stiegen mir in den Sinn, schienen mich zu durchfließen und mit jedem Strudeln des Flusses zu verschwinden. Vielleicht war so ja das Leben, genau so: ein einziger großer Strudel. Damit konnte ich leben. Ich konnte es weitergehen lassen, immer weiter.

Abends brüteten Mom und ich über dem Kursangebot, das die Northern geschickt hatte, und telefonierten mit Ava und Pauline. Mom dachte darüber nach, ihre Ausbildung als Sanitäterin abzuschließen. Eines Tages kam auch für sie ein dicker Umschlag mit der Post, und wir brüteten auch darüber.

III

Am Tag nach den Frühlingsferien kam Steven mit einer Gänseblümchenkrone im Haar zum Kunstunterricht und einer Kette mit Glöckchen, die er auf der Straße gefunden hatte, um den Knöchel.

»Am liebsten wär ich der Frühling«, sagte er. »Du nicht auch?«

Er wirkte schwebender als sonst, irgendwie verändert. Er beantwortete meine Fragen zu seinem Grandpa nicht. Schließlich zerrte ich ihn auf die Toilette und setzte ihn auf den Waschbeckenrand.

»Steven«, sagte ich. »Was ist los?«

»Ach, nichts«, flötete er, dann ließ er den Kopf auf meine Schulter sinken und fing an zu weinen.

112

Die Frühlingsferien waren für Steven eine Katastrophe gewesen.

An seinem zweiten Tag in Connecticut hatte Noe ihn angechattet und gesagt, sie und Darla seien sehr besorgt darüber, dass Steven an die NYU gehen wolle. Er solle doch lieber näher an zu Hause bleiben.

»Wieso besorgt?«, fragte ich.

»Ich bin depressiv, schon vergessen? Wenn Noe nicht da ist und ein Auge auf mich hat, könnte ich in eine Abwärtsspirale stolpern und wie mein Onkel enden.«

»Was ist denn mit deinem Onkel?«

»Er ist Schriftsteller. Er kifft. Er trägt schöne Schuhe.«

»Er klingt cool.«

»Ist er auch.«

Nach anderthalb Stunden der Diskussion über Stevens »Depression« war Noe endlich zum wirklichen Punkt gekommen: Sie war mit Stufensprecher Alex am Strand spazieren gegangen und hatte herausgefunden, was Romantik wirklich war.

Steven holte sein Handy raus und zeigte mir den Chatverlauf. Ich verzog das Gesicht, als ich den langen Austausch überflog.

wir waren seit silvester eh nicht mehr richtig zusammen, hatte Noe geschrieben.

wie meinst du das?, hatte Steven daraufhin gefragt.
und was ist mit dem valentinsball?
und als wir in der bibliothek schach gespielt haben?
und die vielen nachrichten?

Du hast doch das halbe valentinsding bei margot und dominic am tisch verbracht
ich hab dich kaum zu gesicht bekommen
und wir haben uns seit rhiannons party nicht mehr geküsst
wir haben im letzten halbjahr kaum noch zusammen zu mittag gegessen
aber ich dachte, wir hätten das geklärt und es wär wieder gut mit uns

?!?!?!?!?!?!
»geklärt«?

ich dachte, das beruht auf gegenseitigkeit
ich dachte, da müssen wir nicht groß drüber reden

aber wir haben uns »ich liebe dich« gesagt
so was nimmt man doch nicht einfach zurück, ohne wenigstens drüber zu reden
genau darum geht's doch, wenn man »ich liebe dich« sagt

Stevens Tränen und Schnodder durchnässten meinen Pulli. Die Gänseblümchen in seinen Haaren wurden zerquetscht, und die weißen Blütenblätter klappten zusammen. Ich holte das Lavendelöl aus der Tasche und rieb es ihm wortlos auf Handgelenke, Stirn und Herz. Das Besondere an Liebe ist, dass man gar nicht wissen muss, was man tut, um es genau richtig zu machen.

113

Ich dachte, Steven wäre am Boden zerstört, wenn er Noe und Alex händchenhaltend im Foyer und beim gemeinsamen Lernen in der Bibliothek sehen würde. Die Turngrazien zwitscherten es überall herum, als wären die beiden das Paar des Jahres. Jede Minute, die ich nicht bei Steven sein konnte, machte ich mir Sorgen um ihn. Aber nach ein paar Tagen schien er wieder fröhlicher. Sein Gang war federnd, und die Art, wie er seine Stiftebox zum Zeichnen aufspringen ließ, hatte etwas Schwungvolles. Beim Mittagessen zog er mich zu einem Tisch, an dem Win aus meinem Theaterkurs saß.

»Ihr zwei solltet Freunde werden«, sagte er. »Win, Annabeth. Annabeth, Win. Ihr solltet euren Einakter für den Theaterkurs gemeinsam vorbereiten.«

Win und ich tauschten Blicke aus und verdrehten gleichzeitig die Augen, ein stummes ›Typisch Steven McNeil!‹.

»Im Ernst«, sagte Steven. »Ihr seid perfekt füreinander. Ihr seid beide wahnsinnig klug, ihr mögt beide Bäume. Ihr solltet ein Stück zusammen schreiben. Ich bestehe darauf.«

»Was wird das, Steven, ist das dein letzter Wille?«, witzelte Win.

Steven erwiderte nichts, sondern legte eine Hand auf Wins,

die andere auf meine und unsere beiden Hände übereinander. »Seid Freunde«, sagte er. »Sitzt beim Mittag zusammen.«

Die Cafeteria schepperte um uns herum. Lichtstrahlen fielen durchs Fenster, die schwache Sonne des Beinahe-Frühlings hing tief in den Bäumen. Und ich dachte nur, wie glücklich es mich machte, dass es Steven wieder gutging.

Während der nächsten Tage strahlte er mehr denn je. Er putzte seine Schuhe, und sie strahlten ebenfalls. Sie sahen aus wie polierte Billardkugeln. Begegneten wir uns im Flur, wirbelte er mich herum. Oder er sang einen Gershwin-Titel, lachte mich an und zwinkerte mir zu. Er machte nicht den Eindruck eines Jungen, dem erst kürzlich das Herz gebrochen wurde. Er wirkte eher wie jemand, der verliebt ist. Nachdem er sich an meiner Schulter ausgeweint hatte, war ich dazu übergegangen, einen ganzen Trostnachmittag für ihn zu planen. Ich hatte die Idee, gemeinsam den Kunstunterricht zu schwänzen, Gin zu trinken, Zigarren zu rauchen und mit der Schwebebahn über den Fluss zu fahren. Das schien genau die richtige Aktion nach einer Trennung zu sein und eine gute Ablenkung.

Aber Steven machte gar nicht den Eindruck, eine Ablenkung zu brauchen. Seine Widerstandsfähigkeit überraschte mich, und ich wusste nicht, wie ich das Thema der Trennung ansprechen sollte.

An unserem neuen Mittagsstammtisch schien er beinahe manisch. Er stapelte Salz- und Pfefferstreuer zu Türmen übereinander. Er schwatzte unaufhörlich, plapperte über Bücher und Lehrer und Essen und Theater und den Nachhilfelehrer, den seine Eltern für ihn gefunden hatten, damit er in Mathe nicht durchfiel. Noe erwähnte er nie. Es war, als hätte er sie vergessen oder wäre gegen sie immun.

Insgeheim konnte ich mir nicht vorstellen, dass er tatsächlich gegen Noe immun war.

Selbst jetzt noch, mehrere Wochen nach meiner eigenen Konfrontation mit ihr, zuckte ich zusammen, wenn ich ihr im Flur begegnete. Ich fühlte immer noch einen Stich im Herzen, wenn mein Blick auf eines der zehntausend Erinnerungsstücke fiel, die meinen Schreibtisch und meine Zimmerwand bedeckten, oder wenn ich andere Mädchen Pläne darüber schmieden hörte, nach Paris zu gehen, gemeinsam kleine Restaurants zu eröffnen oder sich nach dem Schulabschluss die gleichen Tattoos stechen zu lassen. Es fühlte sich an, als wäre ein wichtiger Knochen aus meinem Fußskelett entfernt worden und ich sei immer noch dabei, zu lernen, ohne ihn zu laufen.

Vielleicht hatte ich aber auch schon die ganze Zeit gehinkt, und so fühlte es sich nun an, meinen eigenen Gang zu finden.

114

Win und ich fingen an, einander zuzulächeln, wenn wir uns auf den Fluren begegneten, als hätten wir einen gemeinsamen Insiderwitz. Und den hatten wir in Form von Stevens Verkuppelungsaktion ja auch. Es war schön, eine weitere Person zum Anlächeln im Flur zu haben, mit Steven waren es schon zwei. Das gefiel mir. Es war nicht viel, aber es gab mir Sicherheit. Ich freute mich darauf und begann, alberne Grimassen für die Begegnung mit Win vorzubereiten. Sie fing ebenfalls an, mir Grimassen zuzuwerfen.

Es wurde zu unserem Ding: alberne Fratzen, keine Worte.

Einmal ertappte Steven uns dabei.

»Ihr beiden.« Er klang sehr zufrieden.

Ich ahnte nichts.

Ich ahnte wirklich nichts.

115

Ich hatte keine Ahnung, auf welch dünnem Eis sich Steven wegen Noe bewegte. Er schien wundersamerweise unberührt, als ob ihm ein freundliches Universum eine Schonfrist eingeräumt hätte. In der Zwischenzeit hatte er versucht, neue »Pinkelschwestern« zu gewinnen, zum Beispiel einen neuen Jungen namens Kris, und Leute zusammenzubringen. Es waren nicht nur Win und ich, er verbrachte neuerdings die ganze Mittagszeit damit, in der Cafeteria umherzuflitzen und alle, die er kannte, einander vorzustellen. Es war, als ob er für jeden, den er mochte, Vorsorge treffen wollte.

Das hätte mir zu denken geben sollen.

116

An diesem Nachmittag ging es mir so gut wie schon lange nicht mehr. Mr Lim ließ mir mein neuestes Selbstporträt durchgehen, welches Steven für mich während eines Mittagessens gezeichnet hatte und wirklich gut war.

»Wie soll ich es nennen?«, hatte ich ihn gefragt, als er es aus seinem Zeichenblock riss und mir über den Tisch reichte. »Porträt der Künstlerin als Betrügerin?«

»In der Aufgabenstellung hieß es ›jegliche Ausdrucksform‹«, erwiderte Steven. »In diesem Falle bin ich eben zufällig deine Ausdrucksform.«

Steven trug einen schwarzen Anzug und eine schwarze Krawatte. Seine polierten Schuhe glänzten unter dem Tisch. Ich dachte, er hätte sich für seinen Theaterkurs so angezogen, weil er dort vielleicht einen Monolog halten musste oder einen Einakter zu spielen hatte.

»Guten Morgen, Annabeth«, begrüßte er mich.

»Guten Morgen, Steven.«

»Ich möchte dir das hier geben«, sagte Steven. Er nahm das kleine rote Stimmungstagebuch heraus, das ihn sein Vertrauenslehrer ständig mit sich herumtragen ließ.

»Warum?«, fragte ich.

Ich bemerkte einen blauen Kreis, den er um seinen kleinen Finger herum gemalt hatte, dachte mir aber nichts dabei. Steven kritzelte ständig irgendwas auf seine Hände.

»Annabeth Schultz«, sagte Steven. »Es war mir ein Vergnügen, dich zu kennen.«

Er schob seinen Stuhl zurück und stand auf.

»Steven?«

Er schlenderte zum langen Tresen, unter dem die Kunstmaterialien aufbewahrt wurden. Alle anderen hatten die Köpfe gesenkt und waren mit ihren Arbeiten beschäftigt. Mr Lim korrigierte Klausuren für einen anderen Kurs. Es herrschte eine angenehme, summende Geschäftigkeit im Kunstraum.

Vor den Fenstern rauschte der Verkehr der Hauptstraße vorbei. Das Plastikschild vor dem Burger King bewarb 2 Whopper für 99 Cent. Das Bestattungsunternehmen hatte immer noch einen Weihnachtskranz an der Eingangstür. Ich dachte noch, wie traurig es war, dass niemand ihn abgenommen hatte, als ich ein dumpfes Geräusch hörte und Amy McDougall anfing zu schreien.

117

Er hatte sich den Finger abgetrennt. Den kleinen Finger. Den, den er immer mit Noes kleinem Finger verhakt hatte, wenn sie nebeneinandergingen. Der abgeschnittene Körperteil schoss durch die Klasse und landete neben den Abfalleimern. Hätte ich nicht direkt danebengesessen, wäre der Laut kaum wahrnehmbar gewesen, mit dem der Finger auf dem Boden aufschlug.

Im Kunstraum brach ein einziges Chaos aus. Ernestines sonst bis ins kleinste Detail gepflegtes Äußeres war mit Blutspritzern gesprenkelt. Gelassen zog Steven ein weißes Stofftuch aus seiner Tasche, das er offenbar nur für diesen Zweck mitgebracht hatte, und presste es auf den blutenden Stumpf. Amy McDougall kreischte. Mr Lim schrie, alle bis auf Steven sollten den Raum verlassen. Ich schob mich zu Steven durch, doch Mr Lim rief: »Raus!«

Der Direktor und ein Wachmann tauchten auf und begannen ebenfalls, alle aus dem Raum zu scheuchen. Auf dem Weg nach draußen duckte ich mich schnell und angelte Stevens Finger hinter den Abfalleimern hervor. Er war in etwas Klebrigem gelandet. Ich wusste nicht, was ich mit dem Finger tun sollte, also wickelte ich ihn in ein paar Taschentücher, die mir Mom während der kalten Jahreszeit immer in den Rucksack steckte.

Im Flur liefen alle aufgescheucht herum wie in der Halbzeitpause eines Hockeyspiels. »Scheiße, hast du das gesehen?«, hörte man immer wieder, während das Gedränge um das kleine Milchglasfenster in der Tür groß wurde, weil alle versuchten hineinzusehen.

Man konnte Direktor Beek und Mr Lim hören, die auf Steven einredeten. Eine Minute später heulte die Sirene des Krankenwagens vor der Schule auf. Bevor ich überlegen konnte, was ich tun sollte, stampfte Mr Beek im Flur auf mich zu.

»Bewegt eure Hintern zur Bibliothek!«, brüllte er.

Ich ließ mich zurückfallen. Ich war nie gut darin, mit Lehrern zu reden, aber mit Stevens Finger in der Tasche schien es dringend.

»In die Bibliothek!«, bellte er. »Bewegt euch!«

»Entschuldigen Sie bitte?«, versuchte ich mein Glück.

»Bewegung, Miss Schultz«, sagte er. »Steven geht's gut.«

»Ähm«, versuchte ich es erneut. »Aber ich muss das hier …«

Die Türen am Ende des Ganges flogen auf und ein paar Notärzte marschierten herein.

Mr Beek klatschte in die Hände. »Jeder, der nicht in zehn Minuten an der Bibliotheksanmeldung eingetragen ist, wird seine nächsten zehn Mittagspausen in meinem Büro verbringen.«

»Ich hab seinen Finger«, stammelte ich. »Was soll ich damit machen?«

»Geh zur Bibliothek«, sagte er. »Mr Tenary wird euch für den Rest der Unterrichtszeit Aufgaben geben.«

»Nein, aber …«

Es war offensichtlich, dass er nicht zugehört hatte. Aber was sollte ich machen? Überall herrschte Verwirrung. Alle drängten zur Bibliothek, und ich wurde mitgezogen. Ich wollte dem Bibliotheksangestellten von Stevens Finger erzählen, aber auch dort herrschte Chaos. Alle drängten sich gleichzeitig um den Tisch, um ihre Anwesenheit einzutragen. Ich setzte mich also in einen Sessel bei den Zeitungen und wartete darauf, dass die Schlange kürzer würde. Aus Langeweile begann ich *König Lear* zu lesen und plötzlich klingelte es zur nächsten Stunde. Ich hatte in diesem Semester einen Kurs belegt, zu dem ich nicht zu spät kommen durfte. So vergaß ich irgendwie Stevens Finger vollkommen, bis ich schon halb zu Hause war und meine Hände zum Aufwärmen in die Taschen steckte.

Ich rannte den restlichen Weg nach Hause und rief bei Steven an.

Darla nahm ab.

»Ich bin's, Annabeth«, sagte ich. »Ich hab Stevens Finger.«

Man sollte nicht glauben, wie gut manche Leute fluchen können.

118

Wie sich herausstellte, war es zu spät, um Stevens Finger zu retten. Man hätte ihn gleich in Eis legen sollen. Als ich bei Steven anrief, war der Finger grau und tot und wächsern wie ein Kerzenstummel.

Zu sagen, dass es merkwürdig war, Steven McNeils abgetrennten Finger in meiner Tasche zu haben, wäre die Untertreibung des Jahres gewesen.

Ich fühlte mich schuldig wegen des Fingers. Ich spürte, dass Stevens Eltern sehr aufgebracht waren. Sie versuchten zwar, es nicht zu zeigen, aber es kamen immer wieder Fragen hoch.

»Du hattest ihn wie lange in deiner Tasche?« »Du bist damit in den Unterricht gegangen?« »Der Direktor hat gesagt, du sollst den Finger mit in die Bibliothek nehmen?«

Zu Stevens Haus gehörten Stallungen und eine Garage für drei Autos. Ich hatte nicht gewusst, dass Stevens Familie so reich war. Ich fragte mich, warum er auf die E. O. James ging und nicht auf die Forest-Oaks-Privatschule, wo die Schüler blaue Jackets mit goldenen Knöpfen trugen und Rasenhockey spielten anstatt normale Sportarten wie Basketball.

Bei meinem Besuch war Steven in seinem Zimmer, das ich nur mit Hilfe einer genauen Wegbeschreibung von Darla ausfindig machen konnte. Als ich hereinkam, lag er auf dem Bett. Er hörte nicht etwa Musik oder so, er lag einfach nur da, mit finsterem Blick und immer noch in seinem Anzug. Er hatte verdammt noch mal sogar immer noch die glänzenden Schuhe an. Seine rechte Hand war bandagiert.

»Es tut mir leid«, brach es aus mir heraus. »Ich hätte deinen Finger zur Krankenschwester bringen sollen.«

»Scheiß auf den Finger«, sagte Steven. »Ich will ihn nie wiedersehen.«

Ich hockte mich auf den Rand seines Bettes. Es hatte einen hübschen Bezug mit passenden Kissen. Es sah aus, als würde jemand anderes als Steven das Zimmer sauber halten. Ein Bestätigungsschreiben der NYU lag auf dem Schreibtisch. Obwohl Steven lag, bemerkte ich, dass sein Körper verkrampft war, als würde er stehen. Ich konnte die Anspannung seiner Muskeln durch die Matratze spüren. Eine Katze tappte in das Zimmer, schaute geringschätzig umher und tappte wieder hinaus.

»Sie sieht mich nicht mal mehr an«, sagte Steven.

»Ich weiß«, antwortete ich leise. »Mich auch nicht.«

Schweigen. Zwei angespannte Menschen auf einem Bett. Ich lehnte mich herüber und berührte die Stelle, an der Stevens Finger gewesen war.

119

»Ohne sie ist er eh besser dran«, erklärte Win, während sie einen Stapel Bücher in ihren Spind stopfte. »Steven sollte erst mal ein paar Jungs küssen, bevor er entscheidet, sein Leben mit einem Mädchen wie Noe zu verbringen. Oder überhaupt mit irgendeinem Mädchen. Oder Jungen.«

»Ich weiß«, sagte ich. »Sobald er bei seinen Eltern raus ist, wird er durch die neuen Erfahrungen in New York richtig aufblühen. Ich wünschte, ich könnte dabei sein. Ich glaube, ihm wird dann erst klar, wie sehr er vorher eingeengt war und gelitten hat.«

»Ich glaube, den meisten Leuten wird das erst klar, wenn sie hier raus sind«, erwiderte Win.

120

Später an diesem Tag hörte ich Noe mit Miss Bomtrauer reden. Wie sich herausstellte, würde das Turnteam der E. O. James im nächsten Jahr mittrainieren, während sie am Gailer war.

Noe hörte auf, *Das Foucault'sche Pendel* mit sich herumzutragen, und hatte nun stattdessen immer eine Inventarliste fürs Turnen unter dem Arm. Im Englischunterricht blätterte sie durch die Seiten und strich mit gelbem Textmarker die Anzahl der Matten, Trampoline und Balken an.

Neue Gymnastikanzüge waren gesponsert worden, und zur Mittagspause sammelten sich die Grazien um eine Auswahl an schimmernden Trikots. *Wollten sie lieber einen pailettenbesetzten Sternenschauer über der Brust oder einen sportlichen Blitz entlang beider Seiten des Rippenbogens?* Entgegen meinen eigenen Vorsätzen spitzte ich die Ohren, um Noes Stimme herauszuhören, und lauschte der Autorität, mit der sie ihrem neuen Vokabular von V-Ausschnitten und angeschrägten Nähten Ausdruck verlieh.

Während ich lauschte, wie sie sich über Preise und Kleidergrößen ausließ, spielten sich plötzlich Szenen vor meinem inneren Auge ab: wie Noe im Java Bean Luftküsschen mit Darla ausgetauscht hatte, wie sie die Mädchen beim Turntraining in dem heruntergekommenen YMCA-Gebäude antrieb, wie wir zusammen bei Walmart Haargel gekauft hatten, Zirkusvideos in ihrem Zimmer angesehen und Trockenblumen auf ihrer Kommode arrangiert hatten.

Ihre Stimme hallte mir den ganzen Weg durch die Cafeteria hindurch nach, wie ein Lied, das man nicht aus dem Kopf kriegt, oder ein Duft, den man nach langer Zeit immer noch an seiner Kleidung wahrnimmt.

Es war erstaunlich, wie schwer nur man manche Dinge abschütteln konnte.

121

Steven war am nächsten Tag nicht in der Schule und auch nicht am übernächsten. Im Kunstraum blieb sein Platz leer. Der Schule waren die Kunstmaterialien ausgegangen, und so blieb uns nur die billigste Form der kreativen Beschäftigung: der Klassiker, die Collage.

Ich arbeitete still an meiner Collage, schnitt Bilder aus Zeitschriften aus und klebte sie gehorsam auf das Papier. Meine Collage sah wie die von jedem anderen aus. Vielleicht hätte die Aufgabenstellung besser funktioniert, wenn wir nicht alle Bilder vom selben Stapel Zeitschriften ausgeschnitten hätten. Oder vielleicht war gerade das der Sinn: Wir arbeiteten alle mit dem gleichen Material, selbst wenn es uns nicht klar war, selbst wenn wir uns einredeten, ganz anders als die anderen zu sein, weil wir die Schere beim Schneiden etwas anders hielten oder ach so kreativ in der Anordnung der Worte und Bilder auf unserer Seite waren.

Win und ich saßen beim Mittagessen zusammen. Auch Kris und Dominic stießen zu uns. Manchmal gesellten sich Margot und Eliza dazu, und manchmal ließen sie es. Steven war in dieser Hinsicht erfolgreich gewesen: Auf einmal waren wir unser eigener kleiner Freundeskreis. Es war eigentlich wirklich nett. Wäre ich wegen Steven nicht so traurig gewesen, hätte es sogar noch schöner sein können.

Etwas krampfte sich natürlich noch immer in mir zusammen, wenn ich an Noe oder einem der Turnmädels vorüberging, aber jetzt hatte ich zumindest Leute, mit denen ich zusammen sein konnte, ich war nicht mehr vollkommen allein.

»Hast du was von Steven gehört?«, fragte Win.

Ich war überrascht. Ich hatte immer angenommen, jeder würde jedem näherstehen als ich, aber diesmal dachte Win, ich wäre die engere Freundin. Und es stimmte.

Ich stehe Steven nahe, dachte ich. Das war ein eigenartiger Gedanke. Es war merkwürdig, mich selbst als enge Freundin von jemandem zu sehen, der nicht Noe war. Ich hatte nicht gewusst, dass es überhaupt möglich war, Leute zum engsten Freundeskreis hinzuzufügen. Keine Ahnung, warum.

»Ja«, sagte ich und erzählte Win, was ich wusste.

Es fühlte sich komisch an, die Person zu sein, die etwas wusste, anstatt diejenige, die andere fragen musste, um etwas herauszubekommen. Das Gefühl war jedoch gut. Es bedeutete wohl, dass mir jemand vertraute. Hieß das wiederum, dass Noe mir nie vertraut hatte?

Ich schob diesen Gedanken beiseite zu den vielen anderen, die ich in diesem Jahr gesammelt hatte.

122

Später in der Woche ging ich zu Steven, um ihn mal wieder zu sehen. Er lag immer noch auf seinem Bett, trug immer noch den Anzug und immer noch seine polierten Schuhe. Ich fragte mich, ob er sich jeden Tag erneut so angezogen oder ob er die Kleider gar nicht gewechselt hatte.

»Ich hab immer noch deinen Finger«, sagte ich. »Er liegt im Gefrierschrank. Wenn du ihn nicht bald zurückhaben willst, lasse ich ihn ausstopfen.«

Steven machte keine Anstalten zu antworten, also holte ich meinen mp3-Player heraus und steckte ihm einen Kopfhörer ins Ohr. Dann legte ich mich neben ihn und steckte den anderen Kopfhörer in meins.

Wir hörten The Velvet Underground und dann ein paar Kapitel aus *Kingdom of Stones*. Als ich aufstand, um zu gehen, sprach Steven plötzlich doch.

»Die wollten alle ständig was von mir.«

Ich blieb im Türrahmen stehen. »Wer?«

»Noe. Meine Eltern. Die Schule. Da dachte ich, ich geb lieber meinen Finger als meine Seele.« Er sah mich mit einem grimmigen Lächeln an. »Ganz schön emo, hm?«

Ich ging zum Bett zurück und setzte mich. Aus irgendeinem

Grund begann mein Herz zu hämmern. Normalerweise war das das Zeichen für mich, hastig zu gehen oder das Gespräch auf ein unverfängliches Thema zu lenken, aber dann passierte etwas Seltsames in meiner Kehle. Eine Entriegelung.

»Steven?«, fragte ich. »Wenn ich dir was wirklich Persönliches von mir erzähle, erzählst du mir dann was wirklich Persönliches von dir?«

»Annabeth Schultz möchte mir etwas Persönliches erzählen?«, fragte Steven zurück. »Nicht mal ich bin bescheuert genug, um mir diese Gelegenheit entgehen zu lassen.«

123

Ich hatte fest damit gerechnet, zusammenzubrechen, wenn ich jemandem zum ersten Mal von Scott erzählte. Und vielleicht wäre ich das vor vier Jahren auch noch. Aber ich war anscheinend ohne mein Wissen stärker geworden, so wie ein Samenkorn, das zu Anfang nach nichts aussieht, und bevor man sich's versieht, ist ein Baum daraus geworden, dessen Früchte man tatsächlich essen kann.

»Ich habe es noch nie jemandem erzählt«, sagte ich zu Steven.

Er deutete eine Verbeugung an. »Ich fühle mich geehrt.«

Im Zimmer herrschte eine wunderbare Stille, eine Schläfrigkeit, die nur hin und wieder von Geräuschen unterbrochen wurde, die aus dem Erdgeschoss nach oben drangen. Ich dachte daran, wie dankbar ich für den Tag im Kunstunterricht war, an dem Steven gesagt hatte: »Nun, in dem Fall müssen wir uns wohl selbst vorstellen.« Wie furchtbar wäre es gewesen, das alles nicht erlebt zu haben, ihn nicht kennengelernt zu haben. Es war keine Kleinigkeit, sich einem anderen Menschen zuzuwenden und zu sagen, ich möchte dich kennenlernen, und damit auch das Gegenteil zuzulassen, nämlich: kennengelernt zu werden.

»Darf ich dich was fragen? Was war in der Nacht, als du versucht hast, dich umzubringen? Mit Dominic?«

Es folgte eine lange Stille. Unten hörte ich Darla mit den Autoschlüsseln klappern und das Garagentor öffnen. Als das Auto herausgefahren war und sich das Garagentor rumpelnd wieder geschlossen hatte, sagte Steven: »Ich weiß, was du eigentlich wissen willst.«

»Du musst es mir nicht sagen, wenn du nicht willst.«

Er wirkte auf einmal sehr nervös. »Die Antwort ist, ich weiß es selbst nicht. Es ist zu laut in meinem Kopf. Wenn ich daran denke, höre ich nur Alarmglocken. Da war nichts mit Dominic, er hat nur vorsichtig gefragt, ob ich eventuell-möglicherweise-vielleicht offen dafür wäre, dass was zwischen uns passiert, und da haben die Alarmglocken bei mir so laut geschrillt, dass es in meinem Kopf einen Kurzschluss gab. Ich weiß aber immer noch nicht, ob die Alarmglocken bedeuteten, dass ich es wollte, oder sie mir nur klarmachen sollten, dass ich völlig am Arsch wäre, was meine Eltern angeht, wenn ich auch nur die Möglichkeit in Erwägung gezogen hätte. Und dann hab ich mich in Noe verliebt, und alles schien erst mal wieder okay zu sein.«

»So ging's mir auch mit Noe«, sprudelte es aus mir heraus. »Es war, als ob sie mich vor mir selbst gerettet hätte.«

»›Aber höret meine Seele reden: In dem ersten Augenblick, da ich Euch sah, flog mein Herz in Euern Dienst‹«, zitierte Steven.

»Ich bin froh, dass du lebst«, sagte ich und umarmte ihn.

»Ich bin auch froh, dass du am Leben bist«, antwortete er.

124

Die Narzissen in den Beeten vor meinem Haus entfalteten ihre gelben Trompeten. Ein Motivationstrainer kam in die Schule, um über den Schlüssel zum Erfolg zu sprechen. Er war stiernackig, fettig und schwitzte unentwegt. Ich saß im Hintergrund und las ein Gedicht, das Loren mir geschickt hatte.

Ich las die ganze Zeit, während der Sprecher brabbelte und schimpfte, während er das Publikum die vier Schlüssel zum Erfolg schreien ließ wie Jubelrufe und noch während die Abschlussklasse ihm einen Präsentkorb überreichte und zum Dank die Hand schüttelte. Im Anschluss gab es eine Verlosung einer Ausgabe seines Buchs *Der Schlüssel zum Studium.* Ich hatte das Siegerlos. Ich faltete es zu einem Akkordeon und ließ es auf meinem Weg aus der Aula auf den Boden fallen. *In Schlössern aus Wind,* hieß es im Gedicht. *In Sälen aus Regen.*

125

In dieser Nacht schrieb ich eine E-Mail an Loren: *Ich wusste nicht, dass Wilda McLure Gedichte schrieb.*

Er schrieb zurück: *Ich kann dir das Buch schicken.*

Ich schrieb: *Wie war der Ausflug zum Garramondsee?*

Am Ende der Woche schrieben wir uns schon zwei bis drei E-Mails am Tag.

126

An den meisten Tagen ging ich nach der Schule zu Steven. Er gab mir seinen Schlüssel, sodass ich nicht mit Darla reden musste, wenn ich kam. Sie hatte herausgefunden, dass ich das Mädchen war, von dem Noe ihr erzählt hatte, das Erzeugnis einer Vergewaltigung.

»Wann kommst du zurück?«, fragte ich. »Ich vermisse dich in Kunst. Meine Collage ist das Letzte. Win und Dominic vermissen dich auch. Margot Dilforth schickt liebe Grüße.«

»Ich geh nicht zurück«, erwiderte Steven.

»Wie meinst du das? Du kannst doch nicht einfach die Schule abbrechen. Was wird denn aus deinem Abschluss?«

»Ich ziehe zu meinem Onkel. Man kann die Schule auch online zu Ende machen.«

»Aber wieso denn?«, stotterte ich. Plötzlich schien der Gedanke, das Schuljahr ohne Steven zu beenden, vollkommen unmöglich. Die Schule wäre so leer ohne ihn. Ich konnte mir keinen Abschluss ohne Steven vorstellen, der der »Königlichen Gesellschaft der Pinkelschwestern« salutierte. »Alle lieben dich«, sagte ich. »Wir finden schon eine Lösung, damit du Noe und Alex nie wieder über den Weg laufen musst.«

»Weißt du, warum ich hier liege?«, fragte Steven.

»Warum?«

»Weil es mich meine ganze Kraft kostet, mich nicht umzubringen.«

»Steven …«

»Ist schon in Ordnung. Ich werd's nicht tun. Ich muss mich nur konzentrieren.«

»Worauf?«

»Es nicht zu tun. Und ich denke, dass es an einem Ort, an dem man mich nicht für das hasst, was ich bin, wesentlich einfacher werden wird. Deswegen will ich hier weg.«

»Wie willst du das denn anstellen? Ich meine, wird deine Mutter dich gehenlassen?«

»Ich bin achtzehn. Das heißt, dass ich auf keine Erlaubnis angewiesen bin.«

»Wann fährst du?«

»Morgen. Mein Onkel hat alles vorbereitet und holt mich ab. Ich wollte dir nur auf Wiedersehen sagen.«

»Heute ist dein letzter Tag hier?«

Er nickte. »Hoffentlich für immer.«

»Wenn das so ist«, sagte ich, »dann müssen wir jetzt los. Es gibt da nämlich was, das wir tun sollten.«

127

Wir fuhren zu mir nach Hause, um den Finger aus meinem Kühlschrank zu holen. Ich zog außerdem Nans altes Hochzeitskleid an, holte einen Armvoll Perlenketten aus dem Halloween-Karton und den Strohhut, den Mom immer zum Rasenmähen trug. Wir bauten einen Schrein aus Alufolie und Geburtstagskerzen und legten den Finger hinein. Am Knöchel war er faltig und flach und am Nagel stumpf: ein stummeliger, grauer Heiliger auf dem Weg zur Auferstehung.

Steven zündete die Geburtstagskerzen an. Sie warfen einen warmen Schein auf den Finger. Die Alufolie war jetzt mit pinken und blauen Wachssprenkeln bedeckt. Dann machten wir uns auf den Weg.

Zuerst fuhren wir zum Botanischen Garten, um ein paar Blumen für den Schrein zu holen. Am Morgen hatte es geregnet, und nun waberte warme Luft in feuchten Schwaden vom Boden hoch. Kinder in Rüschensöckchen jagten Gänse über den Rasen, während ihre Eltern die gepflasterten Pfade entlangschlenderten. Ich führte Steven durch das Labyrinth und an der Sonnenuhr vorbei zu den seltenen Pflanzen, um ein paar Blutblumen und Afrikanischen Stechapfel für seinen Finger zu pflücken, aber Steven fand sie zu schön, um sie umzubringen, also schaufelten wir händeweise Erde und Dünger in den Schrein, als wäre Stevens Finger eine Knolle, aus der ein ganz neuer Steven wachsen könnte.

An der SkyTram-Station kaufte ich ihm einen Hotdog. Wir überquerten den Fluss mit der wackligen roten Gondel. Ein Touristenpärchen aus Milwaukee fragte, was mit Stevens Finger passiert sei. Wir sagten, er habe ihn im Krieg verloren.

»Du siehst viel zu jung aus, um im Krieg gewesen zu sein«, sagten die Touristen kopfschüttelnd, als würde die Welt nun endgültig den Bach runtergehen. Der Mann umarmte Steven und dankte ihm für das Opfer, und wir standen lange Zeit zusammen am Souvenirstand, während sie uns vom Leben in Milwaukee erzählten.

Danach fuhren wir flussaufwärts, parkten das Auto, sobald wir nah genug am Wasserfall waren, und gingen die letzten Meter zu Fuß. Dieser Teil der Stadt war immer laut, voller Stadtrundfahrtbusse und Schulgruppen. Überall suchten Leute nach einer Toilette. Wenn man sich jedoch die Souvenirläden und überteuerten Restaurants wegdachte, war es ein toller Anblick.

Der Wasserfall verschleuderte Regenbögen. Touristen in durchscheinenden gelben Regencapes schwebten durch den Dunst.

Wir standen am Geländer, sprachen ein Gebet und warfen den Finger ins Wasser. In seinem Alufoliensarg trudelte er wie ein winziger Draufgänger in einem Kanu flussabwärts, abwärts, abwärts.

Ein australisches Touristenpärchen fragte, ob sie uns fotografieren dürften. Wir posierten Arm in Arm, der Wasserfall hinter uns. Ich glaube, jemand sagte »Cheese«, aber in dem Tosen konnte ich es nicht genau hören.

128

Ein paar Tage nachdem Steven nach New York gegangen war, bekam ich den ersten Brief von ihm. Er steckte in einem schlichten weißen Umschlag, auf den jemand getreten war; über der Adresse prangte ein staubiger Fußabdruck.

Liebe A!, begann der Brief.

Wie läuft's mit den Pinkelschwestern? Hast Du an Umfang zugenommen? Ich vermisse Deine krause Stirn. Schick mir Kunst.

Steven McNeil

Ich schrieb zurück:

Lieber Steven,

anbei ein Pinkelschwestern-Mitgliedsausweis, der zum Eintritt in jede andersgeschlechtliche Toilette der westlichen Welt berechtigt. Während meine Stirn noch immer kraus ist, versichert mir der Ernährungsberater, dass ich nun nahezu so viel esse wie drei Biber, sechs Waschbären oder ein mittelgroßes Reh, was anscheinend ein Fortschritt ist. Du fehlst mir.

A. Schultz

129

Win und ich fingen an, unseren Einakter zu schreiben. Meist arbeiteten wir bei ihr zu Hause. Win hatte ein schönes Zimmer. Wir verloren uns stundenlang in Ideen, malten uns Kulisse und Kostüme bis ins kleinste Details aus, schrieben am Skript und schrieben es wieder um. Irgendwie schlichen sich aber immer andere Gesprächsfetzen hinein.

Win hatte braune Haare, die sich von selbst lockten. Sie hatte eine Button-Sammlung. Sie war völlig besessen von Anime. Sie hatte eine ältere Schwester, die in Chicago wohnte und in einer Band spielte, und einen Halbbruder und eine Halbschwester, die mit ihrer Mom in Virginia wohnten. Einmal hatte sie während eines Unwetters die Nacht in einer Höhle verbracht. Sie hatte einen Freund, Felix, der Profi-Jongleur war. Er wurde zu Hause unterrichtet, sodass er tun und lassen konnte, was er wollte. Also reiste er mit seiner Jongliertruppe um die Welt und trat in Schulen auf. Er hatte einen Jongliertrick erfunden und ihn nach ihr benannt: Er hieß *Wacklige Win* und beinhaltete sechs Bälle. Sie zeigte mir ein Video. Es sah schwierig aus. Die Bälle flogen richtig hoch, und es wirkte tatsächlich so, als würden sie im Flug wackeln.

Einmal, als ich bei ihr war, fiel mir eine Schere auf ihrem Schreibtisch auf. Sie hatte einen orangefarbenen Griff.

»Hey, Win«, sagte ich. »Kannst du mir die Haare schneiden?«

Ich setzte mich auf den Boden, und sie setzte sich hinter mich aufs Bett. »Wie kurz möchtest du es denn?«, fragte Win und fuhr mit den Händen über meinen Kopf.

»Kurz.«

»So richtig?«

»Jep.«

»O Mann«, kicherte Win. Sie fing an zu schneiden, *schnipp, schnipp, schnipp*, und hörte gar nicht wieder auf. Haarbüschel fielen mir auf Schultern und Schoß.

Als sie fertig war, machten wir ein Foto von den Haaren auf dem Boden und schickten es Steven. Er antwortete sofort.

ist das das, was ich denke?

dein finger brauchte gesellschaft, schrieb ich zurück.

Auf dem Nachhauseweg fühlte ich mich leichter. Mein Nacken und meine Ohren wurden kalt, aber es war ein gutes Kalt, ein sauberes Kalt.

»Du hast dir die Haare abgeschnitten!«, sagte Mom. »Wow!«

Ich lächelte zurück, ein echtes Lächeln. Wortlos schwebte ich die Treppe hoch in mein Zimmer.

130

»Hübsche Frisur«, sagte Bob.

»Danke«, sagte ich. »Hat meine Freundin geschnitten.«

Als er die Hand nach meinem Essenstagebuch ausstreckte, stieß er an die sorgfältig aufgetürmten Basketbälle, die das winzige Büro augenblicklich in ein hüpfendes, rollendes Chaos verwandelten. Ich sprang von meinem Stuhl auf und Bob von seinem. Nachdem wir die Bälle aus dem Weg geräumt hatten, waren wir beide verstimmt. Bob wirkte unglücklich.

»Entschuldige«, sagte er. »Die versprechen mir ständig, dass die Dinger bald woanders hingeräumt werden.«

»Wollen Sie mal raus hier?«, fragte ich.

»Wo willst du denn hin?«

»Ich glaube, Sie schulden mir eine Pizza«, sagte ich.

131

Das Schuljahr neigte sich dem Ende zu. Die Lehrer fingen wieder an, die Fenster in den Klassenräumen zu öffnen. Lila und gelbe Krokusse sprossen aus der Erde. Win und ich führten unser Stück beim Einakter-Festival auf.

»Dieser Auftritt findet im Gedenken an Steven McNeils Finger statt«, verkündeten wir beim Betreten der Bühne.

Dominic und Kris filmten, damit wir die Inszenierung Steven schicken konnten. Das Stück war surrealistisch. Wir trugen Schnurrbärte und gruben unter der Erde nach Schmetterlingen.

132

Im Mai rief Jeanette Fielding an, um zu fragen, ob ich ein paar Schichten in der Eisdiele übernehmen könnte, ehe ich im Sommer Vollzeit dort arbeiten würde. Da ich am Wochenende nichts Besseres zu tun hatte, sagte ich zu.

In meiner zweiten Schicht lehnte ich am Tresen und unterhielt mich mit Phinnea, sodass ich kaum mitbekam, wie eine Familie eintrat.

»Ich mach schon«, sagte ich und drehte mich zur Eistruhe um, um die Bestellung aufzunehmen.

»Hallo«, sagte ich wie gewohnt. »Was kann ich euch Gutes tun?«

Sie waren zu sechst: eine Mom, ein Dad, zwei Großeltern, ein kleines Mädchen mit rosa Perlen in ihren Cornrows und …

Loren Wilder.

Loren Wilder.

Loren Wilder war in der Eisdiele.

Die Familie drängte sich um die Eistruhe und schaute sich die Sorten an. Loren war der Größte und hielt sich im Hintergrund, damit die anderen besser sehen konnten. Er hatte mich auch entdeckt. Unsere Blicke trafen sich, und auf seinem Gesicht machte sich ein überraschtes Lächeln breit.

»Annabeth?«, fragte er.

»Hi, Loren«, sagte ich, als Phinnea hinzueilte, um die Bestellung der anderen aufzunehmen.

Mein Körper reagierte so schnell, dass mein Hirn mit Worten nicht hinterherkam. Wie ein Regenbogen, der sich plötzlich aus Wasser und Dunst bildete, entstand mein Lächeln. Glück. Es leuchtete in mir auf, ganz einfach, wie ein aufsteigender Vogel.

»Wie geht's dir?«, fragte er.

»Wie geht's *dir*?«, fragte ich zurück. »Wie war der Kletterausflug?«

Wir quatschten über die Eistruhe hinweg miteinander, und unsere Worte waren weniger Worte als sprudelnde Fontänen und fröhliches Straßenbahnklingeln.

»Welche Sorte willst du?«

»Ähm«, sagte er. »Ähm ...«

Es war, als hätten unsere Lächeln vorübergehend unser Hirn gelähmt. Loren sah auf das Eis hinunter.

»Was schmeckt denn gut?«, fragte er.

»Sahnekrokant!«

Ich wusste nicht, woher das kam. Aber sobald ich es ausgesprochen hatte, wusste ich, dass es stimmte. Sahnekrokant war köstlich. Sahnekrokant war die vorzüglichste Eissorte der Welt. Plötzlich war ich erfüllt mit Wissen über Süßes.

»Okay«, sagte Loren. »Das nehme ich.«

Wir schwiegen, während ich die Kugeln formte. Sein Großvater zahlte. Phinnea stand an der Kasse. Ich reichte Loren seine Waffel.

»Hast du bald Feierabend?«, fragte Loren.

»Um drei.«

»Willst du … ich meine, ich könnte dann wiederkommen.«

»Wir können zusammen zur Schlucht gehen«, sagte ich.

»Ja!«, sagte Loren. »Ja!«

»Loren«, rief seine kleine Schwester von der Tür aus. »Wir gehen!«

»Bis dann«, sagte er. »Ich komme um … ich komme nachher wieder.« Wir merkten beide, wie dringend wir reden wollten.

Er hastete seiner Schwester hinterher und ließ beinahe seine Waffel fallen.

Ich summte. Ich surrte. Ich fühlte mich wie ein Springbrunnen, der nach einem Winter unter trockenem Laub wieder angestellt wird. Ich beugte mich mit dem Eisportionierer über die Truhe.

»Annabeth Schultz«, sagte Phinnea. »Machst du dir etwa gerade ein Eis?«

Ich konnte nicht antworten. Ich hatte gerade erst den ersten Bissen genommen. *Porträt einer Künstlerin als ein Mensch im siebten Himmel.*

133

An meinem Abschlusswochenende kündigte Pauline einen Besuch an. Als ich von der Schule nach Hause kam, saßen Mom und sie am Tisch und tranken Tee. Schon als ich das Zimmer betrat, sahen sie mich merkwürdig an. Ich sagte hallo, und Pauline umarmte mich.

»Wie geht's dir, Süße?«, fragte sie.

Während sie mich über die Schule ausfragte, stand Mom vom Tisch auf und ging in die Küche, um neuen Tee zu machen. Als sie den Raum verließ, erhaschte ich einen Blick auf ihr Gesicht. Dort sah ich etwas, das ich nicht benennen konnte. Etwas Großes. Mir wurde eng um die Brust.

Mom blieb wesentlich länger in der Küche, als es dauerte, um den Wasserkessel aufzusetzen. Während ich mit Pauline plauderte, lauschte ich angestrengt auf das kleinste Geräusch. Ich hörte weder den Wasserhahn noch das Pfeifen, das bedeutete, dass das Wasser kochte. Ich fragte mich, was Mom machte. Ob sie einfach nur in der Küche stand. Ob sie erstarrt an der Spüle lehnte, mit einem Geschirrtuch in der Hand, als wollte sie es erwürgen. Minuten verstrichen, und noch immer blieb es still in der Küche.

Dann ertönte aus dem Garten das Geräusch vom Holzbeil.

Ich sah Pauline in die Augen. »Was ist passiert?«

»Scott hat angerufen.«

»Wie bitte?«

»Er wollte sich entschuldigen. Und fragen, ob er ihr Geld geben könne. Als Geste. So was in der Art.«

Mein Gesicht wurde heiß. Plötzlich erschien mir mein Besuch in Baxterville gar nicht mehr so heldenhaft. Ich hatte mir ausgemalt, wie er nach meinem Brief um Vergebung betteln würde, aber jetzt war ich mir nicht so sicher, ob ich das alles hier wirklich gewollt hatte. Eine Entschuldigung schien den schieren Horror, seine Stimme am Telefon hören zu müssen, nicht wert zu sein.

»Geht es ihr gut?«, fragte ich, aber bevor Pauline antworten konnte, waren meine Beine schon hinausgerannt.

134

Mom stand neben dem Holzstapel, ihr Flanellhemd schweißnass. Als sie mich sah, warf sie die Axt zu Boden und drückte mich so heftig an sich, dass ich sicher war, man würde unsere Körper später auseinanderbrechen müssen, um sie wieder voneinander zu lösen.

135

An meinem letzten Tag an der E. O. James zeigten sich die knorrigen schwarzen Pfirsichbäume mit rosa Blütenschnee bedeckt. Die Pfützen am Ende unserer Einfahrt waren warm wie Suppe. Mom und Pauline saßen in der Küche und unterhielten sich, während ich mir die Haare kämmte, die Zähne putzte und meine Füße in die eleganten Pumps zwang, die ich am Tag davor zusammen mit Nan gekauft hatte.

Die eigentliche Zeremonie war ein Witz. Mr Beek hielt eine seltsame Rede, in der er jeden Schüler namentlich nannte, sogar die, mit denen er in den ganzen vier Jahren ihrer Highschool-Laufbahn kein einziges Wort gewechselt hatte. Unsere Schulfotos aus der neunten Klasse wurden mit einem Projektor an die Wand geworfen. Ich war ein Mädchen, das erstaunt hinter seinen Brillengläsern hervorsah. Noe war ein Mädchen mit kindlichem Gesicht, das einen Winnie-Puuh-Pullover trug. Ich schaute das Bild genau an. Im Laufe der letzten Monate war mir unsere Freundschaft mehr und mehr ein Rätsel geworden. Die Fotos erinnerten mich jedoch daran, wer wir beide gewesen waren, als wir einander am meisten gebraucht hatten. Vielleicht wusste man nie wirklich, was für ein Mensch man werden würde, bis man dieser Mensch tatsächlich war – wie ein Same, der sich instinktiv die Nährstoffe aus dem Boden holte, die er brauchte, ohne genau zu wissen, warum.

Nach der Feier strömten alle nach draußen, wo die Stufensprecher Tische mit Kaffee, Kuchen und Apfelschorle aufgebaut hatten. Ich stand mit Mom, Pauline, Ava und Onkel Dylan zusammen, als ich plötzlich Noe entdeckte, die auf der Wiese ein Rad schlug.

Mir brach das Herz bei ihrem Anblick, ich stellte meinen Kuchenteller ab und rannte zu ihr. Wir sprachen nicht miteinander, schlugen nur gemeinsam ein Rad nach dem anderen auf dem Fußballfeld, unsere Abschlusshüte fielen herunter, unsere Hände wurden grün vom Gras.

Wenn ich an das Mädchen auf dem Schulfoto aus der neunten Klasse dachte, konnte ich mir nicht vorstellen, dass sie nicht zu Noe gerannt wäre.

136

Mom wollte wissen, was ich mir zum Schulabschluss wünschte. »Es darf aber nichts zu Exklusives sein«, fügte sie hinzu, als ob es mir je in den Sinn gekommen wäre, sie um ein Auto, einen Computer oder eine Reise nach Mexiko zu bitten.

»Ich wünsche mir einen Kanu-Ausflug mit dir«, sagte ich.

137

Wir machten den Ausflug in der letzten Woche vor dem Herbstsemester. Wir packten Streichhölzer, Messer, Nähzeug, Sonnencreme, Oatmeal und Kaffee zusammen und kramten Moms altes Kanu aus Onkel Dylans Garage. An einem Wochenende rieben wir die Paddel mit Leinsamenöl ein und stopften ein kleines Leck im Heck, dann ging es los. Das Kanu kam auf das Auto. Die Spitze ragte vorn ein Stück über das Dach hinaus und zeigte wie ein Pfeil nach Norden, der uns den Weg nach Maple Bay wies. Links und rechts der Straße rauschten die Bäume, saftiges Grün in voller Sommerschönheit.

Als wir angekommen waren, stießen wir uns vom Ufer ab und paddelten los. Ich war verblüfft, wie stark und schnell das Kanu vorwärtsglitt. Wir ließen die Anlegestege und die Familien in ihren grellgelben Mietkanus schnell hinter uns und tauchten in eine Stille ein, wie ich sie noch nie erlebt hatte. Sie wurde lediglich vom Sausen und Tropfen der Paddel unterbrochen, ein melodisches Gemisch aus Grün- und Blauklängen.

Mom saß hinter mir im Kanu. Ich überlegte, ob ich sie wohl immer so fühlen könnte, als Kraft, die mich vorantrieb, als Stille, die meinem Kanu den Weg zeigte. Und in dem Moment flogen endlich die bösen Geister weg, die sie und mich gefangen gehalten hatten, verabschiedeten sich lautlos und lösten sich in Luft auf. Ich konnte geradezu fühlen, wie mich meine verließen, fühlte die Last von mir genommen. Die Wildnis um mich herum kam rauschend auf mich zu, und in mir bebte etwas, erblühte und rauschte ebenfalls, rauschte der Wildnis da draußen entgegen. Ich stach mein Paddel ins Wasser.